明人詩話要籍彙編

詩法卷 貳

陳廣宏 侯榮川 編校

復旦大學出版社

本册總目

梁　橋◇撰

冰川詩式

十卷（卷之六至卷之十）

鄭妙苗◎點校

冰川詩式目録

五七言絶句

五七言律詩

四實格　四虛格
前實後虛格　前虛後實格
前多後少格　前開後合格
前散後整格　前整後散格
一字貫篇格　二字貫穿格
一字血脉格　三字棟梁格
一句造意格　兩句立意格
字相連序格　句相照應格
接項格　充股格
纖腰格　續腰格
歸題格　藏頭格
單抛格　雙抛格
單蹄格　雙蹄格
牙鎖格　一意格

冰川詩式卷之六

研幾

梁橋曰：予爲詩格，業已「定體」，「練句」、「貞韻」、「審聲」矣。特示人以規矩準繩，以爲方圓平直者也。夫學詩如禪，迨妙悟一味則未之及。乃予僭取諸名家詩，擬議成格，使學詩者由三玄五藴，以造夫上乘證果。而玄玄了了，非想非心，信口拈來，頭頭是道，抑又在夫人深造自得之云耳。雪山十載，面壁九年，衣鉢心印，唯有志者竟得之。肆予鄙人，至愚極陋，曷敢自謂人詩閫奥，而親揖曹溪輩與一定法嗣哉！

五七言絶句

實接格[一]

絶句之法，以第三句爲主。此法第三句以實事接前二句，是爲實接。

江雪　柳宗元

千山鳥飛絶，萬徑人蹤滅。孤舟簑笠翁，獨釣寒江雪。

江南春

千里鶯啼緑映紅，水村山郭酒旗風。南朝四百八十寺，多少樓臺烟雨中。

虚接格

此法第三句以虚語接前二句，是爲虚接。

[一]「接」，原本無，據本卷目録補。

青樓曲　于濆

青樓臨大道，一上一回老。所思終不來，極目傷春草。

三月晦日送客　崔魯

野酌亂無巡，送君兼送春。明年春色至，莫作未歸人。

此詩接句雖實，而意則虚。

秋思

洛陽城裏見秋風，欲作家書意萬重。復恐匆匆説不盡，行人臨發又開封。

初入諫司喜家室至　竇群

一旦悲歡見孟光，十年辛苦伴滄浪。不知筆硯緣封事，猶問傭書日幾行。

此詩接句語雖實，而意則虚。

一意格

古詞　李群玉

一合相思淚，臨江灑素秋。碧波如會意，却與向西流。

宮詞　長孫翱

一道甘泉接玉溝，上皇行處不曾秋。誰言水是無情物，也到宮前咽不流。

四意格〔二〕

絶句　杜甫

江動月移石，溪虚雲傍花。鳥棲知故道，帆過宿誰家。

〔二〕「意」，原本作「異」，據本卷目録改。

（慢）［漫］興　杜甫

糝徑楊花鋪白氈，點溪荷葉疊青錢。笋根稚子無人見，沙上鳧雛傍母眠。

興兼比格

對雪獻從兄虞城宰　李白

昨夜梁園雪，弟寒兄不知。庭前看玉樹，腸斷憶連枝。

渡湘江　杜審言

遲日園林悲昔遊，今春花鳥作邊愁。獨憐京國人南竄，不似湘江水北流。

興兼賦格

題花樹　楊衡

都無看花意，偶到樹邊來。可憐枝上色，一一爲愁開。

東鄰美女歌　宋濟

花暖江城斜日陰，鶯啼繡户繞雲深。春風不道珠簾隔，傳得歌聲與客心。

折腰格

對雨送人　崔曙

别愁復兼雨，别涙還如霰。寄心海上雲，千里長相見。

送元二使安西　王維

渭城朝雨浥輕塵，客舍青青柳色新。勸君更盡一杯酒，西出陽關無故人。

續腰格

詠史　高適

尚有綈袍贈，應憐范叔寒。不知天下士，猶作布衣看。

客有卜居不遂薄遊汧隴者　許渾

海燕西飛白日斜，天門遥望五侯家。樓臺深鎖無人到，落盡春風第一花。「春」，一作「東」。

聯珠格

伊州歌　無姓氏

打起黄鶯兒，莫教枝上啼。啼時驚妾夢，不得到遼西。

王昭君　白居易

漢使却回憑寄語，黄金何日贖蛾眉。君王若問妾顔色，莫道不如宫裏時。

含意格

登遊樂原　李商隱

向晚意不適，驅車登古原。夕陽無限好，只是近黄昏。

洛陽春末送杜録事　劉禹錫

樽前花下長相見，明日忽爲千里人。君過午橋回首望，洛陽猶自有殘春。

分應格

九日登龍山飲　李白

九日龍山飲，黄花笑逐臣。醉看風落帽，愛舞月留人。

夜宴公主宅　武平一

王孫帝女下仙臺，金榜珠簾入夜開。遽惜瓊筵歡正洽，唯愁銀箭曉相催。

接應格

宿建德江　孟浩然

移舟泊烟渚，日暮客愁新。野曠天低樹，江清月近人。

秋江送别　王勃

早是他鄉值早秋，江亭明月帶江流。已覺逝川傷别念，復看津樹隱離舟。

字應格

絶句　白居易

卧枕一卷書，起嘗一杯酒。書將引昏睡，酒用扶衰朽。

城南　崔護

去年今日此門中，人面桃花相映紅。人面秖今何處去，桃花依舊笑春風。

雙尾格

別輞川　王維

依遲動車馬，惆悵出松蘿。忍別青山去，其如緑水何。

宿石邑山中　韓翃

浮雲不共此山齊，山靄蒼蒼望轉迷。曉月暫飛千樹裏，秋河隔在數峰西。

單尾格

罷相作　李適之

避賢初罷相，樂聖且銜杯。爲問門前客，今朝幾個來。

金陵晚眺　高蟾

曾伴浮雲歸晚色，猶陪落日泛秋聲。世間無限丹青手，一段傷心畫不成。

下句釋上句格

子夜春歌　郭振

陌頭楊柳枝，已被春風吹。妾心正斷絶，君懷那得知。

山中問答　李白

問余何事棲碧山，笑而不答心自閑。桃花流水杳然去，别有天地非人間。

隱語格

藁砧　樂府

藁砧今何在，山上復安山。何日大刀頭，破鏡飛上天。

席上代人贈别　蘇軾

蓮子擘開須見憶，楸枰著盡更無期。破衫却有重縫處，一飯何曾忘却時。

翻案格

梅花　王安石

墻角一枝梅，淩寒獨自開。遥知不是雪，爲有暗香來。自南朝蘇子卿詩來。

感事　丘濬

白髮年來也不公，春風亦與世情同。于今燕子如蝴蝶，不入尋常矮屋中。自唐人詩來。

點化格

謫居黔南　黄庭堅

相望六千里，天地隔江山。十書九不到，何用一開顔。自唐白居易詩來。

題畫睡鴨　黄庭堅

山雞照影空自愛，孤鸞舞鏡不作雙。天下真成長會合，兩鳧相倚睡秋江。自徐陵賦語來。

奪胎格

謫居黔南其十　黄庭堅

病人多夢醫，囚人多夢赦。如何春來夢，合眼在鄉社。自唐白居易詩來。

過外弟飲　王安石

一自君家把酒杯，六年波浪與塵埃。不知烏石崗頭路，到老相尋得幾回。自唐顧況詩來。

換骨格

小舫　王安石

愛此江邊好，留連至日斜。眠分黄犢草，坐占白鷗沙。自唐盧仝詩來。

達觀臺　黄庭堅

瘦藤拄到風烟上，乞與遊人眼豁開。不知眼界闊多少，白鳥去盡青天回。自李白詩來。

冰川詩式卷之七

五七言律詩

四實格

四實者，中四句皆景物而實，謂之四實。

遊少林寺　沈佺期

長歌遊寶地，徙倚對珠林。雁塔風霜古，龍池歲月深。紺園澄夕霽，碧殿下秋陰。歸路烟霞晚，山蟬處處吟。

洛陽　許渾

禾黍離離半野蒿，昔人城此豈知勞。水聲東去市朝變，山勢北來宫殿高。鴉噪暮雲歸故堞，雁迷寒雨下空濠。可憐緱嶺登仙子，猶自吹笙醉碧桃。

四虛格

四虛者，中四句皆情思而虛，謂之四虛。

除夜宿石頭驛　戴叔倫

旅館誰相問，寒燈獨可親。一年將盡夜，萬里未歸人。寥落悲前事，支離笑此身。愁顔與衰鬢，明日又逢春。

寄李儋元錫　韋應物

去年花裏逢君别，今日花開已半年。世事茫茫難自料，春愁黯黯獨成眠。身多疾病思田里，邑有流亡愧俸錢。聞道欲來相問訊，西樓望月幾回圓。

前實後虛格

前實後虛者，前聯景而實，後聯情而虛。

長安卧疾　清江

身世足堪悲，空房卧疾時。卷簾花雨滴，掃石竹根移。已覺生如夢，堪嗟壽不知。未能通法性，詎可見支離。

感懷　劉長卿

秋風葉落正堪悲，黄菊殘花欲待誰。水近偏逢寒氣早，山深長見日光遲。愁中卜命看周易，夢裏招魂誦楚詞。自笑不如湘浦雁，飛來却是北歸時。

前虚後實格

前虚後實者，前聯情而虚，後聯景而實。

雲陽館與韓升卿宿别　司空曙

故人江海别，幾度隔山川。乍見翻疑夢，相悲各問年。孤燈寒照雨，深竹暗浮烟。更有明朝恨，離杯惜共傳。

潁州客舍　姚揆

素琴孤劍尚閑遊，誰共芳樽話唱酬。鄉夢有時生枕上，客情終日在眉頭。雲拖雨脚連天去，樹夾河聲繞郡流。回首帝京歸未得，不堪吟倚夕陽樓。

前多後少格

前多後少者，首聯與次聯一意，頸聯自爲一意，落聯上句結前四句，下句結頸聯二句，或末聯統結前意。

晴　杜甫

啼烏爭引子，鳴鶴不歸林。下食遭泥去，高飛恨久陰。雨聲衝塞盡，日氣射江深。迴首周南客，驅馳魏闕心。此詩末聯是以當時之情統結。

諸將第三　杜甫

回首扶桑銅柱標，冥冥氛祲未全銷。越裳翡翠無消息，南海明珠久寂寥。殊錫曾爲大司馬，總戎皆插侍中貂。炎風朔雪天王地，只在忠臣翊聖朝。此詩末聯上句結前四句，下句結頸聯二句。

前開後合格

前開後合者，前四句言昔時，開也；後四句言今日之事，合也。

哭長孫侍御　杜甫

道爲詩書重，名因賦頌雄。禮闈曾擢桂，憲府舊乘驄。流水生涯盡，浮雲世事空。唯餘舊臺柏，蕭索九原中。前四句言生前，後四句言死後。

諸將第四　杜甫

錦江春色逐人來，巫峽清秋萬壑哀。正憶往時嚴僕射，共迎中使望鄉臺。主恩前後三持節，軍令分明數舉杯。西蜀地形天下險，安危須仗出群才。

前散後整格

前散後整者，頷聯雖對而散，頸聯的對而整。

送韓司直　　皇甫冉

遊吴還適越，來往任風波。復送王孫去，其如春草何。山明殘雪在，湖滿夕陽多。季子留遺廟，停舟試一過。

送戴錬師歸隱

桃花源裏玉堂仙，秀攬千岩萬壑烟。有客重尋鑑湖酒，無人爲上剡溪船。龍行靈雨空壇净，鰲負神宫複道懸。回首都門眇如許，東風長記柳飛綿。

前整後散格

前整後散者，頷聯的對而整，頸聯雖對而散。

陜州河亭陪韋大夫眺望　　劉禹錫

雪霽太陽津，城池表裏春。河流添馬頰，原色動龍鱗。萬里思歸客，一杯逢故人。因高向西望，關路正飛塵。

感興寄友

十年京國總忘憂，詩酒淋漓共賞遊。漢月夜吟鳷鵲觀，苑雲春釀鷫鷞(喪)[裘]。書來慰我臨池上，秋去思君到水頭。爲憶故人張處士，于今江海尚淹留。

一字貫篇格

一字貫篇者，起聯中立一字，中二聯俱要見此一字意，頷聯淺，頸聯深。結聯總言，亦要含起聯所立一字之意。一字者，著力字也。

途中送權曙二兄　皇甫冉

淮海風濤起，江關幽思長。同悲鵲繞樹，獨坐雁隨陽。山晚雲和雪，汀寒月映霜。由來濯纓處，漁父愛滄浪。

思夫

自從車馬出門朝，便入空房守寂寥。玉枕夜寒魚信杳，金鈿秋盡雁書遥。臉邊楚雨臨風落，頷上秦雲向日銷。芳草又衰還不至，碧天霜冷轉無聊。

二字貫穿格

二字貫穿者，起聯立二字，中二聯分應之，或每聯各句應之，結聯脱言亦要含意。

陪諸貴公子丈八溝携妓納凉晚際遇雨　杜甫

雨來霑席上，風急打船頭。越女紅裙濕，燕姬翠黛愁。纜侵堤柳繫，幔卷浪花浮。歸路翻蕭颯，陪塘五月秋。

江村　杜甫

清江一曲抱村流，長夏江村事事幽。自去自來梁上燕，相親相近水中鷗。老妻畫紙爲棋局，稚子敲針作釣鈎。多病所須惟藥物，微軀此外更何求。

一字血脉格

一字血脉者，起聯生一有意字，中二聯皆此字行乎其中，故謂之血脉。此與一字貫篇不同，彼一字是著力字，此一字是有意字。

晴　杜甫

久雨巫山暗，新晴錦綉文。碧知湖外草，紅見海東雲。竟日鶯相和，摩霄鶴數群。野花乾更落，風處急紛紛。

鴛鴦　崔珏

翠鬣紅衣舞夕暉，水禽情似此禽稀。纔分烟島猶回首，只度寒塘亦共飛。耿霧盡迷朱殿瓦，逐梭齊上玉人機。採蓮無限蘭橈女，笑指中流羡爾歸。

三字棟梁格

三字棟梁者，中二聯句中以三實字爲棟梁妝句。

晚至華陰　皇甫曾

臘盡促歸心，行人及華陰。雲霞仙掌出，松柏古祠深。野渡冰生岸，寒川燒隔林。温泉看漸近，宮樹晚沉沉。

南遷　柳宗元

瘴江南下接雲烟，望盡黄茅是海邊。山腹雨晴添象迹，潭心日暖長蛟涎。射工巧伺遊人影，颶母偏驚賈客船。從此憂來非一事，可容華髮度流年。

一句造意格

一句造意者，首聯第一句興起第二句，而第二句乃主意。中間二聯與結聯皆言第二句意思，故謂之一句造意。

江亭　杜甫

坦腹江亭煖，長吟野望時。水流心不競，雲在意俱遲。寂寂春將晚，欣欣物自私。故林歸未得，排悶强裁詩。

子初郊野

看山酌酒君思我，聽鼓離城我訪君。臘雪已添橋下水，齋鍾不散檻前雲。雲陰松柏濃還淡，歌禁漁樵斷更聞。亦擬城南買烟舍，子孫相約事耕耘。

兩句立意格

兩句立意者，首聯第一句起第二句，頷聯應第一句，頸聯應第二句，末聯總結上六句，故謂之兩句立意。或首聯二句平起總唱，下分應之。

重過何氏　杜甫

頗怪朝參懶，應耽野趨長。雨抛金鏁甲，苔卧緑沈鎗。手自移蒲柳，家纔足稻粱。看君用幽意，白日到羲皇。

寫意　李商隱

燕雁迢迢隔上林，高秋望斷正長吟。人間路止潼關險，天上山惟玉壘深。日向花間留遠照，雲從城上結層陰。三年已制相思淚，更入新愁却不禁。

字相連序格

字相連序者，中二聯句中字與意連序不斷，或五字，或七字，無上斷、下斷及二字、三字妝排句法。

鄠北李生舍　李洞

圭峰秋後夜，亂葉落寒虛。四五百竿竹，二三千卷書。雲深猿盜栗，雨霽蝗沾蔬。只隔門前水，如同萬里餘。

奉送蜀州柏二别駕將中丞命赴江陵起居衛尚書夫人因示從弟司馬位　杜甫

中丞問俗畫熊頻，愛弟傳書彩鷁新。遷轉九州防禦使，起居八座太夫人。楚宮臘送荆門水，白帝雲偷碧海春。爲報惠連詩莫惜，嗟予班鬢總如銀。

句相照應格

句相照應者，首聯二句各起頷聯二句，而頷聯上句應首聯上句，頷聯下句應首聯下句；頸聯二句各起末聯二句，而末聯上句應頸聯上句，末聯下句應頸聯下句。前四句一意，後四句一意，而題意照應。

九月一日過孟十二倉曹十四主簿兄弟　杜甫

藜杖侵寒露，蓬門起曙烟。力稀經樹歇，老困撥書眠。秋覺追隨盡，來因孝友偏。清談見滋味，爾輩可忘年。

登高

風急天高猿嘯哀，渚清沙白鳥飛迴。無邊落木蕭蕭下，不盡長(紅)[江]滚滚來。萬里悲秋長作客，百年多病獨登臺。艱難苦恨繁霜鬢，潦倒新停濁酒杯。

接項格

接項者，首聯第一句起頸聯二句，第二句起頷聯二句，然頷聯二句意思承首聯第二句，是謂接項。

秋野

杜甫

易識浮生理，難教一物違。水深魚極樂，林茂鳥知歸。吾老甘貧病，榮華有是非。秋風吹几杖，不厭北山薇。

秋興第一

杜甫

玉露凋傷楓樹林，巫山巫峽氣蕭森。江間波浪兼天湧，塞上風雲接地陰。叢菊兩開他日淚，孤舟一繫故園心。寒衣處處催刀尺，白帝城高急暮砧。

充股格

充股者，首聯二句交股起後二聯，頷聯上句應首聯上句，下句應首聯下句，頸聯上句又隨頷聯上句來，下句又隨頷聯下句來，二聯俱本首聯，交互對言之。至末聯又須應起句，結前意，起結相應，不獨中聯充股，而又始終一意。

范二員外邈吴十侍御郁特枉駕闕展待聊寄此作　杜甫

暫往比鄰去，空聞二妙歸。幽棲誠簡略，衰白已光輝。野外貧家遠，村中好客稀。論文或不愧，重肯款柴扉。

秋興第二　杜甫

夔府孤城落日斜，每依北斗望京華。聽猿實下三聲淚，奉使虚隨八月槎。畫省香爐違伏枕，山樓粉堞隱悲笳。請看石上藤蘿月，已映洲前蘆荻花。

纖腰格

纖腰者，前四句一意，後四句一意。前以景物興起，後以人事見題。中間意思若不相接，而意實相通，但隱而不覺耳。

江上　杜甫

江上日多雨，蕭蕭荆楚秋。高風下木葉，永夜攬貂裘。勳業頻看鏡，行藏獨倚樓。時危思報主，衰謝不能休。

秋興第三　杜甫

千家山郭净朝暉，日日江樓坐翠微。信宿漁人還泛泛，清秋燕子故飛飛。匡衡抗疏功名薄，劉向傳經心事違。同學少年多不賤，五陵衣馬自輕肥。

續腰格

續腰者，首聯起中二聯，然中二聯各相照應，頸聯上句應頷聯上句，頸聯下句應頷聯下句，中二聯相續謂之續腰。結聯要應首聯。

春望　杜甫

國破山河在，城春草木深。感時花濺淚，恨別鳥驚心。烽火連三月，家書抵萬金。白頭搔更短，渾欲不勝簪。

秋興第五

蓬萊宫闕對南山，承露金莖霄漢間。西望瑶池降王母，東來紫氣滿函關。雲移雉尾開宫扇，日繞龍鱗識聖顔。一卧滄江驚歲晚，幾回青瑣點朝班。

歸題格

歸題者，首聯與中二聯言他事，至結聯方説歸本題。前六句雖説他事，却亦要是本題相關之事。

憶幼子　杜甫

驥子春猶隔，鶯歌暖正繁。别離驚節换，聰慧與誰論。澗水空山道，柴門老病身。憶渠愁正睡，炙背俯晴軒。

諸將第一　杜甫

漢朝陵墓對南山，胡虜千秋尚入關。昨日玉魚蒙葬地，早時金碗出人間。見愁汗馬西戎逼，曾閃朱旗北斗閑。多少材官守涇渭，將軍且莫破愁顔。

藏頭格

藏頭者，首聯與中二聯六句皆具言所寓之景與情，而不言題意，至結聯方説題之意，是謂藏頭。此與歸題不同。歸題者，結聯明用題之字也；藏頭者，結聯暗用題之事也。

晚出左掖　杜甫

晝刻傳呼淺，春旗簇仗齊。退朝花底散，歸院柳邊迷。樓雪融城濕，宫雲去殿低。避人焚諫草，騎馬欲雞棲。

宣政殿退朝晚出左掖　杜甫

天門日射黄金榜，春殿晴曛赤羽旗。宫草離離承委佩，爐烟細細駐遊絲。雲近蓬萊常五色，雪殘鳷鵲亦多時。侍臣緩步歸青瑣，退食從容出每遲。

單抛格

單抛者，首聯二句，上句起，下句單意説。下頷聯、頸聯，或事或景，皆應首句意。末聯一順説，亦要應首句。

秦州雜詩　杜甫

南使宜天馬，由來萬匹强。浮雲連陣没，秋草遍山長。聞説真龍種，仍殘老驌驦。哀鳴思戰鬥，迥立向蒼蒼。

秋興第六　杜甫

昆明池水漢時功，武帝旌旗在眼中。織女機絲虚夜月，石鯨鱗甲動秋風。波漂菰米沉雲黑，露冷蓮房墜粉紅。關塞極天唯鳥道，江湖滿地一漁翁。

雙抛格

雙抛者，首聯二句兩事並行，叫起中二聯。中二聯句句各應上兩事，或分應。末聯總結。

陪鄭廣文遊何將軍山林　　杜甫

萬里戎王子，何年別月支。異花開絶域，滋蔓匝清池。漢使徒空到，神農竟不知。露翻兼雨打，開折漸離披。

汴門用兵後

隋堤風物已凄凉，堤下仍多古戰場。金鏃有苔人拾得，鐵衣無土鳥銜將。邊聲暗促河聲急，野色遥連日色黄。獨上高樓更愁絶，戍鼙驚起雁行行。

單蹄格

單蹄者，首聯上句起下句，以一事或一物、一地爲主。頷聯、頸聯皆言首聯下句之意，末聯總結，亦因首聯下句寓意。

早起　　杜甫

春秋常早起，幽事頗相關。帖石防隤岸，開林出遠山。一丘藏曲折，緩步有躋扳。童僕來城市，瓶中得酒還。

秋興第八　杜甫

昆吾御宿自逶迤，紫閣峰陰入渼陂。香稻啄餘鸚鵡粒，碧梧棲老鳳凰枝。佳人拾翠春相問，仙侶同舟晚更移。綵筆昔曾干氣象，白頭吟望苦低垂。

雙蹄格

雙蹄者，首聯一句，以一事物或地名立一篇之大意；中二聯，各以兩事發明首聯，或分應；末總結前六句，亦謂歸題。

江漢　杜甫

江漢思歸客，乾坤一腐儒。片雲天共遠，永夜月同孤。落日心猶壯，秋風病欲蘇。古來存老馬，不必取長途。

秋興第四　杜甫

聞道長安似奕棋，百年世事不勝悲。王侯第宅皆新主，文武衣冠異昔時。直北關山金鼓振，征西車馬羽書遲。魚龍寂寞秋江冷，故國平居有所思。

牙鎖格

牙鎖者，首聯一事叫起中聯，頷聯上句起頸聯下句，下句起頸聯上句，而頸聯上句又承頷聯上句，下句又承頷聯下句，交互曲折，各盡其妙，末聯終首聯意。

巴西驛亭呈竇使君　杜甫

向晚波微綠，連空岸却青。日兼春有暮，愁與醉無醒。漂泊猶杯酒，踟躕此驛亭。相看萬里別，同是一浮萍。

詠懷古迹第三　杜甫

群山萬壑赴荆門，生長明妃尚有村。一去紫臺連朔漠，獨留青冢向黄昏。畫圖省識春風面，環佩空歸夜月魂。千載琵琶作胡語，分明怨恨曲中論。

一意格

一意者，自首聯以至末聯，一句生一句，而全篇旨趨如行雲流水。

擣衣　杜甫

亦知戍不返，秋至拭青砧。已近苦寒月，況經長別心。寧辭擣衣倦，一寄塞垣深。用盡閨中力，君聽空外音。

巴陵道中

三千三百江西水，自古如今要路津。月夜歌謡有漁火，風天氣色厲商人。沙村好處多逢寺，山葉紅時絶勝春。行到南朝多戰地，古來名將必爲神。

鈎鎖連環格

鈎鎖連環者，自首聯至末聯，句意相勾連。首聯上句説好，下句説不好；頷聯上句説不好，下句説好；頸聯、末聯如之。或以事相因，鈎連亦通。

野望　杜甫

清秋望不極，迢遞起層陰。遠水兼天浄，孤城隱霧深。葉稀風更落，山迥日初沉。獨鶴歸何晚，昏鴉已滿林。此以遠近相鈎連。

草

百花苑路易萋陰，五谷塍疇苦見侵。農父芟時嫌若刺，宫人鬥處惜如金。别離空惹王孫恨，麀耨深勞稷畯心。緑野荒蕪好歸去，朱門閑僻少相尋。

順流直下格

順流直下者，一氣説去，自首聯至末聯，命意用事皆順説，如水之就下，快意成章。

茶人　陸龜蒙

天賦識靈草，自然鍾野姿。閑來北山下，似與東風期。雨後採芳去，雲間幽路危。惟應報春鳥，得共斯人知。

張鍊師　劉禹錫

東岳真人張鍊師，高情雅淡世間稀。堪爲烈女書青簡，久事元君住翠微。金縷機中抛錦字，玉清壇上著霓衣。雲衢不用吹簫伴，只擬乘鸞獨自歸。

內剥格

內剥者，暗用本題事而取義于事內。頷聯、頸聯或先景後事，或先事後景，皆隱題于內，至末聯方正言之。

禹廟　杜甫

禹廟空山裏，秋風落日斜。荒庭垂橘柚，古屋畫龍蛇。雲氣生虚壁，江聲走白沙。早知乘四載，疏鑿控三巴。

玉臺觀　杜甫

中天積翠玉臺遥，上帝高居絳節朝。遂有馮夷來擊鼓，始知嬴女善吹簫。江光隱見黿鼉窟，石勢参差烏鵲橋。更有紅顔生羽翰，便應黄髮老漁樵。

外剥格

外剥者，取他事明題意，而更取義于外。中二聯或引兩事，或引四事，事外立意，使讀者自得之。

静林寺　靈一

静林溪路遠，蕭帝有遺蹤。水擊羅浮磬，山鳴于闐鍾。燈傳三世火，樹老五株松。無數烟霞色，空聞昔卧龍。

錦瑟　李商隱

錦瑟無端五十絃，一絃一柱思華年。莊生曉夢迷蝴蝶，望帝春心托杜鵑。滄海月明珠有淚，藍田日暖玉生烟。此情可待成追憶，衹是當時已惘然。

興兼比格

興兼比者，首聯興起，中二聯以遠事比近事，而興在其中。末聯總結之，上句結比，下句結興。或前四句興，後四句比；頷聯興，頸聯比，亦通。

天末懷李白　杜甫

涼風起天末，君子意如何。鴻雁幾時到，江湖秋水多。文章憎命達，魑魅喜人過。應共冤魂語，投（時）［詩］贈汨羅。

峽中覽物

曾爲掾吏趨三輔，憶在潼關詩興多。巫峽忽如瞻華嶽，蜀江猶似見黄河。舟中得病移衾枕，洞口經春長薜蘿。形勝有餘風土惡，幾時回首一高歌。

興兼賦格

興兼賦者，首聯以情景興起，中二聯以人事賦之，末聯總結。或前四句興，後四句賦；或頷聯興，頸聯賦，亦通。

新年作　宋之問 一作劉長卿

鄉心新歲切，天畔獨潸然。老至居人下，春歸在客先。嶺猿同旦暮，江柳共風烟。已似長沙傅，從今又幾年。

客至　杜甫

舍南舍北皆春水，但見群鷗日日來。花徑不曾緣客掃，蓬門今始爲君開。盤飧市遠無兼味，尊酒家貧只舊醅。肯與鄰翁相對飲，隔籬呼取盡餘杯。

比興格

比興者，托物引興，言物而興在其中。又即物比事，興、比俱見。

獨立　杜甫

空外一鷙鳥，河間雙白鷗。飄颻搏擊便，容易往來遊。草露亦多濕，蛛絲仍未收。天機近人事，獨立萬端憂。

返照　杜甫

楚王宫北正黄昏，白帝城西過雨痕。返照入江翻石壁，歸雲擁樹失江村。衰年肺病惟高枕，絶塞愁時早閉門。不可久留豺虎亂，南方實有未招魂。

抑揚格

抑揚者，首聯唱起本題，中二聯或各聯一抑一揚，然須扶持正理。少抑即揚，使人讀之見揚而不見抑，末意要足。

春日懷李白　杜甫

白也詩無敵，飄然思不群。清新庾開府，俊逸鮑參軍。渭北春天樹，江東日暮雲。何時一尊酒，重與細論文。

詠懷古迹第四

諸葛大名垂宇宙，宗臣遺像肅清高。三分割據紆籌策，萬里雲霄一羽毛。伯仲之間見伊呂，指揮若定失蕭曹。運移漢祚終難復，志决身殲軍務勞。

頌中有諷格

頌中有諷者，首聯叙起，中二聯頌之，末聯寓諷。

春日芙蓉園侍宴應制　　蘇頲

御道虹旗出，芳園翠輦遊。繞花開水殿，架竹起山樓。荷芰輕薰幄，魚龍出負舟。寧如穆天子，空賦白雲秋。

幸温泉宫

星斗疏明禁漏殘，紫泥封後獨凭闌。露和玉屑金盤冷，月射珠光貝闕寒。天襯樓臺籠苑外，風鳴絃管下雲端。長卿只解長門賦，未識君臣際會難。

美中有刺格

美中有刺者，首聯美起，中二聯應之，至末聯即事以寓刺意。

琴臺　杜甫

茂陵多病後，尚愛卓文君。酒肆人間世，琴臺日暮雲。野花留寶靨，蔓草見羅裙。歸鳳求凰意，寥寥不復聞。此末聯是其詞换入他意，刺世之君臣不復如古。

上裴晉公

四朝憂國鬢成絲，龍馬精神海鶴姿。天上玉書傳詔夜，陣前金甲受降時。曾經庾亮三更月，下盡羊曇一局棋。惆悵舊堂扃緑野，夕陽無限鳥飛遲。末聯上句刺朝廷不用老臣，下句見唐衰氣象。

物外寄意格

物外寄意者，自首聯至末聯皆意在言外，使人讀而自得之。蓋即此言彼，言此事則他事因之，可知此是唐人一種玄妙處。

洞房　杜甫

洞房環珮冷，玉殿起秋風。秦地應新月，龍池滿舊宫。繫舟今夜遠，清漏往時同。萬里黄山北，園陵白露中。

感懷　　韋莊

長年方憶少年非，人道新詩勝舊詩。十畝野塘留客釣，一軒風雨共僧棋。花間醉任黄鸝語，池上吟從白鷺窺。大造不將爐冶去，有心重立太平基。

雅意詠物格

雅意詠物者，美其物而以雅意詠之。首意自叙，末意歸美他人，俱因物看得好，寫意濃厚。

端午日賜衣　　杜甫

宫衣亦有名，端午被恩榮。細葛含風軟，香羅疊雪輕。自天題處濕，當暑著來清。意内稱長短，終身荷聖情。「稱」字，去聲。

答群公屬和

草玄山巷少塵埃，丞相清晨送馬來。初入塞垣銜玉勒，忽行山徑破蒼苔。尋花緩轡逶迤去，帶月輕鞭蹀躞回。不與王侯與詞客，知輕富貴重清才。

雄偉不常格

雄偉不常者，首聯説盡題意，中聯事景，末聯結意。俱要氣象宏麗、節奏高古、雄偉不凡、句驚人，方是作者。

侍從遊宿温泉宫作　李白

羽林十二將，羅列應星文。霜仗懸秋月，霓旌卷夜雲。嚴更千户肅，清樂九天聞。日出瞻佳氣，葱葱繞聖君。

送元源中丞赴新羅國　姚合

赤墀賜對使殊方，恩重烏臺紫綬光。玉節在船清海怪，金函開詔拜夷王。雪晴漸覺山川異，風便寧知道路長。誰得似君將雨露，海東萬里洒扶桑。

想像高唐格

想像高唐者，首聯言其人初見未真，彷彿擬議其音塵；中二聯皆應首聯彷彿之意；末聯則屬意之深，亦止乎禮義。凡他事見之未真、求之不得者，亦作想像格。

賦得的的帆向浦　司空曙

向浦參差去，隨風遠近還。初移芳草裏，正在夕陽間。隱映回孤驛，微明出亂山。向空看不盡，歸思滿江關。

楚宫

月姊曾逢下彩蟾，傾城消息隔重簾。已聞玉佩知腰細，更辨絃聲覺指纖。暮雨自歸山悄悄，秋河不動恨厭厭。王昌且在墻東住，未必金堂得免嫌。

撫景寓嘆格

撫景寓嘆者，因時景而起嘆，反覆言古人不可復見，而時景可惜，因寓感古懷今之意。或因時景而嘆旅、嘆困亦是。

可惜　杜甫

花飛有底急，老去願春遲。可惜歡娱地，都非少壯時。寬心應是酒，遣興莫過詩。此意陶潛解，吾生後汝期。

惜春

惜春連日醉昏昏，醒後衣裳見酒痕。細水漾花歸别浦，斷雲含雨入孤村。人閑易得芳時恨，地迥難招自古魂。慚愧流鶯相厚意，清晨猶爲到西園。

專叙己情格

專叙己情者，自首聯至末聯，中間景事皆言己平生之情，而情緒欲苦，地步欲高，方是作者。

歸終南山　孟浩然

北闕休上書，南山歸弊廬。不才明主棄，多病故人疏。白髮催年老，青陽逼歲除。永懷愁不寐，松月夜窗虚。

仲春寫懷　杜甫

自從騎馬學謳吟，便滯光陰後此心。寓目不能閑一日，開門長勝得千金。窗懸夜雨殘燈在，庭掩春風落絮深。唯有故園同此興，近來何事不相尋。

感今懷古格

感今懷古者，因今事而思古人。首聯起興，中二聯應之，結聯總結前意，而寓懷古之意。

謝公亭　李白

謝公別離處，風景每生愁。客散青天月，山空碧水流。池花春映日，窗竹夜鳴秋。今古一相接，長歌懷舊遊。

憶遊天台寄道流

憶昨天台到赤城，幾朝仙籟耳邊生。雲龍出水風聲急，海鶴鳴皋日色清。石笋半山移步險，桂花當澗拂衣輕。今來盡是人間夢，劉阮茫茫何處行。

先問後答格

先問後答者，首聯唱起，自爲問答，中二聯皆爲答之之意，末聯總結上意。

登潤州芙蓉樓　崔峒

上古人何在，東流水不歸。往來潮有信，朝暮事成非。烟樹臨沙静，雲帆入海稀。郡樓多逸興，良牧謝玄暉。

三月三日泛舟　皇甫冉

江南風景復如何，聞道新亭更可過。處處藝蘭春浦緑，萋萋芳草遠山多。壺觴須就陶彭澤，風俗猶傳晉永和。更使輕帆隨轉去，微風落日水增波。「可」，一作「欲」；「藝」，一作「紉」；「芳」，一作「籍」；「使輕帆」，一作「待持橈」。

應字格

應字者，首聯立二字，頷聯分應之，頸聯接頷聯二句，末總結之。

洛中作　　裴説

莫怪苦吟遲，詩成鬢亦絲。鬢絲猶可染，詩病却難醫。山暝雲横處，星沉月側時。冥搜不易得，一句至公知。

吹笛　　杜甫

吹笛秋山風月清，誰家巧作斷腸聲。風飄律吕相和切，月傍關山幾處明。胡騎中宵堪北走，武陵一曲想南征。故園楊柳今摇落，何得愁中却盡生。

無題格

無題者，隱諱其意，不欲明言。或隱意，或隱字，使人自得之。

無題　　李商隱

相見時難别亦難，東風無力百花殘。春蠶到死絲方盡，蠟燭成灰淚始乾。曉鏡但愁雲鬢改，夜吟應覺月光寒。蓬山此去無多路，青鳥慇懃爲探看。

明暗二例

明暗二例者，作詩之法無出于此，蓋凡作詩非明則暗。今存以備。

明例

房兵曹胡馬　杜甫

胡馬大宛名，鋒稜瘦骨成。竹批雙耳峻，風入四蹄輕。所向無空闊，真堪托死生。驍騰有如此，萬里可横行。

草　白居易

離離原上草，一歲一枯榮。野火燒不盡，春風吹又生。遠芳侵古道，晴翠接荒城。又送王孫去，萋萋滿别情。

黑鷹　杜甫

黑鷹不省人間有，渡海疑從北極來。正翮摶風超紫塞，玄冬幾夜宿陽臺。虞羅自覺虛施巧，春燕同歸必見猜。萬里寒空衹一日，金眸玉爪不凡材。

雙鷺　雍陶

雙鷺應憐水滿池，風飄不動頂垂絲。立當青草人先見，行傍白蓮魚未知。一足獨拳寒雨裏，數聲相叫早秋時。林塘得爾須增價，況與詩家物色宜。

暗例

螢火　杜甫

幸因腐草出，敢近太陽飛。未足臨書卷，時能點客衣。隨風隔幔小，帶雨傍林微。十月清霜重，飄零何處歸。

路詩　僧玄寶

南北東西去，茫茫萬古塵。關河無盡處，風雪有行人。險極山通蜀，平多地入秦。營營名利者，來往豈辭頻。

白鷹　杜甫

雲飛玉立盡清秋，不惜奇毛恣遠遊。在野只教心力破，千人何事網羅求。一生自獵知無敵，百中争能耻下韝。鵬礙九天須却避，兔經三窟莫深憂。

鷓鴣　鄭谷

暖戲烟蕪錦翼齊，品流應得近山雞。雨昏青草池邊過，花落黄陵廟裏啼。遊子乍聞征袖濕，佳人才唱翠眉低。相呼相喚湘江曲，苦竹叢深春日西。

冰川詩式卷之八

五七言古詩

五言長古篇法

凡作五言長古篇，其法有四：先分爲幾段，每段即數句，語要均。首段是序子，序了一篇之義皆含在中，結段要照應起段。次要過句，過句各爲血脉，引過次段。過處用兩句，一結上，一生下。次要回照，謂十步一回頭，要照題；五步一消息，要閑語。次讚嘆，有不盡之意，方不迫促。長篇怕雜亂，一意爲一段。備此法者，爲杜少陵《北征》詩一篇。録出如左，舉一隅之道也，學詩者當自得之。

北征　　杜甫

東坡云：「《北征》詩識君臣之大體，忠義之氣與秋色争高。」山谷亦云：「《北征》詩書一代之事，與《國風》、《雅》、《頌》相表裏。」

皇帝二載秋，閏八月初吉。杜子將北征，蒼茫問家室。維時遭艱虞，朝野少暇日。顧慚恩私被，詔許歸蓬蓽。拜辭詣闕下，怵惕久未出。雖乏諫諍姿，恐君有遺失。君誠中興主，經緯固密勿。東胡反未已，臣甫憤所切。揮涕戀行在，道途猶恍惚。乾坤含瘡痍，憂虞何時畢。靡靡逾阡陌，人烟眇蕭瑟。所遇多被傷，呻吟更流血。回首鳳翔縣，旌旗晚明滅。前登寒山重，屢得飲馬窟。邠郊入地底，涇水中蕩潏。猛虎立我前，蒼崖吼時裂。菊垂今秋花，石載古車轍。青雲動高興，幽事亦可悦。山果多瑣細，羅生雜橡栗。或紅如丹砂，或黑如點漆。雨露之所濡，甘苦齊結實。緬思桃源内，益嘆身世拙。坡陁望鄜時，谷巖互出没。我行已水濱，我僕猶木末。鴟鳥鳴黄桑，野鼠拱亂穴。夜深經戰場，寒月照白骨。潼關百萬師，往者散何卒。遂令半秦民，殘害爲異物。况我墮胡塵，及歸盡華髮。經年至茅屋，妻子衣百結。慟哭松聲回，悲泉共幽咽。平生所驕兒，顔色白勝雪。見耶背面啼，垢膩脚不襪。床前兩小女，補綻纔過膝。海圖坼波濤，舊繡移曲折。天吴及紫鳳，顛倒在短褐。老夫情懷惡，嘔泄卧數日。那無囊中帛，救汝寒凛慄。粉黛亦解包，衾裯稍羅列。瘦妻面復光，癡女頭自櫛。學母無不爲，曉妝隨手抹。移時施朱鉛，狼籍畫眉闊。生還對童稚，似欲忘飢渴。問事競挽鬚，誰能即嗔喝。翻思在賊愁，甘受雜亂聒。新歸且慰意，生理焉得説。至尊尚蒙塵，幾日休練卒。仰看天色改，旁覺妖氣豁。陰風西北來，慘澹隨回鶻。其王願助順，其俗喜馳突。送兵五千人，驅馬一萬匹。此輩少爲貴，四方服勇決。

所用皆鷹騰，破敵過箭疾。聖心頗虚佇，時議氣欲奪。伊洛指掌收，西京不足拔。官軍請深入，蓄鋭伺俱發。此舉開青徐，旋瞻略恒碣。昊天積霜露，正氣有肅殺。禍轉亡胡歲，勢成亡胡月。胡命其能久，皇綱未宜絶。憶昨狼狽初，事與古先别。奸臣竟葅醢，同惡隨蕩析。不聞夏殷衰，中自妹褒妲。周漢獲再興，宣光果明哲。桓桓陳將軍，仗鉞奮忠烈。微爾人盡非，于今國猶活。凄凉大同殿，寂寞白獸闥。都人望翠華，佳氣尚金闕。園陵固有神，掃灑數不缺。煌煌太宗業，樹立甚宏達。

七言長古篇法

凡作七言長古篇，其法有八：先分段如五言。次過段亦如之。次突兀，謂事意稍有異者，突兀萬仞則不用過句，陡頓便説他事。次用字貫前後，重三疊四，用兩三字貫串。次讚嘆亦如五言。次再起，如一篇三段，説了前事，再提起從頭説去，謂反覆有情。次歸題，乃本末二句，繳上起句，又謂之顧首。次送尾，謂生一段餘意。結末或反用，或比喻，插入終篇，便不迫促，有從容意思。終此法者，惟《丹青引》，今亦表出如左。

丹青引贈曹將軍霸

杜甫

《丹青引》序先後，載始末，極有法。劉云：「首尾悲壯動盪，皆名言。」

將軍魏武之子孫，於今爲庶爲清門。英雄割據雖已矣，文采風流今尚存。學書初學衛夫人，但恨無過王右軍。丹青不知老將至，富貴於我如浮雲。開元之中常引見，承恩數上南薰殿。凌烟功臣少顔色，將軍下筆開生面。良相頭上進賢冠，猛將腰間帶羽箭。褒公鄂公毛髮動，英姿颯爽來酣戰。先帝天馬玉花驄，畫工如山貌不同。是日牽來赤墀下，迥立閶闔生長風。詔謂將軍拂素絹，意匠慘淡經營中。斯須九重真龍出，一洗萬古凡馬空。玉花却在御榻上，榻上庭前屹相向。至尊含笑催賜金，圉人大僕皆惆悵。弟子韓幹早入室，亦能畫馬窮殊相。幹惟畫肉不畫骨，忍使驊騮氣凋喪。將軍善畫蓋有神，必逢佳士亦寫真。即今漂泊干戈際，屢貌尋常行路人。途窮反遭俗眼白，世上未有如公貧。但看古來盛名下，終日坎壈纏其身。

分段再起格

說見前

題李尊師松樹障子歌

杜甫

老夫清晨梳白頭，玄都道士來相訪。握髮呼兒延入户，手提新畫青松障。障子松林静杳冥，憑軒忽若無丹青。陰崖却承霜雪榦，偃蓋反走虬龍形。老夫平生好奇古，對此興與青靈聚。已知仙客意相親，更覺良工心獨苦。松下丈人巾屨同，偶坐似是商山翁。悵望聊歌紫芝曲，時危慘淡來悲風。

歸題顧首格

説見前

秦箏歌送外甥蕭正歸京

岑參

汝不聞秦箏聲最苦，五色纏絃十三柱。怨調慢聲如欲語，一曲未終日移午。紅亭水木不知暑，忽彈黄鍾和白紵。清風颯來雲不去，聞之酒醒淚如雨。汝歸秦兮彈秦聲，秦聲悲兮聊送汝。

送尾比喻格

説見前

古柏行　杜甫

孔明廟前有老柏，柯如青銅根如石。霜皮溜雨四十圍，黛色參天二千尺。君臣已與時際會，樹木猶爲人愛惜。雲來氣接巫峽長，月出寒通雪山白。憶昨路繞錦亭東，先主武侯同閟宫。崔嵬枝幹郊原古，窈窕丹青户牖空。落落盤踞雖得地，冥冥孤高多烈風。扶持自是神明力，正直元因造化功。大厦如傾要梁棟，萬牛回首丘山重。不露文章世已驚，未辭剪伐誰能送。苦心豈免容螻蟻，香葉終經宿鸞鳳。志士幽人莫怨嗟，古來材大難爲用。

送尾反用格

説見前

行路難　李白

金尊清酒斗十千，玉盤珍羞直萬錢。停杯投筯不能食，拔劍四顧心茫然。欲渡黄河冰塞川，將登太行雪滿巔。閑來垂釣碧溪上，忽復乘舟夢日邊。行路難，行路難，多岐路，今安在。長風破浪會有時，直挂雲帆濟滄海。

五言短古篇法

五言短古篇貴辭簡意味長，言語不可明白説盡，含糊則有餘味。楊仲弘曰：「五言短古，乃是《選》詩，結尾四句所以含蓄無限，意自然悠長。」

靜夜思　李白

床前看月光，疑是地上霜。舉頭望山月，低頭思故鄉。

拜新月　李端

開簾見新月，即便下階拜。細語人不聞，北風吹裙帶。

長干行二首　崔顥

君家住何處，妾住在橫塘。停船暫借問，或恐是同鄉。家臨九江水，來去九江側。同是長千人，生小不相識。

七言短古篇法

七言短古篇貴辭明意盡，與五言相反。

山中對酌　李白

兩人對酌山花開，一杯一杯復一杯。我醉欲眠君且去，明朝有意抱琴來。

白雲歌送劉十六歸山　李白

楚山秦山皆白雲，白雲處處長隨君。長隨君，君入楚山裹，雲亦隨君渡湘水。湘水上，女蘿衣，白雲堪卧君早歸。

貧交行　杜甫

翻手作雲覆手雨，紛紛輕薄何足數。君不見管鮑舊時交，此道今人棄如土。

答張五弟

王維

終南有茅屋，前對終南山。終年無客長閉關，終日無心長自閑。不妨飲酒復垂釣，君但能來相往還。

樂府篇法

唐人以來雖有樂府，達樂者少，未可一一被之管絃。但作者須喜、怒、哀、樂各極其情，而約之以理，可也。

烏棲曲

李白

姑蘇臺上烏棲時，吴王宫裏醉西施。吴歌楚舞歡未畢，青山欲銜半邊日。銀箭金壺漏水多，起看秋月墜江波，東方漸高奈爾何。

公莫舞

李賀

方花古礎排九楹，刺豹淋血盛銀罌。華筵鼓吹無桐竹，長刀直立割鳥箏。横楣粗錦生紅緯，日炙錦嫣王未醉。腰下三看寶玦光，項莊掉箾欄前起。材官小臣公莫舞，座上真人赤龍子。芒碭雲瑞抱天迴，咸陽王氣清如水。鐵樞鐵楗重束關，大旗五丈撞雙鐶。漢王今日須秦印，絶臏刳腸臣不論。

楊白花　柳宗元

楊白花風，吹渡江水。坐令宮樹無顔色，摇蕩春光千萬里。茫茫曉日下長秋，哀歌未斷城鴉起。

附録

唐僧皎然詩式

跌(岩)[宕]格二品：一曰越俗，二曰駭俗。

越俗 其道如黄鶴臨風，貌逸神王，杳不可羈。

鮑照詩云：「舉頭四顧望，但見松柏繁。荆棘鬱蒙蒙，中有一鳥名杜鵑，言是古時蜀帝魂。

聲音哀苦鳴不息，羽毛憔悴似人髡。飛走樹間啄蟲蟻，豈知往日天子尊。念兹變化非常理，中間惻隱不能言。」

駭俗 其道如楚有接輿，魯有原壤，外示驚俗之狀，内藏達人之度。

王梵志《道情》云：「我昔未生時，冥冥無所知。天公長生我，生我復何爲？無衣使我寒，無食使我饑。還你天公我，還我未生時。」

淈没格一品，曰澹俗。

澹俗 此道夏姬當壚，似蕩而貞；吴楚之風，雖俗而正。

古歌云：「華陰山頭百尺井，下有流泉徹骨冷。可憐女子來照影，不照其餘照斜領。」

調笑格一品，曰戲俗。

戲俗

李白狂詩云：「女媧弄黄土，摶作愚下人。散在六合間，濛濛井埃塵。」

冰川詩式卷之九

綜賾

梁橋曰：予爲《詩式》作「綜賾」，雜取於往先哲名家之言也。往先哲名家論詩者，無慮數百家，今不能悉之。故或一集纔數條，一條纔數句，取凡爲詩家正論及可以爲詩法者録之。義若事無淺深，倫序第以條分焉，命曰「綜賾」。然又以僭肆裁約，時或附以己意，故不一一題曰誰氏之言。得罪古人，深知莫逃。博雅君子，當自得之。橋山野鄙人，非敢妄勦爲己説也。知我罪我，其惟詩乎。

學詩要法上

夫詩者，心之所之，在心爲志，發言爲詩。故詩者，感物而生，天動神解，本於情流，弗由蹊逕。善説詩者以識爲主，而貴入門之正；以悟爲得，而底透徹之精。詩者可以易視乎？是故學詩之法，不可弗解也。夫作詩莫先於澄神。澄神之法有四：屏欲、棄染、息慮、定神，四者爲之所，則吾心静徹虚明。以此照物，何物不照；以此照理，何理不明；以此役神，何神不妙；以此屬辭，何辭不精。

夫學詩莫先於清識，清識有四：有天理，有物理，有事理，有神理。萬理不同，同歸於是，謂之至理。至理一本，其變無方，謂之衆理。至理惟當心解，更不可以言求，以言求者，是謂無識。衆理必須根幹枝葉、脉絡紋理纖悉推究，目無不真見，心無不真知，口無不可以真言，是謂真識。真識之目有四：一曰其然，耳可聞、目可見之實體；二曰當然，心可知、身可行之正理；三曰所以然，口不可言，心不可思，理勢自然之所必至；四曰不然，正理之外百種邪僻，所當防戒者於此。四者推研之，庶幾可以見理而進於真識矣。

夫學詩莫先於立志，志之不立，終歸無成。然立志之目有八：心情必欲通神明，度量必欲包宇宙，聰明必欲察毫釐，裁處必欲合聖賢，識趨必欲度漢、魏，變化必欲該百家，體制必欲象沈、宋，格力必欲造李、杜。立志於此，此心斷定不回，不顧世俗之毁譽，不憚心力之勞瘁，勇往直前，不讓第一等與他人，方可與言詩。

學詩莫先於知音聲，宫、商、角、徵、羽五音，以穩、響、起、細、嘔代之。響、起音揚，嘔、細奇抑，穩聲和。學詩時須取李、杜盛唐詩，以穩、響、起、細、嘔五字調切之，久自當心解。臨詩時取五字，叶其間而用之。循環無端，有消息調停之妙，方入詩家閫室。穩，上平全濁。響，下平次濁。起，上，不清不濁。嘔，去，次清。細，入，全清。

學詩莫先於知律調。黄鍾，十一月，聲嘔中；太簇，正月，聲起上；姑洗，三月，聲起上；蕤賓，五月，聲細中；夷則，七月，聲響下；無射，九月，聲響上；太吕，十二月，聲嘔下；夾鍾，二月，聲起中；中吕，四月，聲細上；林鍾，六月，聲細上；南吕，八月，聲響中；應鍾，十月，聲嘔上。欲知律，須於夜中静虚時，聽十二月律地本然之聲。聽真耳熟，則詩之律自然能辨。若有風聲間之，則驗八方來處，而定十二辰之方位，以還宫法推之，便知是本律中何調。若不應還宫法，即是奸聲。知此則詩中之調可識。五言古詩主穩，響、起不得暴揚，嘔、細不得驟抑。七言古詩情樂者貴響、起，不得驟用嘔、細；情哀者貴嘔、細，不得暴用響、起。七言律詩雖哀亦響起。律高用重律，中則用正律，下則用千律。大要調句叶律，起端一字中本宫從此。高下取次相間，復歸于本宫，纍纍無端如貫珠。凡律又聲，聲有五音字，字有十二律，消息活法，用之在人，自得之耳。

作詩貴知變，變之目有三：一曰字變，虚實死活是也；二曰句變，情景事意是也；三曰聲變，穩、響、起、嘔、細是也。字變，一句内忌併，一聯内非對者忌繁，隔聯忌字相似，一篇忌句相似。句變，情、景、事、意四者相間，不得碎雜相從，不得過三聯。若全篇純一者不拘。聲變，兩句不得相併，兩聯不得相似。起宜重濁，承宜平穩，中宜鏗鏘。二者篇篇欲變，若一題聯賦者，變制不變律。

作詩之妙有六：一曰格。格者，古人未嘗有意如此，精神所到，不知其然而然耳。心悟者隨機而用之，不可執一。二曰體。諸家體制，古人未嘗有意如此，風俗才力，有所拘限，不知其然而然耳。心悟者隨宜而象之，不可執一。三曰情。喜怒哀樂，人之至情，未嘗有意，事至物來，不知其然而然耳。心悟者隨感而應之，不可執一。四曰性。仁義禮知，人之本性，未嘗有意，理所當然，不知其然而然。心悟者隨理而用之，不可執一。五曰聲，六曰律。五聲十二律，八音之韻，物之至音，天籟自鳴，非人所爲，材各有適，不知其然而然耳。心悟者隨聲而叶之，不可執一。六者雖到化處，心嘗存於腔子中，自然出於精細，精細可造自然。

作詩要煅思。煅思之要有六：一曰詳，八面中間，推尋欲盡；二曰要，痛芟刻取，撮出至要；三曰博，博覽群書，悉歸部分；四曰精，含精咀華，漱取芳潤；五曰真，提要鍊真，天然色出；六曰雅，漱芳爾雅，加以潤色。煅思之法，先煅題，推詳取要；次煅料，博覽漱精；末煅意，煅真加雅，得真如雅，得雅如真，煅思至矣。

詩即事貴真，故事貴切，設事貴新。即事有四：曰正者，以温柔道之而藹然可愛；曰雅者，以忠厚道之而凜然可畏；曰疑者，以從容道之而斷在其中；曰妄者，以滑稽道之而辨在其中。故事有五：曰正用，的切本題，的然當用；曰反用，用其事而反其意；曰借用，本不切題，借用一端；曰暗用，用其語而隱其名；曰活用，本非故事，因言及之，此乃用事之妙。設事有六：曰夢寐，言夢必依約；曰古人，言古必依實；曰神祇，言神必依疑；曰仙靈，言仙必依想；曰鳥獸，托動物必依才；曰草木，托植物必依類。

詩之名，曰詩者，五言章句整齊，聲音平淡；七言章句參差，聲音雄渾。曰歌者，情揚辭達，音聲高暢。曰吟者，情抑辭欝，音聲沉細。曰行者，情順辭直，音聲瀏亮。曰曲者，情密辭婉，音聲諧縟。曰謡者，情譎辭寓，音聲質俚。曰風者，情切辭遠，音聲古淡。曰唱者，與歌行曲通。曰樂歌者，情和辭直，音聲舒緩。曰嘆者，情戚辭老，音長聲絶。曰解者，與歌曲嘆樂通。曰引者，情長辭蓄，音聲平永。曰弄者，情活辭麗，音聲圓壯。曰清者，情逸辭激，音聲清壯。曰辭者，情長辭雅，音聲平亮。曰舞者，情通辭麗，音聲應節。曰怨者，情沉辭欝，音聲凄斷。曰謳者，情揚辭直，音聲高放。曰騷者，情深痛加，而極其憤。曰賦者，辭語富麗，事意詳盡。曰操者，情堅辭確，阨窮不失。曰鹽者，與行、吟、曲，引相類。曰篇者，情明事遍，不遺餘意。以至曰別、曰調、曰思、曰哀、曰啼、曰詠、曰文、曰章、曰誄、曰箴、銘、贊、頌、無題，則各有意義，辭情音聲亦異，不能縷陳而總謂之詩。賦、頌、箴、銘、文、誄、贊亦可以爲文，其餘皆詩。

詩之題，曰送者，留須戀戀，勉必拳拳。曰別者，前瞻戀戀，後顧懸懸。曰逢者，樂生于哀，喜極還感。曰寄者，萬里寄言，必有實惠。曰酬者，識曲聽真，無言不酬。曰贈者，贈人以言，非諂非刺。曰答者，答旨有歸，無雜采意。曰遊者，立景。曰宴者，立意。曰行者，行必有故，切忌矯情。曰至者，至必有爲，不宜徒喜。曰歸者，歸人皆喜，必有我和。曰與者，物輕意重。曰謝者，物意俱重。曰登者，登峰詣極，所貴眼高。曰覽者，沉覽景物，意因有得。曰思者，思必有因，非徒悽愴。曰賀者，忌似攫客。曰題者，題忌積物。曰詠者，詠忌粘題。曰挽者，忌似壽詩。曰壽者，忌似挽詩。曰應制者，氣欲嚴肅，辭貴曲麗。他如曰赴、曰會、曰遇、曰賞、曰示、曰陪、曰見、曰謁、曰偕、曰同、曰從、曰訪、曰聞、曰問、曰尋、曰領、曰簡、曰戲、曰上、曰呈、曰興、曰懷、曰思、曰憶、曰先、曰守、曰書、曰述、曰吟、曰賦、曰古意、曰即事、曰寓言、曰出、曰寓、曰放、曰泛、曰進、曰憩、曰餞、曰幸、曰愁、曰傷、曰苦、曰哭、曰哀，其題不同，皆因感得意，因意得題。詩之大法有五：曰體制，曰格力，曰氣象，曰興趣，曰音節。詩之極致有一，曰入神。詩而至於入神，大而化矣，化而不可知矣，惟李、杜得之。

詩以達性情。情者，性之術，觸景而生。凡天地、日月、星辰、江山、烟雲、人物、草木，響答動悟，履遇形接，皆情也。拾而得之爲自然，撫而出之爲機造。自然者厚而安，機造者往而深。

《詩》有六義，實則三體。《風》、《雅》、《頌》者，《詩》之體；賦、比、興者，《詩》之法。故賦、比、興又所以制作乎《風》、《雅》、《頌》。凡詩中有賦起，有比起，有興起，《風》之中有賦、比、興，《雅》、《頌》之中亦有賦、比、興，此詩學之正源、作者之準則。作詩有六關：有篇法，有句法，有字法，有氣象，有家數，有音節。每一篇成須精研，合此六關方佳。

詩之篇法有四：有以字論者，有以意論者，有以故事論者，有以血脉論者。

詩之作用有九：曰入者，急唤入題；曰叙者，平叙事物；曰轉者，就題轉意；曰折者，因轉更深；曰出者，跳出題外；曰歸者，忽歸題中；曰警者，全平以奇爲警，全奇以平爲警；曰超者，絶超常情；曰撤者，撤情入事。

詩有音節，故東夷、西戎、南蠻、北狄四方，偏氣之語不相通曉，互相憎惡，皆不可用。唯中原漢音，四方可以通行，四方之人皆喜於習説。蓋中原，天地之中，得氣之正，聲音散布各能相入，是以詩中宜用中原之韻，則便官樣。凡押韻不可用啞韻，如五支、二十四鹽，啞韻也。

作詩之法有八：曰起句要高遠，曰結句要不著迹，曰承句要穩健，曰下字要有金石聲，曰上下相生，曰首尾相應，曰轉摺要不著力，曰占地步。

詩有四種高妙：一理高妙，二意高妙，三想高妙，四自然高妙。礙而實通曰理高妙；出事意外曰意高妙；寫出幽微，如清潭見底，曰想高妙；非奇非怪，剥落文采，知其妙而不知其所以妙，曰自然高妙。

詩之爲體有六：曰渾雄，曰悲壯，曰平淡，曰蒼古，曰沉著痛快，曰優游不迫。

詩有四不：氣高而不怒，力勁而不犯，情多而不暗，才贍而不疏。

詩有四深：氣象氛氲，由深於體勢；意度盤薄，由深於作用；用律不滯，由深於聲對；用事不直，由深於義類。
詩有二要：要力全而不苦澀，要氣足而不怒張。
詩有二廢：雖欲廢巧尚直，而神思不得直；雖欲廢言尚意，而典麗不得遺。
詩有四離：欲道情而離深僻，欲經史而離書生，欲高逸而離闊遠，欲飛動而離輕浮。
詩有四不入：輕重不等，用意太過，指事不實，用意偏枯。
詩有六迷：以虛大爲高大，以緩慢爲淡佇，以詭差爲新奇，以錯用意爲獨善，以爛熟爲穩約，以氣劣弱爲容易。
詩有七至：至險而不僻，至奇而不差，至苦而無迹，至近而易遠，至放而不迂，至難而狀易，至麗而自然。
詩有七德：曰識理，曰高古，曰典麗，曰風流，曰精神，曰質幹，曰體裁。
詩有十難：一造理難，二精神難，三高古難，四風流難，五典麗難，六質幹難，七體裁難，八勁健難，九耿介難，十悽切難。
詩有十易：氣高而易怒，力勁而易露，情多而易暗，才贍而易疏，道情而易僻，思深而易澀，放逸而易迂，飛動而易浮，新奇而易怪，容易而易弱。
詩有十戒：一戒生硬，二戒爛熟，三戒差錯，四戒直置，五戒誕妄，六戒綺靡，七戒蹈襲，八戒穢濁，九戒砌合，十戒俳諧。

詩有十貴：一貴典重，二貴抛擲，三貴出塵，四貴瀏亮，五貴縝密，六貴淵雅，七貴温蔚，八貴宏麗，九貴純粹，十貴瑩静。

作詩有一篇命意，有一句命意。

作詩練句不如練字，練字不如練意，練意不如練格。

詩貴入門之正。行有未至，可加心力；路頭一差，愈騖愈遠。故學得其上，僅得其中；學其中，斯爲下矣。凡《三百篇》以降，經史諸書、韻語楚辭、古詩、樂府，李陵、蘇武、漢魏晉人詩，皆須熟讀，次取李、杜盛唐名家精華，枕藉鈎貫，横流胸中，久之自然悟入，雖未至亦不失焉。

禪學貴妙悟，詩道亦貴妙悟。然悟有三：有透徹，有分解，有一知半解。復取諸名家熟參，楚、漢、魏、晉、盛唐諸作，斯禪宗最上乘，大曆以還已落第二義，晚唐則聲聞、辟支。

詩有自然，有機造，自然、機造皆原於性。性之於心爲空，空與性等。空非離性而有，亦不離空而性，必非空非性，而性固存。心之於色爲情，色與心遇，色非因心而得，亦非役心于色，必無心無色，而情自見。

詩之機出於天造，取之非有其方，得之非睹其竅，要之貴有性悟。

猶無所見，是爲外道異端，蔽其真識，終非藥石可能救之病。

詩道惟真人而後知詩之真，知詩之真而後知詩之非真，故非真之真，非深於詩者莫之能知也。

文以文而工，不以文而妙。舍文無妙，聖處自悟。意出格，格出意，先得意，如印印泥，止乎義理。意格欲高，句法欲響。始於意格，成於句字。句意欲深遠，句調欲清古和暢。古人詩每家自有風味，如樂各有聲韻，乃是歸宿處。倣者似而易。夫詩要悟，入志爲主，氣爲轉，詞爲衛，挹之而源不窮，咀之而味愈長。

學詩須先識古今體制、雅俗向背，更洗滌盡腸胃間宿生葷血脂膏，然後可以去穢濁而入芳潤，由是而真得矣。學無他術，惟勤誦參詣，勉於有爲。學詩者先須除淺異鄙陋之象，句叛而理不叛，言簡而意不遺。觀詩者要識安身立命處，始得要在氣象，不可尋枝摘葉。

不知詩病，何由能詩？不觀詩法，何由知病？諸名家詩，亦各有一病，大醇小疵差可耳。學竟無方作無略，子結成陰花自落。

作詩須先立大意。長篇曲折，須三致意，方可成章。聲律爲竅，物象爲骨，意格爲髓。圓熟多失之平易，老硬多失之乾枯。含蓄天成爲上，破碎雕鏤爲下，百鍊成句。用事要如禪家語，水中著鹽，飲水方知鹽味；下字要如奕棋，三百六十六路，都教要好著，顧臨時如何？句中有眼，如《華嚴經》舉善知因，譬如蓮花，方其吐花而葩已具蕊中。

學詩須求古人用心處，久久自然有個道理。悟入必自工夫中來，先參李、杜，如佛正宗；次第方可及諸法。初學詩寧可失之野，不可失之靡麗。野不害氣，靡麗不可復整。

大篇布置，首尾停匀，腰腹肥滿，少乏工緻，病在不精思，而作多奚以爲。

唐人以詩主人物，故雖小詩，莫不極工而後已。所謂句鍛月鍊，信非虚言。

詩有三種句：命屬題意，如有神助，歸於自然之句；命題立意，援筆立成，歸於容易之句；命題用意，求之不得，歸於苦求之句。

詩有二義：説見不得言見，説聞不得言聞。

詩家以借用古人語而不用其意爲最妙法。

詩家病使事太多。天下事雖不可不讀，然謹不可有意於用事。

小句精深，短章藴藉，大篇開闔乃妙。

學有餘，約以用之；意有餘，約以盡之。

雕刻傷氣，敷演露骨。若鄙而不精巧，過在不雕刻；拙而無委曲，過在不敷演。

作詩思有窒礙，涵養未至，當益以學問。歲寒知松柏，難處見作手。

詩貴有波瀾起伏。如在江湖，一波未平，一波又作，出入變化，不可紀極，而法度不亂，方是作者。

詩貴含蓄，言有盡而意無窮者，天下之至言也。體物不欲寒乞，須參活句，無參死句。

學詩先除五俗：一曰俗體，二曰俗意，三曰俗句，四曰俗字，五曰俗韻。

詩有語忌，有語病。語病易除，語忌難除。語病古人亦有之，惟語忌則不可有。

須是本色，須是當行，此求句之法。

對句好可得，結句好難得，發句好尤難得。

發端忌作舉止，收拾貴有出場。

作詩不必太著題，不必多使事。

押韻不必有出處，用事不必拘來歷。

下字貴響，造語貴圓。

意貴透徹，不可隔靴搔癢；語貴脱洒，不可拖泥帶水。最忌骨董，最忌趁貼。

語忌直，意忌淺，脉忌露，味忌短，音韻忌散緩，亦忌迫促。

古人作詩，以風調高古爲主，雖意遠語疏，皆爲佳作。詩以意義爲主，文詞次之，意深義高，雖文詞平易，自是奇作。

詩貴含蓄，優游不迫，太抵從學問中來。語句自然近理，以理爲主，以氣爲使。叫譟非詩道也。

詩有氣象、體面、血脉、韻度。氣象欲其渾厚，其失也俗；體面欲其宏大，其失也狂；血脉欲其貫串，其失也露；韻度欲其飄逸，其失也輕。

學詩者必先命意，意正則思生，然後擇韻而用，如驅奴隸，首尾有序。

詩者不可以言語求而得。意新語工，得前人所未到者斯善。

作詩屬辭比事，爲通疏性情，無貴用事。若借事以發己意，變態錯出，用事雖多亦何妨。

古人之詩，所以不可及處，剛柔緩急、哀樂喜怒之間，風教存乎其中。

學詩要自悟。意出於格，先得格也；格出于意，先得意也。意格欲高，句法欲響，故始于意格，成于句字。句意欲深、欲遠，句調欲清、欲古、欲和，是爲作者。

詩有内外意。内意欲盡其理，外意欲盡其象。内外意含蓄方入詩格。

詩中用事，僻事實用，熟事虚用。

詩者用意貴精深，下語貴平易。

譏人不可露，使人不覺。

人所多言，我寡言之；人所難言，我易言之，則自不俗。

立意要高古渾厚，有氣概，要沉著，忌卑弱淺陋。

鍊句要雄偉清健，有金石聲。

琢對要寧粗毋弱，寧拙毋巧，寧朴毋華。忌俗野。

寫景，景中含意，事中瞰景。貴細密清淡，忌庸腐新巧。

寫意要意中帶景，議論發明。

用事陳古諷今，因彼證此，不可著迹，只使影子可也，雖死亦當活用。

押韻要穩健。韻穩健則一句有精神，如柱礎欲其堅牢。

下字或在腰，或在膝，或在足，最要精宜的當。

詩貴三停：有起，有中，有結。凡起，古詩要混淪包括，語整意圓。五言律詩要聲穩語重，七言律詩要聲起語圓，絶句要平實。第一二句是。凡中，古詩要反覆變化，意真語暢。律詩頷、頸疏通拔，絶句要精要。第三句是。凡結，古詩含蓄不盡，意重語輕。五言律詩聲細意長，（古）［七］言律詩聲穩語健，絶句健決。第四句是。

詩貴精思，貴多看，貴多作。精思自深，多看自會，多作自好。

大凡詩氣象欲其渾厚，忌俗；體面欲其宏大，忌狂；血脉欲其貫串，忌露；韻度欲其飄逸，忌輕。

說理要簡易，說事要圓活，說景要微妙。

學有餘而約以用，善用事者也；意有餘而約以盡，善措辭者也。乍叙事而間以理言，得活法者也。

作詩者句無餘字，篇無長語，非善之善者也。句中有餘意，篇中有餘意，善之善者也。

難説處一言而盡，易説處莫便放過。

詩貴言簡而意不遺，句豪而理不畔。

作詩有口訣：平淡不流於淺俗，奇古不鄰於怪僻，題詠不窘於物象，叙事不病於聲律。比興深者通物理，用事工者如已出。格見於成篇，渾然不可鐫；氣出於言外，浩然不可屈。此作詩之法。

詩者宣志而道和，貴婉不貴嶮，貴質不貴靡，貴情不貴繁，貴融洽不貴工巧。

作詩之法，前疏者後必密，半闊者半必細，一實者必一虚，疊景者義必二。

詩貴雄渾悲壯。

學詩須取材于《選》，效法于唐。

學詩須枕籍《騷》、《選》，死生李、杜。

作詩須用《三百篇》與《離騷》。言不關於世教，義不存於比興，雖工何益？

詩有二得：絶句則當先得後二句，律詩則當先得中四字。

律詩固以對偶爲工，然得意者意對語不對，方是横出格外妙手。

律詩難於古詩，絶句難於律詩。七言律詩難於五言律詩，五言絶句難於七言絶句。唯深於詩者知之。

詩之品有九：曰高，曰古，曰深，曰遠，曰長，曰雄渾，曰飄逸，曰悲壯，曰淒婉。

詩不要有閑字。七言若減兩字成五言而意思足，便是閑字。

作律詩，情中有景，景中有情，以事爲意，以意融事，情景迭出，事意貫通，律詩之妙者也。

律詩七言八句，一篇之中，句句皆奇，一句之中，字字皆奇，古今作者皆難之。

七言排律，貴音律和協，體制整齊，忌似古詩口氣。

詩貴去陳腐，不在奇怪，不在難解。

作詩之法，每下一字俗間言語，要無一字無來處。

作詩對偶，不切則失之粗，太切則失之俗。

作詩貴以陳爲新，以拙爲巧，思精而意深，意轉而語佳，方是過人處。

作詩須從陶、柳門中來，乃佳。不如是，無以發蕭散冲淡之趣，不免局促塵埃，無由到古人佳處。學詩須先看李、杜，如士人治本經，本立，方可以次看諸家詩。

詩貴不煩繩削而自合程度，巧于斧斤，窘括者失之。

詩貴有奇絶不可及之語。

詩佳處在用事造語之外，使人虛心諷詠，乃能見之方妙。

學詩者要先以識爲主，如禪家所謂正法眼者，直須具得此眼目，方可以入道。

作詩好句須要好字。

詩人用事，有乘詩意到處，輒從其方言爲之，亦自一體，但不可以爲常。

詩貴發穠纖于簡古，寄至味于淡薄。

詩以奇趣爲宗，反經合道爲趣。

學詩要識詩，當如禪家有悟門。夫法門百千差別，直須先悟得一處，乃可通其他妙處。

作詩須憂中有樂，樂中有憂，方是深妙。

禪宗論法門有三種語：其一爲隨波逐浪句，謂隨物應機，不主故常；其二爲截斷衆流句，謂超出言外，非情識所到；其三爲函蓋乾坤句，謂泯然皆契，無間可向其深淺，以是爲序。杜詩如「波飄菰米沉雲黑，露冷蓮房墜粉紅」，爲函蓋乾坤句；「落花遊絲白日静，鳴鳩乳燕青春深」，爲隨波逐浪句；「百年地迥柴門闢，五月江深草閣寒」，爲截斷衆流句。參解此等語，則悟詩家之禪。

爲詩要有野意，要有天趣，貴聞道，貴不帶聲色。

作詩貴寫難狀之景如在目前，含不盡之意見於言外。

詩者，世多目爲末技，然不用心、不讀書、不歷練世故，則不足以名家。

作詩頻改，工夫自出。頑鐵久鍊成鋼，鉛錫冶而銀出。

嬉笑之怒甚于裂眥，長歌之哀過於慟哭，一字鄙貶甚于鞭撻。詩者，性情也，非强諫諍，非諟志憾，非訴道怒駡鄰座之具。作詩當知正心，心正則道德仁義之語、高雅温厚之氣，自具于言辭之表，卒與景遇，備以成章，不假繩削，非常情所能。思苦言艱，僞詐氣象，終不逃識者之藻鑑。

作詩不知風雅之意，不可以作詩。詩尚諷諫，惟言之者無罪，聞之者足以戒，乃爲有補。

詩不可鑿空强作，待境而生自工。或感古懷今，或傷今思古，或因事説景，或因物寄意。一篇之中，先立大意，起承轉結，三致意焉，則工緻矣。

詩有體。如作一題，須自斟酌，或《騷》、或《選》、或唐。《騷》不可雜以《選》，《選》不可雜以唐。首尾渾全，不可一句似《騷》，一句似《選》，一句似唐。

詩要鋪叙正，波瀾闊，用意深，琢句雅，使字當，下字響。觀詩之法亦當如此求之。

作詩，氣象欲其渾厚，體面欲其宏闊，血脉欲其貫串，風度欲其飄逸，音韻欲其鏗鏘。若刻雕傷氣，敷演露骨，此涵養未至，當益以學。

性情褊隘者其詞躁，寬裕者其詞平，端靖者其詞雅，疏曠者其詞逸，雄偉者其詞壯，醖藉者其詞婉。涵養性情發於色、形于言，此詩之本原。

詩有十科：曰意者，作詩先命意。如構宫室，必法度形制已備于胸中，始施斤鈇。此以實論取譬，則風之于空，春之于世，雖暫有其迹而無能得之於物者，是以造化超詣，變化易成，立意卑凡，情真愈遠。曰趣者，意之所不盡而有餘者之謂趣。是猶聽鍾而得其希微，乘月而思遊汗漫，窅然真用，將與造化者同流，此其趨也。曰神者，其所以變化詩道，濯煉性情，會秀儲真，超源達本，皆其神也。曰情者，是由真心静想中生，不必盡諭，不必不諭，猶月于水，觸處自然。神于詩爲色爲染，情染在心，色染在境，一時心境，會至而情出焉。曰氣者，其于條達爲清明、滯著爲昏濁。情貴乎流通，虚往無礙，盛大等乎空量，熹微藹如春和。然非果有所自而生之者，愈不可知。曰理者，有所興起而言，故凡一事之感、一物之悟，皆興起也。而其悲歡通塞，總屬自然，非有造設，惟不盡所以盡之興，猶王家之疆理也。曰力者，人之發足，將有所即，靡不由是而達。然猶有所未至，非日積之功未深，則足力之病進。於詩亦然，非尋思之未深，則材力之病進。要在馴熟，如與握手俱往。曰境者，耳聞目擊，神遇意會，凡接于形似聲響，皆爲境也。然達其幽深玄虚，發而爲佳言；遇其淺深陳腐，積而爲俗意。復如心之於境、境之於心，心之於境如鏡之取象，境之於心如燈之取影，亦各因其虚明净妙，而實悟自然。故於情想經營，如在圖畫，不著一字，窅乎神生。曰物者，凡引古證今，當如己造，無爲彼奪，緣妄失真。其如窅然色之膠青，空然水之鹽味，形趣泯合，神造自合。曰事者，詩指其一而不可著，復不可脱。著則落在陳腐科臼，脱則失其所以然，必究其形體之微，而超乎神化之奥，達于此可與言詩矣。

詩有四則：曰句者，一詩之中，妙在一句，爲詩之根本。根本不凡，則花葉自然殊異。復如威將示權，奇兵翕合；君子在位，善人皆來。曰字者，一字之妙，所以含趣之微；一時之根，所以生一字之妙。故夫圓活善用，如轉樞機；温净自然，如瞻佩玉。曰法者，病在腐，在浮，在常，在闇弱，在知强，在無謂，在槍棒，在嘴瓜，在不經，猶陶家營器，本陶一土，而等差非一。然有古形今制之别，精朴淺深之殊，貴各具體用形制之似爾。詩則詩矣，而名制非一。漢、晉高古，盛唐風流，西崑穠治，晚唐華藻，宋氏乖鎪，及江西諸家，造立不等，氣象差殊，各亦求其似者耳。曰格者，所以條達神氣，吹嘘興趣，非響非音，能誦而得之。猶清風徘徊于幽林，遇之可愛；微徑縈紆於遥翠，求之愈深。學詩者當自得之。

詩有二十四品，偏者得其一，能者得其全，會其全者，惟李、杜二人而已。其曰「雄渾」者，大用外腓，真體内充，返虚入渾，積健爲雄。具備萬物，横絶太空，荒荒油雲，寥寥長風。超以象外，得其環中，持之匪强，來之無窮。曰「冲淡」者，素處以默，妙機其微，飲之太和，與鶴獨飛。猶之蕙風，荏苒在衣，閲音修篁，美曰載歸。遇之非深，即之愈稀，脱有形似，握手已違。曰「纖穠」者，采采流水，蓬蓬遠春，窈窕深谷，時見美人。碧桃滿樹，風日水濱，柳陰路曲，流鶯比鄰。

乘之愈往，識之愈真，如將不盡，與古爲新。曰「沉著」者，緑杉野屋，落日氣清，脱巾獨步，時聞鳥聲。鴻雁不來，之子遠行，所思不遠，若爲平生。海風碧雲，夜渚月明，如有佳語，大河前横。曰「高古」者，畸人乘真，手把芙蓉，泛彼浩劫，窅然空蹤。月出東斗，好風相從，太華夜碧，人聞清鍾。虚佇神素，脱然畦封，黄唐在獨，落落玄宗。曰「典雅」者，玉壺買春，賞雨茅屋，坐中佳士，左右修竹。白雲初晴，幽鳥相逐，眠琴緑陰，上有飛瀑。落花無言，人淡如菊，書之歲華，其曰可讀。曰「洗鍊」者，猶鑛出金，如鉛出銀，超心鍊冶，絶愛緇磷。空潭瀉春，古鏡照神，體素儲潔，乘月返真。載瞻星辰，載歌幽人，流水今日，明月前身。曰「勁健」者，行神如空，行氣如虹，巫峽千尋，走雲連風。飲真茹强，蓄素守中，俞彼行健，是謂存雄。天地與立，神化攸同，期之以實，御之以終。曰「綺麗」者，神存富貴，始輕黄金，濃盡必枯，淺者屢深。露餘山青，紅杏在林，月明華屋，畫橋碧陰。金尊酒滿，伴客彈琴，取之自足，良殫美襟。曰「自然」者，俯拾即是，不取諸鄰，俱道適往，著手成春。如逢花開，如瞻歲新，貞予不奪，强得易貧。幽人空山，過水采蘋，薄言情悟，悠悠天鈞。曰「含蓄」者，不著一字，盡得風流，語不涉難，已不堪憂。是有真宰，與之沉浮，如緑滿酒，花時返秋。悠悠空塵，忽忽海漚，淺深聚散，萬取一收。曰「豪放」者，觀花匪禁，吞吐大荒，由道返氣，處得以强。天風浪浪，海山蒼蒼，真力彌滿，萬象在旁。前招三辰，後引鳳凰，曉看六鰲，濯足扶桑。曰「精神」者，欲反不盡，相期與來，明漪絶底，奇花初胎。青春鸚鵡，楊柳樓臺〔二〕，碧山人來，清酒深杯。生氣遠出，不著死灰，妙造自然，伊誰與裁。曰「縝密」者，是有真迹，如不可知，意象欲出，造化已奇。水流花間，清露未晞，要路愈遠，幽行爲遲。語不欲犯，思不欲癡，猶春於緑，明月雪時。曰「疏野」者，唯性所宅，真取弗羈，拾物自富，與率爲期。築室松下，脱帽看詩，但知旦莫，不辨何時。倘然適意，豈必有爲，若其天放，如是得之。曰「清奇」者，娟娟群松，下有漪流，晴雪滿汀，隔溪漁舟。可人如玉，步屧尋幽，載瞻載止，空碧悠悠。神出古異，淡不可收，如月之曙，如氣之秋。曰「委曲」者，登彼太行，翠繞羊腸，香靄流玉，悠悠花香。力之於時，聲之於羌，似往已迴，如幽匪藏。水理漩洑，鵬風翱翔，道不自器，與之方圓。曰「實境」者，取語甚直，計思匪深，忽逢幽人，如見道心。晴澗之曲，碧松之陰，一客荷樵，一客聽琴。情性所至，妙不自尋，遇之似天，永然希音。曰「悲慨」者，大風捲水，林木爲摧，意苦欲死，招憩不來。百歲如流，富貴冷灰，大道日喪，若爲雄材。壯士拂劍，浩然彌哀，蕭蕭落葉，漏雨荒苔。曰「形容」者，絶佇靈素，少迴清真，如覓水影，如寫陽春。風雪變態，花草精神，海之波瀾，山之嶙峋。俱似大道，妙契同塵，離形得似，庶幾斯人。曰「超詣」者，匪神之靈，匪機之微，如將白雲，清風與歸。遠引莫至，臨之已非，少有道氣，終與俗違。亂山喬木，碧苔芳暉，誦

〔二〕「樓」，原本缺，據明刊本《新編名賢詩法》補。

之思之，其聲愈稀。曰「飄逸」者，落落欲往，矯矯不群，緱山之鶴，華頂之雲。高人惠中，令色絪緼，御風蓬葉，泛彼無垠。如不可執，如將有聞，誠者已領，期之愈分。曰「曠達」者，生者百歲，相去幾何，歡樂苦短，憂愁實多。何如尊酒，日往烟蘿，花覆茅檐，疏雨相過。到酒既盡，杖黎行歌，孰不有古，南山峨峨。曰「流動」者，若納水輨，如轉丸珠，夫豈可道，假體遺愚。荒荒坤軸，悠悠天樞，載要其端，載同其符。超超神明，反之冥無，來往千載，是謂之乎。

詩有九法：榮遇之詩，要富貴尊嚴，典雅温厚。寫意宜閑雅，美麗清細。如王維、賈至諸公《早朝》之作，氣格雄深，句意嚴整，如宫商迭奏，音韻鏗鏘，真麟游靈沼、鳳鳴朝陽也。學者熟之，可以一洗寒陋。後來諸公應詔之作多用此體，然志驕氣盈，處富貴而不（先）［失］其正者幾希矣，此又不可不知。諷諫之詩，要感事陳辭，忠厚懇惻。諷諭甚切而不失性情之正，觸物感傷而無怨懟之辭，雖美實刺，此方爲有益之言也。古人凡欲諷諫，多借此以諭彼；臣不得於君，多借妻以思其夫。或托物陳喻，以通其意。但觀漢魏古詩及前輩所作可見，未嘗有無爲而作者。中間登臨之詩，不過感今懷古，寫景嘆時，思國懷鄉，瀟洒遊適，或譏刺歸美，有一定之法律也。宜寫四面所見山川之景，庶幾移不動。第一聯指所題之處，宜叙説起；第二聯合用景物實説；第三聯合説人事，或感嘆古今，或議論，却不可用硬事。或前聯先説事感嘆，則此聯寫景亦可，但不可兩聯相同；第四聯就題主意發感慨，繳前二句，或説何時再來。征行之詩，要發出悽愴之意，哀而不傷，怨而不亂。要發興以感其事，而不失情性之正；或悲時感事，觸物寓情方可。若傷亡悼屈，一切哀怨，吾無取焉。贈別之詩，當寫不忍之情，方見襟懷之厚。然亦有數等，如別征戍，則寫死別而勉之努力效忠；送人遠遊，則寫不忍別而勉之及時早回；送人仕宦，則寫喜別而勉之憂國恤民，或訴己窮居而望其薦拔。如杜公「唯待吹噓送上天」之説是也。凡送人，多托酒以將意，寫一時之景以興懷，寓相勉之辭以致意。第一聯叙題意起；第二聯合説人事，或叙別，或議論；第三聯合説景，或帶思慕之情，或説事；第四聯合説何時再會，或囑付，或期望。於中二聯或倒亂前説亦可，但不可重復，須要次第本句，要有規警，意味淵永爲佳。詠物之詩要托物以伸意，須要二句詠狀寫生，忌極雕巧。第一聯須合直説題目，明白物之出處方是；第二聯合詠物之體；第三聯合説物之用，或説意，或議論，或説人事，或用事，或將物體證；第四聯就題外生意，或就本意結之。讚美之詩，多以慶喜、頌禱、期望爲意，貴乎典雅渾厚，用事宜的當親切。第一聯要平直，或隨事命意叙起；第二聯意相承，或用事，必須實説本題之事；第三聯轉説要變化，或前聯不曾用事，此正宜用引證，蓋有事料，則詩不空疏；結句則多期望之意，大抵頌德貴乎實。若褒之太過，則近乎諛；讚美不及，則不合人情，而有淺陋之失矣。賡和之詩，當觀元詩之意如何，以其意和之，則更新奇。要造一兩句雄健壯麗之語，方能壓倒元、白；若又隨元詩脚下走，則無光彩，不足觀。其結句當歸著其人，方得體。有就中聯歸著者亦可。哭挽之詩，要情真事實，於其人情義深厚則哭之；無甚情分，則挽之而已矣。當隨人行實，作要切題，使人開口讀之，便見是哭挽某人，方好。中間要隱然有感傷之意。

詩者，始於舜、皋之賡歌。三代、列國，《風》、《雅》繼作，今之《三百篇》是也。其句法自三字至八字，皆起於此。三字句若「鼓咽咽，醉言歸」之類，四字若「關關雎鳩，在河之洲」之類，五字句若「誰謂雀無角，何以穿我屋」之類，六字句若「政事一埤益我」之類，七字句若「交交黃鳥止於棘」之類，八字句若「我不敢傚我友自逸」之類。漢魏以降，述作相望；梁陳以來，格制浸多；自唐迄今，而體制大備矣。

詩有五理：曰美者，如「都來消帝道，渾不用兵防」，美君有道德，以服遠人也。曰刺者，如「桑柘廢來猶納税，田園荒去尚徵徭」，刺役劇之重也。曰規者，如「幸無偏照處，剛有不明時」，規聖人行號令有不明時也。曰箴者，如「日暮碧雲合，佳人期不來」，箴佞人進而使賢人未仕也。曰誨者，如「明河川上没，芳草露中衰」，誨明時草澤中，賢人不得用也。

詩有三體：如「明堂坐天子，月朔朝諸侯」，頌也，言明時太平也；如「纔分天地色，便禁虎狼心」，雅也，言君臣父子和也。如「宫中誰第一，飛燕在昭陽」，風也，言君不用正人也。

詩有四得之辭：喜而得之，其辭麗，如「有時三點兩點雨，到處十枝九枝花」是也；怒而得之，其辭憤，如「顛狂柳絮隨風舞，輕薄桃花逐水流」是也；哀而得之，其辭傷，如「淚流襟上血，髮變鏡中絲」是也；樂而得之，其辭逸，如「誰家緑酒飲連夜，何處紅妝睡到明」是也。

詩有四失之辭：失之太喜，其辭放，如「春風得意馬蹄疾，一日看盡長安花」是也；失之太怒，其辭躁，如「解通銀漢終須曲，纔出崑崙便不清」是也；失之太哀，其辭傷，如「主客夜呻吟，痛入妻子心」是也；失之太樂，其辭蕩，如「驟然始散東城外，倏忽還逢南陌頭」是也。

詩有二家：詩人之詩雅而正，如「朝廷有道青春好，門館無私白日長」是也。詞人之詩才而辨，如「長宫衫色湘波緑，學士文章蜀錦新」是也。

詩有上中下：純而歸正者，上也，如「几席延堯舜，軒轅立禹湯」是也。淡中有味者，中也，如「閑倚太古石，醉卧洞庭秋」是也。華而不浮者，下也，如「山花插寶髻，石竹綉羅衣」是也。

詩有八對：一曰的名對，「送酒東南去，迎琴西北來」是也；二曰異類對，「風織池間樹，蟲穿草上文」是也；三曰雙聲對，「秋露香佳菊，春風馥麗蘭」是也；四曰叠韻對，「放蕩千般意，遷延一介心」是也；五曰聯綿對，「殘河若帶，初月如眉」是也；六曰雙擬對，「議月眉欺月，論花頰勝花」是也；七曰回文對，「情新因意得，意得逐情新」是也；八曰隔句對，「相思復相憶，夜夜淚沾衣。空嘆復空泣，朝朝君未歸」是也。

唐上官儀曰：詩有六對。一曰正名，「天地」、「日月」是也；二曰同類，「花葉」、「草芽」是也；三曰連珠，「蕭蕭」、「赫赫」是也；四曰雙聲，「黄槐」、「緑柳」是也；五曰叠韻，「彷佛」、

「放曠」是也；六曰雙擬，「春樹」、「秋池」是也。

詩有物相比：日月比君臣，龍比君位，雨露比君恩澤，雷霆比君威刑，山河比君邦國，陰陽比君臣，金石比忠烈，松柏比節義，鸞鳳比君子，燕雀比小人，蟲魚草木各以其類之大小輕重比之。

詩有古體。《周南》者，不離日用間，有福天下萬世意。《召南》者，至誠諄恪，秋毫不犯。《邶風》者，君子處變，淵静自守。《齊風》者，翩翩有俠氣。《唐風》者，憂思深遠。《秦風》者，秋聲朝氣。《豳風》者，深知民情而真體之。《小雅》者，忠厚。宣王《小雅》者，振刷精神。《大雅》者，深遠。宣王《大雅》者，鋪張事業。《周頌》者，天心布聲。《魯頌》者，謹守禮法。《商頌》者，天威大聲。凡讀《三百篇》，要會其情不足、性有餘處。情不足，故寓之景；性有餘，故見乎情。讀《騷》要見乎情有餘處。

讀《古詩十九首》，要知情真、景真、事真、意真，澄至清，發至情。

讀漢詩，要知先真實，後文華。

讀建安詩，要知於文華中取真實。

讀三國、六朝樂府，要知猶有真意，勝於當時文人之詩。

讀《文選》詩，分三節。東都以上主情，建安以下主意，三謝以下主辭。齊、梁諸家，五言未成律體，七言乃多古制，韻度猶出盛唐人上一等，但理不勝情，氣不勝辭耳。

讀唐詩分三節。盛唐主辭情，中唐主辭意，晚唐主辭律。唯杜甫上祖《雅》、《頌》，下友楚、漢，俯拾齊、梁，體制格式，備極諸變。

冰川詩式卷之十

學詩要法下

詩有六義，後世賦別爲一大文，而比少興多。詩人之全者，惟杜子美能兼之。如《新月》詩，「光細弦欲上，影斜輪未安」，謂位不正、德不充，風之事也。「微升古塞外，已隱暮雲端」，謂纔升即隱，似當日之事。「河漢不改色，關山空自寒」，河漢是矣，而關山自凄然有所感，興也。「庭前有白露」，露乃天之恩澤，雅之事也。「暗滿菊花團」，謂天之澤止及於庭前之菊，其成功之小也如此，頌之事也。

詩有三偷：偷語最拙，如（傳）［傅］長虞「日月光太清」、陳主「日月光天德」是也。偷意，事雖可罔，情不可原。如柳渾「太液微波起，長楊高樹秋」、沈佺期「小池殘暑退，高樹早凉歸」是也。偷勢，才巧意（情）［精］，各無朕迹，蓋詩人偷狐白裘手。如嵇康「目送歸鴻，手揮五絃」、王昌齡「手携雙鯉魚，目送千里雁」是也。

詩體制如傍犯、蹉對、假對、雙聲、叠韻、正格、偏格，類例極多。徐陵云：「陪遊馺娑，騁纖腰於結風，長樂鴛鴦，奏新聲於度曲。」又云：「厭長樂之疏鏌，勞中宮之緩箭。」雖兩「長樂」義不同，不爲重復，此爲傍犯。如《九歌》云：「蕙殽蒸兮蘭藉，奠桂酒兮椒漿。」「蒸蕙殽」對「奠桂酒」，今倒用之，謂之蹉對。如「自朱耶之狼狽，致赤子之流離」，不唯「赤」對「朱」、「耶」對「子」，兼「狼狽」、「流離」乃獸名對鳥名。又如「厨人具雞黍，稚子摘楊梅」，以「雞」對「楊」，如此之類，皆爲假對。如「幾家村草裏，吹唱隔江聞」，「幾家村草」、「吹唱隔江」皆雙聲。如「月影侵簪冷，江光逼履清」，「侵簪」、「逼履」皆疊韻。詩第二字側入，謂之正格。如「鳳曆軒轅紀，龍飛四十春」之類。第二字平入，謂之偏格。如「四更山吐月，殘夜水明樓」之類。

論詩謂對偶不切則失之粗，太切則失之俗，此一偏之見耳。如老杜《江陵》詩云「地利西通蜀，天文北照秦」，《秦州》詩云「水落魚龍夜，山空鳥鼠秋」之類〔二〕，可謂對偶太切矣，又何俗乎？如「雜蕊紅相對，他時錦不如」、「磨滅餘篇翰，平生一釣舟」之類，不求太切，而未嘗失格也。學者當審此。

因襲者，因前人之語也。以陳爲新，以拙爲巧，非有過人之才，則未免以蹈襲爲愧矣。如「水田飛白鷺，夏木轉黄鸝」，此李嘉祐詩也，王摩詰衍之爲七言曰「漠漠水田飛白鷺，陰陰夏木

〔二〕「秦州」，原本作「川」，據宋寶慶元年刻本《九家集注杜詩》卷二十改。

囀黄鸝」，而興益遠。「九天閶闔開宫殿，萬國衣冠拜冕旒」，王摩詰詩也，杜子美删之爲五言曰「閶闔開黄道，衣冠拜紫宸」，而語益工。

規模其意而形容之，謂之奪胎；不易其意而造其語，謂之换骨。如太白詩云「鳥飛不盡暮天碧」，又云「青天盡處没孤鴻」，山谷詩云「不知眼界闊多少，白鳥去盡青天回」，此皆换骨法也。顧況詩云「一别二十年，人堪幾回别」，荆公「一自居家把酒杯，六年波浪與塵埃，不知烏石岡頭路，到老相尋得幾回」，樂天詩云「臨風杪秋樹，對酒長年人。醉貌如霜葉，雖紅不是春」，東坡云「兒童誤喜朱顔在，一笑那知是酒紅」，此皆奪胎之法也。

作詩貴雕琢，又畏有斧鑿痕；貴確的，又畏粘皮骨，此所以爲難。李商隱《柳》詩云「動春無限葉，撼曉幾多枝」，恨其有斧鑿痕也。石曼卿《紅梅》詩云「認桃無緑葉，辨杏有青枝」，恨其粘皮骨也。能曉此等病，始可言詩矣。作詩要一字、兩字工。王介甫嘗讀杜詩云：「『無人覺往來』，下得『覺』字太好；『暝色赴春愁』，下得『赴』字太好。若下『起』字，此即小兒語。」劉滄詩云「香銷南國美人盡，怨入東風芳草多」，是鍊「銷」、「入」字。「殘柳宫前空露葉，夕陽川上浩烟波」，是鍊「空」、「浩」二字，最是妙處。

僧惠洪《冷齋夜話》載介甫詩云：「『春殘葉密花枝少，睡起茶多酒盞疏』。『多』字當作『親』，世俗傳寫之誤。」洪之意，蓋欲以「少」對「密」，以「疏」對「親」，殊不曉古人詩格，此一聯以「密」字對「疏」，以「多」字對「少」，正交股用之，所謂蹉對法也。

《南史·謝莊傳》曰：「王元謨問莊：何者爲雙聲？何者爲疊韻？答曰：『互』、『護』爲雙聲，『磝』、『碻』爲疊韻。」某按：古人以四聲爲切韻，紐以雙聲疊韻，必以五音爲定。蓋謂東方喉聲爲木音，西方舌聲爲金音，南方齒聲爲火音，北方唇聲爲水音，中央牙聲爲土音也。雙聲者，同音而不同韻也；疊韻者，同音而又同韻也。「互」、「護」同爲唇音，而二字不同韻，故謂之雙聲；「磝」、「碻」同爲牙音，而二字又同韻，故謂之疊韻。

詩有錯綜句，如老杜云「紅稻啄殘鸚鵡粒，碧梧棲老鳳凰枝」，荆公云「繰成白雪桑重綠，割盡黄雲稻正青」，鄭谷云「林下聽經秋苑鹿，溪邊掃葉夕陽僧」，用事不錯綜則不成。文章若平直敘之則曰「鸚鵡啄殘紅稻粒，鳳凰棲老碧梧枝」，以「紅稻」于上，以「鳳凰」于下者，錯綜之也。言「繰成」則知「白雪」爲絲，言「割盡」則知「黄雲」爲麥也。秦少游得其意，特發奇語，其作《睡足軒》則曰：「長年憂患百端慵，開斥僧坊頗有功。地徹蔽虧僧界静，人除荒穢玉奩空。青天併入揮毫裏，白鳥時來隱几中。最是人間佳絶處，夢殘風鐵響丁東。」

詩有影略句，如鄭谷詠落葉，未嘗及雕零飄墜之意，人一見之，自然知爲落葉。詩曰：「返蟻難尋穴，歸禽易見窠。滿廊僧不厭，一個俗嫌多。」

詩有象外句，其琢句法，比物以意，而不指言一物，謂之象外句。如無可上人詩曰「聽雨寒更盡，開門落葉深」，是「落葉」比雨聲也。又曰「微陽下喬木，遠燒入秋山。」是「微陽」比「遠燒」也。用事琢句，妙在言其用而不言其名耳。

詩人造語雖秀拔，然大抵上下句多不可出一意，如「魚戲新荷動，鳥散餘花落」、「蟬噪林逾静，鳥鳴山更幽」之類，非不工，終不免此病。

太史公曰：「《國風》好色而不淫，《小雅》怨誹而不亂。」《左氏傳》曰：「《春秋》之稱微而顯，志而晦，婉而成章，盡而不汙。」此《詩》與《春秋》記事之妙也。近世詞人，閑情之靡，如伯有所賦，趙武所不得聞者，有過之無不及焉，是得爲好色而不淫乎？惟晏叔原云「落花人獨立，微雨燕雙飛」，可謂好色而不淫矣。唐人《長門怨》云「珊瑚枕上千行淚，不是思君是恨君」，是得爲怨誹而不亂乎？惟劉長卿云「月來深殿早，春到後宫遲」，可謂怨誹而不亂矣。近世陳克詠李伯時畫《寧王進史圖》，云「汗簡不知天上事，至尊新納壽王妃」，是得爲微、爲晦、爲婉、爲不汙穢乎？惟李義山云「侍燕歸來更漏永，薛王沉醉壽王醒」，可謂微婉顯晦，盡而不汙矣。

學詩者貴乎似，論詩者可以言盡耶？少陵《春水生》二詩云：「二月六夜春水生，門前小灘渾欲平。鸕鷀鸂鶒莫漫喜，吾與汝曹俱眼明。」「一夜水高二尺强，數日不敢更禁當。南市津頭有船賣，無錢即買繫籬傍。」曾空青《清樾軒》二詩云：「卧聽灘聲濺濺流，冷風凄雨似深秋。江邊石上烏臼樹，一夜水長到稍頭。」「竹間嘉樹密扶疏，異鄉物色似吾廬。清曉開門出負水，已有小舟來賣魚。」似耶？不似耶？學詩者不可以不辨。

唐律七言八句，一篇之中句句皆奇，一句之中字字皆奇，惟杜少陵《九日》詩，「老去悲秋强自寬，興來今日盡君歡」，不特入句便字字屬對。又第一句頃刻變化，纔説「悲秋」，忽又「自寬」，以「自」對「君」，「自」者，我也。「羞將短髮還吹帽，笑倩傍人爲正冠」，將一事翻騰作一聯。又孟嘉以落帽爲風流，少陵以不落爲風流，翻盡古人公案，最爲妙法。「藍水遠從千澗落，玉山高並兩峰寒」，詩人至此，筆力多衰，今方且雄傑挺拔，喚起一篇精神，自非筆力拔山，不至於此耳。「明年此會知誰健，醉把茱萸子細看」，末聯意味尤爲深長。

吟詩喜作豪句，須不畔於理方善。如東坡《觀崔白冬景圖》云「扶桑大繭如甕盎，天女織綃雲漢上。往來不遣鳳御梭，誰能鼓臂投三丈」，此語豪而甚工。石敏若《橘林文中詠雪》有「燕南雪花大於掌，冰柱懸檐一千丈」之語，豪則豪矣，然安得爾高屋耶？余觀李太白《北風行》云「燕山雪花大如席」，《秋浦歌》云「白髮三千丈」，其句可謂豪矣，奈無此理。何如秦少游《秋日絶句》云「連卷雌蜺挂西樓，逐雨追晴意未休。安得萬妝相向舞，酒酣聊把作纏頭」，此語亦豪而工矣。

唐人詠物詩，於景意事情外，别有一種思致，不可言傳，必必領神會始得。此後人所以不及唐也。如陸魯望《白蓮》詩云：「素蘤多蒙别艷欺，此花真合在瑤池。還應有恨無人覺，月曉風清欲墮時。」妙處不在言句上，宋人都曉不得。如東坡《詠荔支》、梅聖俞《詠河豚》，此等類非詩，特俗，所謂偈子耳。

詩有連珠句，如白樂天《書天竺寺》詩云：「一山門作兩山門，兩寺元從一寺分。東澗水流西澗水，南峰雲起北峰雲。前臺花發後臺見，上界鍾清下界聞。遥想吾師行道處，天香桂子落紛紛。」故東坡有詩云「空詠連珠吟叠壁」，蓋謂是也。

朱文公云：「古人詩中有句，今人詩只一直説。如簡齋詩云『亂雲交翠壁，細雨濕青林』之類，他是什麽句法？」歐陽公《雪》詩多大篇，然已屏去白事，故東坡少時之作亦多有犯此者。如「也知不作堅牢玉，無奈能開頃刻花」，又云「但覺衾裯如潑水，不知庭户已堆鹽」。後亦作不犯白事，如「白戰不許持寸鐵」一篇，雖無白事，亦坦然老健，直有少陵氣象。

作詩不可大著題。世有《青衿集》一編，以授學徒，可以論蒙。若《天》詩云「戴盆徒仰止，測管詎知之」，《席》詩云「孔堂曾子避，漢殿戴馮重」，可謂著題。但如東坡所謂賦詩，必此詩也。

詩意貴開闢。凡作詩，使人讀第一句，知有第二句，讀第二句，知有第三句，次第終篇爲至妙。如老杜「莽莽天涯雨，江村獨立時。不愁巴道路，恐濕漢旌旗」是也。大概作詩要從首至尾，語脉聯屬，如有理詞狀。古詩云「唤婢打鵶兒，莫叫枝上啼。啼時驚妾夢，不得到遼西」，可爲標準。

詩有力量，猶如弓之斗力，其未挽時，不知其難也。及其挽之，力不及處，分寸不可强。若《出塞曲》「落日照大旗，馬鳴風蕭蕭。悲笳數聲動，壯氣慘不驕」，又《八哀詩》「汝陽讓帝子，眉宇真天人。虬鬚似太宗，色映塞外春」，此等力量，不容他人到。

老杜詩以後二句續前二句處甚多。如《喜弟觀詩》云：「待爾嗔烏鵲，拋書示鶺鴒。枝間喜不去，原上急曾經。」《晴》詩云：「啼鳥爭引子，鳴鶴不歸林。下食遭泥去，高飛恨久陰。」《江閣臥病》云：「滑憶雕胡飲，香聞錦帶羹。溜匙兼暖腹，誰欲致杯罌」。《寄張山人》詩云：「曹植休前輩，張芝更後身。數篇吟可老，一字買堪貧。」如此類甚多。此格起於謝靈運，《廬陵王墓下》詩云：「延州協心許，楚老惜蘭芳。解劍竟何及，撫墳徒自傷。」李太白詩亦時有此格，如「毛遂不墮井，曾參寧殺人。虚言誤公子，投杼感慈親」是也。

梅聖俞云：「作詩須狀難寫之景於目前，含不盡之意於言外。」真名言也。觀其《送蘇祠部通判於洪州詩》云「沙鳥看來没，雲山愛後移」，《送張子野赴鄭州》云「秋雨生陂水，高風落廟梧」之類，狀難寫之景也。《送馬殿丞赴密州》「危帆淮上去，古木海邊秋」，《和陳秘校》云「江水幾經歲，鑑中無壯顔」之類，含不盡之意也。

梅聖俞五字律詩，於對聯中十字作一意處甚多。如《碧瀾亭》詩云：「危樓喧晚鼓，驚鷺起寒汀。」《初見淮山》云：「朝來汴口望，喜見淮上山。」《送俞駕部》云：「何時鷁舟上，遠見爐峰迎。」《送張子野》云：「不知從此去，當見復何如。」《和王尉》云：「度雁不曾下，新文誰寄評。」《晝寢》詩云：「及爾寂無慮，始知機盡空。」如此者不可勝舉。詩家謂之「十字格」，今人用此格者殊少也。老杜亦時有此格。《放船》詩云：「直愁騎馬滑，故作泛舟回。」《對雨》云：「不愁巴路道，恐濕漢旌旗。」《江月》云「天邊長作客，老去一霑巾。」

杜荀鶴、鄭谷詩，皆一句内好用二字相叠，然荀鶴多用於前後散句，而鄭谷用於中間對聯。荀鶴詩云「文星漸見射台星」，「非謁朱門謁孔門」，「常仰門風維國風」，「忽地晴天作雨天」，「猶把中才謁上才」，皆用於散聯。鄭谷「那堪流落逢摇落，可得潸然是偶然」，「身爲醉客思吟客，官自中丞拜右丞」，「初塵芸閣辭禪閣，却訪支郎是老郎」，「誰知野性非天性，不扣權門扣道門」，皆用於對聯也。

律詩中間對聯兩句意甚遠，而中實潛貫者，最爲高作。如介甫《示平甫》詩云：「家世到今宜有後，士才如此豈無時。」《答陳正叔》云：「此道未行身有待，古人不見首空回。」魯直《答彦和》詩云：「天於萬物定貧我，智效一官全爲親。」《上叔父夷仲》詩云：「萬里書來兒女瘦，十月山行冰雪深。」歐陽永叔《送王平甫下第》詩云：「朝廷失士有司恥，貧賤不憂君子難。」《送張道州》詩云：「身行南雁不到處，山與北人相對閑。」如此之類，與規規然在於媲青對白者相去萬里矣。魯直如此句甚多，不能概舉也。

陳去非嘗有言曰：「唐人皆苦思作詩，所謂『吟安一個字，撚斷萬莖鬚』，『句向夜深得，心從天外歸』，『吟成五字句，用破一生心』，『蟾蜍影裏清吟苦，舴艋舟中白髮生』之數者是也。故造語皆工，得句皆奇，但韻格不高，故不能參少陵逸步。後之學詩者，倘或能取唐人語而掇入少陵繩墨步驟中，此連胸之術也。」人嘗以此語似葉少蘊，少蘊云：「李益詩云〔一〕：『開門風動竹，疑是故人來。』沈亞之詩云『徘徊花上月，虚度可憐宵』，皆佳句也。鄭谷掇取而用之，乃云：『睡輕可忍風敲竹，飲散那堪月在花。』真可與李、沈作僕奴。」由是論之，作詩者興致先自高遠，則去非之言可用，倘不然，便與鄭都官無異。

連綿字不可挑轉用。詩人間有挑轉用者，非爲平側所牽，則爲韻所牽也。羅昭諫以「泬寥」爲「寥泬」，是爲平側所牽，《秋風生桂枝》詩所謂「寥泬工夫人」是也。又以「泛瀾」爲「瀾泛」，是爲韻所牽，《哭孫員外》詩所謂「故侯何在波瀾泛」是也。

詩家有換骨法，謂用古人意而點化之，使加工。如李白詩云：「白髮三千丈，緣愁似個長。」荆公點化之，則云：「繰成白髮三千丈。」劉禹錫云：「遥望洞庭湖翠水，白銀盤裏一青螺。」山谷點化之，云：「可惜不當湖水面，銀盤堆裏看青山。」孔稚圭《白苧歌》云「山虚鍾磬徹」，山谷點

〔一〕「李益」，原本作「沈益」，誤，據宋刻本《韻語陽秋》卷二改。

化之，云「山谷響筦絃」。盧仝詩云「草石是親情」，山谷點化之，云「小山作朋友，香草當姬妾」。學詩者不可不知此。

自古工詩者，未嘗無興也。觀物有感焉，則有興。今之作詩者，以興近乎訕也，故不敢作，而詩之一義廢也。老杜《萵苣》詩云：「兩旬不甲拆，空惜埋泥滓。野莧迷汝來，宗生實於此。」皆興，小人盛而掩抑君子也。至高適《題處士菜園》則云「耕地桑柘間，地肥菜常熟。爲問葵藿資，何如廟堂肉」，則近乎訕矣。作詩者苟知興之與訕異，始可以言詩矣。

應制詩非他詩比，自是一家。法大抵不出於典實富艷爾。夏英公《和上元觀燈》詩云：「魚龍曼衍六街呈，金鎖通宵啓玉京。冉冉遊塵生輦道，遲遲春箭入歌聲。寶坊月皎龍燈淡，紫館風微鶴焰平。宴罷南端天欲曉，回瞻河漢尚盈盈」。王岐公詩云：「雪消華月滿仙臺，萬燭當樓寶扇開。雙鳳雲中扶輦下，六鰲海上駕山來。鎬京春酒霑周燕，汾水秋風陋漢材。一曲昇平人共樂，君王又進紫霞杯。」二公雖不同時，而二詩如出一人之手，蓋格律當如是。丁晉公《賞花釣魚》詩云：「鶯驚鳳輦穿花去，魚畏龍顔上釣遲。」胡文公云：「春暖仙蓂初靃靡，日斜芝蓋尚徘徊。」鄭毅夫：「水光翠繞九重殿，花氣濃薰萬壽杯。」皆典實富艷有餘，若作清癯平淡之語，終不近爾。

省題詩自成一家，非他詩比也。首韻拘於見題，則易於牽合；中聯縛於法律，則易於駢對。

非若遊戲於烟雲月露之形，可以縱横在我者也。王昌齡、錢起、孟浩然、李商隱輩皆有詩名，至於作省題詩則疏矣。王昌齡《四時調玉燭》詩云「祥光長赫矣，佳號得温其」，錢起《巨魚縱大壑》詩云「方快吞舟意，尤殊在藻嬉」，孟浩然《騏驥長鳴》詩云「逐逐懷良馭，蕭蕭顧樂鳴」，李商隱《桃李無言》詩云「夭桃花正發，穠李蕊方繁」，此等句與兒童無異，以此知省題詩自成一家也。

朱子云：「初見擬古詩，將謂只是學古人之詩。元來却是如古人云『灼灼園中花』，自家也做一句如此；『遲遲澗畔松』，自家也做一句如此；『磊磊澗中石』，自家也做一句如此；『人生天地間』，自家也做一句如此。意思、語脉皆要似他底，只换却字。某後來依如此做得二、三十首詩，便覺得長進。蓋意思、句語、血脉、勢向皆效它底，此學詩之法。」

陶淵明意不在詩，詩以寄其意耳。「采菊東籬下，悠然望南山」，則既采菊又望山，意盡於此，無餘藴矣，非淵明意也。「采菊東籬下，悠然見南山」則本自采菊，無意望山，適舉首而見之，悠然高情，趣閑而思遠，此未可於文字精粗間求之。

詩有驚人句，樂天《月中桂》詩是也。又如杜子美《山水障歌》云「堂上不合生楓樹，怪底江山起烟霧」，又「斫却月中桂，清光應更多」。韓子蒼《衡岳圖》云「故人來自天柱峰，手持石廩與祝融。兩山坡陁幾百里，安得置之行李中」，此又是用東坡所謂「我持此石歸，袖中有東海」之意。杜牧之云「我欲東召龍伯公，上天揭取北斗柄。蓬萊頂上斡海水，水盡見底看海空」，李賀云「女媧鍊石補天處，石破天驚逗秋雨」，此語皆驚人者也。

李灣詩體幽遠，興用洪深，因詞寫意，窮理盡性。於詠物尤工，如「受氣何曾異，開花獨自遲」，所謂哀而不傷，國風之深者也。

子厚詩尤深，難識。如《晨詣超師院》詩一段，至誠潔清之意參然在前。其首四句蓋謂真妄以盡佛理，言行以盡熏修，此外亦無詞矣。「道人庭宇静，苔色連深竹」，又遠過「竹徑通幽處，禪房花木深」之語。「日出霧露餘，青松如膏沐」，此語能傳造化之妙。至末句則又言因指而見月，遺經而得道，於是終焉。其本末、立意、遣詞，可謂曲盡其妙，毫髮無遺恨者也。

古人作詩斷句，輒旁入他意最爲警策。如老杜云「雞蟲得失無了時，注目寒江倚山閣」是也。黄魯直作《水仙花》詩「坐對真成被花惱，出門一笑大江横」亦是此意。

淵明詩初視若散緩，熟視有奇趣。如曰「日暮巾柴車，路暗光已夕。歸人望烟火，稚子候檐隙」，又曰「採菊東籬下，悠然見南山」，又曰「靄靄遠人村，依依墟里烟。犬吠深巷中，雞鳴桑樹巔」，大率才高意遠，則所寓得其妙，遂能如此。如大匠運斤，無斧鑿痕，不知者疲精力，至死不悟。如曰「一千里色中秋月，十萬軍聲夜半潮」，又曰「蝴蝶夢中家萬里，子規枝上月三更」，又曰「秋深簾幕千家雨，落日樓臺一笛風」，皆寒乞相，一覽便盡，初如秀整，熟視無神氣，以其字露也。

詩下雙字極難，須是七言、五言之間，除去五字、三字外，精神興致全見於兩言，方爲工妙。唐人謂「水田飛白鷺，夏木囀黃鸝」爲李嘉祐詩，摩詰竊取之，非也。此兩句好處正在添「漠漠」、「陰陰」四字，此乃摩詰爲嘉祐點化，以自見其妙。如李光弼將郭子儀軍，一號令之，精采數倍。不然，嘉祐本句但是詠景耳，人皆可到。要之，當使如老杜「無邊落木蕭蕭下，不盡長江滚滚來」，與「江天漠漠鳥飛去，風雨時時龍一吟」等句，乃爲超絶。近世王荆公有云「新霜浦溆綿綿白，薄晚林巒往往青」，與蘇子瞻云「浥浥香爐初泛夜，離離花影欲摇春」，此可以追配前作也。

錢起之詩格清奇，理致清濬。如「鳥道過疏雨，人家殘夕陽」，又「牛羊上山小，烟火隔林疏」，又「長樂鍾聲花外盡，龍池柳色雨中深」，皆特出意表，標準古今。又「窮達戀明主，耕桑亦近郊」，則禮義克全，忠孝兼著，足以弘長名流，爲後楷式。

古人下連綿字不虚發。如老杜「野日荒荒白，江流泯泯清」，退之云「月吐窗冏冏」，皆造微入妙。

晏元獻《覽李慶富貴曲》云「軸傳曲譜金書字，樹記花名玉篆牌」，此乃乞兒相，未嘗識富貴者。故公常言富貴不及金玉錦綉，惟説其氣象。若「樓臺側畔楊花過，簾幕中間燕子飛」、「梨花院落溶溶月，柳絮池塘淡淡風」是也。公自以此句語人曰：「窮人家有此景否？」近時人有詩一聯云『珠簾綉户遲遲日，柳絮梨花寂寂春』，雖用珠綉，其氣象豈不富貴？不害其爲佳句也。」

蘇子卿詩「幸有絃歌曲，可以喻中懷。請爲遊子吟，泠泠一何悲。絲竹屬清聲，慷慨有餘哀。長歌正激烈，中心愴以摧。欲展清商曲，念子不能歸」，今人觀之，必以爲一篇重復之甚，豈特如蘭亭絲竹管絃之語耶？古詩正不當以此論之也。

《十九首》「青青河畔草，鬱鬱園中柳。盈盈樓上女，皎皎當窗牖。娥娥紅粉妝，纖纖出素手」，一連六句，皆用疊字，今人必以爲句法重復之甚，古詩正不當以此論之也。

古人贈答多相勉之詞。蘇子卿云「愿君崇令德，隨時愛景光」，李少卿云「努力崇明德，皓首以爲期」，劉公幹云「勉哉修令德，北面自寵珍」，杜子美「君若登台輔，臨危莫愛身」，往往是此意。有如高達夫《贈王徹》云「吾知十年後，季子多黄金」，金多何足道，又甚於以名位期人者，此達夫偶然漏逗處也。

詩貴意。意貴遠不貴近，貴淡不貴濃，濃而近者易識，淡而遠者難知。如杜子美「鈎簾宿鷺起，丸藥流鶯囀」，「不通姓字粗豪甚，指點銀缾索酒嘗」，「銜泥點涴琴書内，更接飛蟲打著人」，李太白「桃花流水杳然去，别有天地非人間」，王摩詰「返景入深林，復照莓苔上」，皆淡而愈濃，近而愈遠，可與知者道，難與俗人言。王介甫得之曰「坐看蒼苔色，欲上人衣來」，虞伯生得之曰「不及清江轉椀鼓，洗盞船頭沙鳥鳴」，曰「繡簾美人時共看，階前青草落花多」，楊廉夫得之曰

「南高峰雲北高雨，雲雨相隨惱殺儂」，可謂閉門造車、出門合轍者矣。柳子厚「回看天際下中流，巖上無心雲相逐」，坡翁欲削此二句，論詩者類不免矮人看場之病，此詩若止用前四句，則與晚唐何異？

詩有純用平側字而自相諧協者。如「輕裾隨風還」，五字皆平；「桃花梨花參差開」，七字皆平；「日出斷岸口」，一章五字皆側。惟杜子美好用側字，如「有客有客字子美」，七字皆側；「中夜起坐萬感集」，六字側者尤多。「壁色立積鐵」、「業白出石壁」，至五字皆入而不覺其滯，此等雖難學，亦不可不知也。

五、七言古詩側韻者，上句末字類用平聲，惟杜子美多用側。如《玉華宫》、《哀江頭》諸作，概亦可見其音調起伏頓挫，獨爲趫健，以別出一格。回視純用平字者，便覺萎弱無生氣。自後則韓退之、蘇子瞻有之，故亦健於諸作。此雖細故末節，蓋舉世歷代而不之覺也。偶一啓鑰〔二〕，爲知音者道之。若用此太多，過於生硬，則又矯枉之失，不可不戒也。

詩用倒字倒句法，乃覺勁健。如杜詩「風簾自上鈎」、「風窗展書卷」、「風鴛藏近渚」，「風」字皆倒用，至「風江颯颯亂帆秋」，尤爲警策。

〔二〕「偶」，原本缺，據隆慶本補。

杜詩有兩等句，皆常自言之。其一曰「新詩改罷自長吟」，凡集中抑揚開闔，與造化爭衡於一字間者皆是。其二曰「意愜關飛動，篇終接混茫」，如「江山如有待，花柳更無私」之類是也，蓋與造化相流通矣。

張子韶曰：「淵明云『雲無心以出岫，鳥倦飛而知還』，則可知其本意。杜子美謂『水流心不競，雲在意俱遲』，則與物無間斷，氣更混淪，難輕議也。」

杜少陵《登兖州城樓》云：「東郡趨庭日，南樓縱目初。浮雲連海岱，平地入青徐。孤嶂秦碑在，荒城魯殿餘。從來多古意，臨眺獨躊躇。」其法實出於其祖審言。審言《登襄陽城》詩云：「旅客三秋至，層城四望開。楚山橫地出，漢水接天迴。冠蓋非新里，章華即舊臺。習池風景異，歸落滿塵埃。」陳後山又學公詩者也，其《登鵲山》詩云：「小試登山脚，今年不用扶。微微交濟漯，歷曆數青徐。朴俗猶虞力，安流尚禹謨。終年聊一快，吾病失醫廬。」看此二詩，則其源流概可見矣。

杜少陵《登岳陽樓》云：「昔聞洞庭水，今上岳陽樓。吴楚東南坼，乾坤日夜浮。親朋無一字，老病有孤舟。戎馬關山北，憑軒涕泗流。」公此詩與孟浩然《臨洞庭所賦》足以相敵，後此則陳簡齋《渡江》及朱文公《登定王臺所題》再迫近之。浩然詩云：「八月湖水平，含虚混太清。氣蒸雲夢澤，波撼岳陽城。欲濟無舟楫，端居恥聖明。坐看垂釣者，徒有羨魚情。」簡齋詩云：

「江南非不好，楚客自生哀。摇楫天平渡，迎人樹欲來。雨餘吴岫立，日照海門開。雖（意）［異］中原險，方隅亦壯哉。」文公詩云：「寂寞番君後，光華帝子來。千年遺故國，萬事只空臺。日月東西見，湖山表裏開。從知爽鳩樂，莫作雍門哀。」

荆公詩用法甚嚴，尤精於對偶。常云：「用漢人語，止可以漢人語對，若參以異代語，便不相類。」如「一水護田將緑繞，兩山排闥送青來」之類，皆漢人語也。此法惟公用之不覺拘窘卑凡。如「周顒宅作阿蘭若，婁約身歸窣堵坡〔二〕」，皆以梵語，亦此類也。

東坡云：「七言之偉麗者，杜子美詩『旌旗日暖龍蛇動，宫殿風微燕雀高』、『五更鼓角聲悲壯，三峽星河影動摇』，爾後寂無聞焉。直至歐陽永叔『滄波萬古流不盡，白鳥雙飛意自閑』、『萬馬不嘶聽號令，諸番無事樂耕耘』，可以並驅争先矣。」某亦云「令嚴鍾鼓三更月，野宿貔貅萬竈烟」，又云「露布朝馳玉關塞，捷書夜到甘泉宫」亦庶幾焉。

東坡《自嶺外歸次韻江晦叔》詩云「浮雲時事改，孤月此心明」，語意高妙，如參禪悟道之人吐露胸襟，無一毫窒礙也。

〔二〕「婁約身歸窣堵坡」，原本作「委約身歸宰堵波」，據《四部叢刊》景明嘉靖本《臨川先生文集》卷二十九《與道原過西莊遂遊寶乘》改。

東坡《詠畫蝸牛》詩，初云「中弱不勝觸，外堅聊自郛。升高不知疲，竟作粘壁枯」，後改爲「腥涎不滿殼，聊足以自濡」，余以爲改者勝。前輩云文字數改，工夫自出，此詩之所以不厭改也。老杜有云：「新詩改罷自長吟。」歐公作文，先貼于壁，時加竄定，有終篇不留一字者。後人安見其有此等工夫耶！

歐公《盤車圖》詩云：「古畫畫意不畫形，梅詩詠物無隱情。忘情得意知者寡，不若見詩如見畫。」東坡作《韓幹畫馬》詩云：「韓生畫馬真是馬，蘇子作詩如見畫。世無伯樂亦無韓，此詩此畫誰當看。」又云：「論畫以形似，見與兒童鄰。賦詩必此詩，定非知詩人。」又云：「少陵翰墨無形畫，韓幹丹青不語詩。此畫此詩今已矣，人間駑驥謾争馳。」余以爲若論詩畫，於此盡矣。每誦數過，殆欲常以爲法也。

詩云有正有變。如子美《惜春》詩云「一片花飛减却春，風飄萬點正愁人」，起處似甚突兀，然通篇意是惜春，起處正合。如此乃痛快語，而非陡頓語。「且看欲盡花經眼，莫厭傷多酒入唇」，一句承上，一句起下，甚得從容之體。第三聯云「江上小堂巢翡翠，苑邊高冢卧麒麟」，就情景中寓感慨意，正得轉處變化之法。結句云「細推物理須行樂，何用浮名絆此身」，若非第七句沉静淵永，第八句便有斷送之患矣。又如送王郎之詩云「酒酣拔劍斫地歌莫哀，我能拔爾抑塞磊落之奇才」，起處亦甚突兀，然意却平直，大概只是説王郎有雄豪之才爾，與今人尚險詐者不同。下面承處兩句云「豫章翻風白日動，鯨魚跋浪滄溟開」，此申説「才」字意，便從容整齊，若不如此，即非典雅之作，亦接上兩句不住。「且脱劍佩體徘徊」以下三句是轉，力量深，勻稱。又就情景上再轉云：「西得諸侯掉錦水，欲向何門曳珠履。仲宣樓頭春已深，青眼高歌望吾子。」却以「眼中之人吾老矣」七字結之，而含無限之意，勢如截奔馬，此又詩法之變而不離乎正也。

杜詩「遲日江山麗，春風花草香。泥融飛燕子，沙暖睡鴛鴦」，第一句「遲日江山麗」是《中庸》「天地位」之意；第二句「春風花草香」，《中庸》「萬物育」之意，起承處可謂平直而從容矣；第三句「泥融飛燕子」是言萬物之動者得其所也；第四句「沙暖睡鴛鴦」是言萬物之静者得其所也。轉合處可謂變化淵永，而升降開合之者見矣。作者用心如此之苦，而讀者容易看過，殊不覺也。

徐彦伯爲文，多變易求新，以「鳳閣」爲「鵷閣」，「龍門」爲「虬户」，「金谷」爲「銑溪」，「玉山」爲「瓊岳」，「竹馬」爲「篠驂」，「月兔」爲「魄兔」。進士效之，謂澀體。

世稱「王、楊、盧、駱」。楊盈川之爲文，好以古人姓名連用，如「張平子之略談，陸士衡之所記」，「潘安仁宜其陋矣，仲長統何足知之」，號爲「點鬼簿」。賓王文好以數對，如「秦地重關一百二，漢家離宫三十六」，號爲「算博士」。

古人詩病，如山甫《覽漢史》「王莽弄來曾半破，曹公將去便平沉」，是破船詩；李群玉《詠鷓鴣》「方穿詰曲崎嶇路，又聽鈎輈格磔聲」，是梵語詩；羅隱「雲中雞吠劉安過，月裏笙歌煬帝歸」，是見鬼詩；杜荀鶴「今日偶題題似著，不知題後更誰題」，此衛子詩。

盧綸作擬僧之詩，僧清江作七夕之詠，劉隨州有眼作無眼之句，宋雍無眼作有眼之詩，詩流以爲「四背」，或云「四倒」，然辭意悉爲佳致。盧公詩云：「願得遠公知姓字，焚香洗鉢過餘生。」清江詩曰：「唯愁更漏促，離别在明朝。」劉隨州曰：「細雨濕衣看不見，閑花落地聽無聲。」雍詩曰：「黄鳥不堪愁裏聽，緑楊宜向雨中看。」

杜少陵好用經中全句爲詩。如《病橘》云「雖多亦奚爲」，又《遣悶》云「致遠思恐泥」，又如「丹青不知老將至，富貴於我如浮雲」之類。

陳本明論詩云：「前輩謂作詩當言體勿言用，則意深。如言冷，則云『可嗽不可漱』；言静，則云『不聞人聲聞履聲』之類。」本明何從得此。

作詩用事琢句，妙在言其用而不言其名。如荆公云「含風鴨緑鱗鱗起，弄日鵝黄裊裊垂」，此言水、柳而不言其名。山谷「語言少味無阿睹，冰雪相看有此君」，此言錢、竹而不言其名。然却貴明而戒晦。

作詩多美句，綺麗太勝，人戲謂可入小石調。鍾嶸稱張茂先：「惜其兒女情多，風雲氣少。」

喻鳧嘗謁杜紫微不遇，乃曰：「我詩無綺羅，鉛粉宜不售。」秦淮海詩正坐過麗。杜子美「並蒂芙蓉本自雙，水荇牽風翠帶長」，韓退之「金釵半醉坐添香」，杜牧之「春風十里楊州路」，可入黄鍾宫。

詩有魔有癖。好吟而不工者，才卑；好奇而不純者，格卑。

詩病有齊梁，謂四句相對，皆用平聲，又謂四平頭。

詩有氣象，各隨人之資禀高下而發。故詩之氣象，有翰苑，有輦轂，有山林，有出世，有偈頌，有神仙，有儒先，有江湖，有閭閻，有末學。末學者，道聽塗説，得一二字面，便雜揉用去，不成一家，又在江湖、閭閻之下。學詩者須變化氣質，資師友所習、所讀，以開導佐助，脱去俗近，以遊高明。斯氣象自别，不爲末學下品。噫！今之世，師友不立，習尚凡淺，詩道弊也久矣，其不爲末學者寡矣。

附録

刻冰川詩式序

周府宗正奉旨督理宗學汴上睦㰂譔

《冰川詩式》者，真定梁公濟先生所著也。自漢魏至唐宋、國朝諸家，詩體殆備。又作《詩原》一篇，評品古今作者之義，咸精當足傳矣。其弟我津先生釐爲若干卷，嘗校梓於西蜀，今猶子大中丞鳴泉公再刻於中州，其義例大凡在自序中。冰川先生名橋，「公濟」其字也，由選貢授四川布政使司經歷。我津先生名相，由歲貢封工科左給事中。各以著述顯於當世云。序曰：「予嘗綜觀藝林，旁搜琬琰，究其微眇，可略而言。漢初言詩，以韋孟爲四言之宗，以蘇、李爲五言之倡。四言尚其雅潤，五言貴其麗清。至於三六雜言，則出自矩矱離合，篇詠則成於圖讖，回文則始於蕙子，聯句則肇於柏梁。其他聲格或殊，而情理同致焉。自非包括宇宙、網羅名物，烏能萃先哲之菁華，樹騷壇之準則哉？乃若冰川先生起家璧水，鎩翮賢科，道阻大亨，學隆富有。可仕則仕，鳳棲枳棘之中；時止則止，蟬蜕塵埃之表。肆志中林，屏跡城府二十餘年有如一日，貴游既謝，圖書自娱，怡然有得，輒筆于篇。裒久成家，命名《詩式》。約邪正于一言，析異同于百氏，揆厥用心，亦既勤矣。况復令季才鄰合璧，聲并吹篪，卒業橋門，貤封給舍，二難倡和，伯仲齊名。披校是編，傳之同好。槼義忝通家，與聞兹役，屬言首簡，其何敢辭？于是推原作者，摭拾夙聞，殺青已竟，檃栝爲詞，雖不足以揚推盛美，亦以見斯文之未墜也。」

隆慶辛未孟夏吉日。

（此序據隆慶刻本録）

鍾惺◇撰
李光祚◇輯

鍾伯敬先生硃評詞府靈蛇 四卷

陳廣宏
郭時羽◎點校

叙

詩者，持也，持人之性情也。倪動籟宣，刻玉不足紀其盈虛，鑄金未能均其清濁。其合也，則蕘豎機女，動叶宮商；其雜也，則刻鷙雕龍，祇彰骫骳。豈非哀樂之感，冥乎自然；律呂之調，非由人事者也？余瀏覽古今，揚扢風雅，《三百五篇》有一字不韻、有一字不法者乎？能法法，則法爲我用，不法而法；不能法法，則我爲法縛，法而不法。代歷既湮，流風寖沫，業是者雖知根柢於唐，鮮能窮本知變。然自嶃膚立，比鑒未窮，竊欲什逐風雅，人握靈蛇，乃上溯黄軒，下迄我明，凡逸文斷簡，片翰隻韻，孤章浩帙，樂府聲歌，童謡里諺，七略四部之所鳩藏，《齊諧》《虞初》之所志述，無不蒐括，期於明四始、彰六義而止。雖然，輪斲蜩承，劍舞出神，其有機焉以遇之，且得而先能哉？昔有登壇説法，拈花微笑而下，則惡用乘韋先、十二牛也邪！

天啓甲子長至日，景陵鍾惺伯敬甫題。

秣陵程雲從龍德甫書。

鍾伯敬先生硃評詞府靈蛇目録

元集

亨集

利集

貞集

四曰詩味

詩宗正法眼藏

喜達行在所三首

過斛(新)[斯]校書莊

愁

五曰詩妙

收東京三首

歸夢

詠懷古迹五首

鍾伯敬先生硃評詞府靈蛇元集

景陵鍾　惺伯敬父選
豐城李光祚贊庭父輯
秣陵程雲從龍德父校
唐光夔冠甫氏閲
唐建元翼甫氏梓

詩法正論

夫詩權輿於「逐宍」、《擊壤》之謡，演迤於《卿雲》、「解愠」之歌，制作於《風》、《雅》、《頌》三百篇之體，此詩道之大原也。《周官》：《詩》有六義。《風》、《雅》、《頌》爲經，賦、比、興爲緯。《風》、《雅》、《頌》各有體，作者必先具體於胸中，而後作焉。《風》之體，如後世歌謡，采之民間而被之聲樂者也。其言主於達事情、通諷諭。二《南》爲《風》之始，有美無刺，故謂之正《風》。諸國之《風》兼美刺，故謂之變《風》。《豳風》則詩之正而事之變，故亦屬之變《風》焉。《雅》之體，如後世之五七言古詩，作於公卿大夫，而用之朝會燕享者也。其言主於述先德、通下情，故有《大雅》、《小雅》焉。成、康以上之詩專美，故謂之正《雅》。成、康以後之詩兼美刺，故謂之變《雅》。變《風》、變《雅》，皆因正《風》、正《雅》而附見焉。《頌》之體，如後世之古樂府，作於公卿大夫，而用之宗廟、告於神明者也。其言主於美盛德、告功成。其正則《商頌》、《周頌》，《魯頌》比之《風》、《雅》，蓋亦變之類也。姜堯章云：「遵度曰詩，放情曰歌，體如行書曰行，兼之曰歌行，述事本末曰引，悲如蛩螿曰吟，通乎俚俗曰謡，委曲盡情曰曲。」觀此可以得《風》、《雅》、《頌》各有體之意矣。

詩學正源

《詩》有六義，實惟三體。《風》、《雅》、《頌》者，《詩》之體；賦、比、興者，《詩》之法。假物取意曰比，托物興辭曰興，鋪張實事曰賦。故賦、比、興者，《風》、《雅》、《頌》所由製也。凡《詩》中有賦起，有比起，有興起。然《風》之中有賦、比、興，《雅》、《頌》之中亦有賦、比、興。此詩學之正源，法度之準則。作者而能備盡其義，則古人不難追矣。若直賦其事，而無優游不迫之趣、沉著痛快之旨，首尾率直，夫何取焉！

律詩

律詩有四字：起、承、轉、合是也。破題爲起，或對景興起，或比起，或引事起，或就題起。

要突兀高遠，如狂風捲浪，勢欲滔天。頷聯爲承，或寫意，或寫景，或書事、用事引證。此聯要緊接，如驪珠抱而不脱。頸聯爲轉，或寫意、寫景，書事、用事引證，與前聯相應相避。要變化，如疾雷破山，觀者驚愕。結句爲合，或就題結，或開一步，或繳前聯之意，或用事。必放一句作散場，如剡溪之棹，自去自回，言有盡而意無窮。

律詩始於唐，其盛亦莫過於唐。考之唐初，作者尚少；至少陵於古、律相半。然對偶、音律，皆文辭之不可廢也。故學者當以少陵爲宗。

律詩章法

律詩有題，即古詩書之序也，故作詩者先須因事立題。題立，則就題立意，詩緣以作。如題曰「堂成」，則賦題之外無他意。故起云：「背郭堂成蔭白茅，緣江路熟俯青郊。」此二句以見堂之規製、體勢。繼云：「榿林礙日吟風葉，籠竹和烟滴露梢。暫止飛鳥將數子，頻來語燕定新巢。」此四句以見林木之盛、禽鳥之適，如此賦堂成者備矣。故結曰：「時人錯比揚雄宅，懶惰無心作解嘲。」此二句不獨引揚雄以自况，以終所賦，正詩家言外不盡之意。如題曰「嚴鄭公枉駕草堂兼携酒饌」，則情、事兼致。故起云：「竹裏行厨洗玉盤，花邊立馬簇金鞍。」此二句以見嚴公一時携饌之盛。繼承之曰：「非關使者徵求急，自識將軍禮數寬。」然後枉顧携樽之意備見。

此前一章也。至頸聯則曰：「百年地僻柴門迥，五月江深草閣寒。」蓋「五月」以實仲夏，「柴門」、「草閣」以實草堂。結曰：「看弄漁舟移白日，老農何有罄交歡。」言柴門地僻、百年之迥，則素無賓客可知矣；草閣深、五月寒，無他景可知矣。而公乃獨看漁舟以移白日，則我老農何所有而盡其交歡哉！是感慨之情溢於言外，而四句自爲起伏。此後一章也。兩章相屬，而脉絡貫通，原其情景交暢，則一開一闔，各有指歸，謂之分章。然章雖有分合，其一事達情、言意兩盡，皆不外乎詩之序也。是則因事立題，緣題求詩。詩應乎題，則格自從而定矣。所謂章法也，意匠之經營耳。故學者能以意爲主而有得焉，則短章長篇，無施不可，獨律詩云乎哉！

七言律詩篇法

一字血脉

翠鬣紅衣舞夕暉，水禽情似此禽希〔二〕。纔分烟島猶回首，只度寒塘亦共飛。映霧盡迷朱殿瓦，逐梭齊上玉人機。採蓮無限蘭橈女，笑指中流羨爾歸。《鴛鴦》

〔二〕　原本書眉題：以「情」字爲血脉，下六句皆發明「情」字之意。

二字貫串 三字棟梁在内

清江一曲抱村流，長夏江村事事幽[一]。自去自來堂上燕，相親相傍水中鷗。老妻畫紙爲棋局，稚子敲針作釣鈎。多病所須惟藥物，微軀此外更何求。《江村》

三字棟梁

瘴江南下接雲烟，望盡黄茅是海邊。山腹雨晴添象迹，潭心日暖長蛟涎。射工巧伺遊人影，颶母偏驚賈客船。從此憂來非一事，可容華髮度流年。《南遷》

數字連叙 中斷在内

中丞問俗畫熊頻，愛弟傳書彩鷁新。遷轉九州防禦使，起居八座太夫人。楚宫臘送荆門水，白帝雲偷碧海春。爲報惠連詩莫惜，知予斑鬢總如銀。《中丞弟得除江陵併起居衛尚書夫人》

[一] 原本書眉題：「事幽」是二字貫串，「事事幽」是三字棟梁，下皆發明「事事幽」之意。

鈎鎖連鐶

百花苑路易萋陰，五穀塍蹊苦見侵。農父芟時嫌若刺，宫人鬥處惜如金。别離空惹王孫恨，麃耨深勞稷畯心。緑野荒蕪好歸去，朱門閑僻少相尋。《草》

順流直下

東嶽真人張鍊師，高情雅淡世間稀。堪爲烈女書青簡，久事元君住翠微。金縷機中拋錦字，玉清壇上著霓衣。雲衢不用吹簫伴，只擬乘鸞獨自歸。《張鍊師》

雙拋

隋堤風物已凄凉，堤下仍多古戰場。金簇有苔人拾得，鐵衣無土鳥銜將。邊聲暗促河聲急，野色遥連日色黄。獨上高樓更愁絶，戍鼙驚起雁行行〔一〕。《汴門兵後》

〔一〕原本書眉題：首句風物凄凉，次句古戰場，頷聯應古戰場，頸聯應風物凄凉，結尾總承兩意而結之也。

單拋

昆明池水漢時功〔一〕，武帝旌旗在眼中。織女機絲虚夜月，石鯨鱗甲動秋風。波漂菰米沉雲黑，露冷蓮房墜粉紅。關塞極天惟鳥道，江湖滿地一漁翁。《秋興》

内剥

中天積翠玉臺遥，上帝高居絳節朝。遂有馮夷來擊鼓，始知嬴女善吹簫。江光隱見黿鼉窟，石勢參差烏鵲橋。更有紅顔生羽翼，便應黄髮老漁樵。《玉臺觀》

外剥

錦瑟無端五十絃，一絃一柱思華年。莊生曉夢迷蝴蝶，望帝春心托杜鵑。滄海月明珠有淚，藍田日暖玉生烟。此情可待成追憶，只是當時已惘然。《錦瑟》

〔一〕原本書眉題：首以昆明池言，而下皆昆明池中事也。

前散

桃花源裏玉堂仙，秀覽千巖萬壑烟。有客重尋鑑湖酒，無人爲上剡溪船。龍行靈雨空壇净，鰲負神宫複道懸。回首都門（耿）［眇］如許，東風長記柳飛綿。《送戴鍊師歸隱》

後散

十年京國總忘憂，詩酒淋漓共賞遊。漢月夜吟鳷鵲觀，苑雲春釀鷫鸘裘。書來慰我臨池上，秋去思君到水頭。爲憶故人（長）［張］處士，于今江海尚淹留。《感興寄友》

絶句

絶句者，截句也。其四句皆不對者，截律詩前後四句也。此體之正也。後兩句對者，截律詩前四句也；前兩句對者，截律詩後四句也；四句皆對者，截律詩中四句也。此體之變也。其用拗體、側體者，又變也。約之爲六言、五言者，益變也。正變雖不齊，而首尾布置亦四句，自爲起、承、轉、合耳。

絶句作法

絶句之法，要婉曲回環，删蕪就簡，句絶而意不絶。多以第三句爲主，而第四句發之。有實接，有虚接，承接之間，開闔相關，反正相依，順逆相應，一呼一吸，宫商自諧。大抵起、承二句固難，然不過平叙爲佳，從容承之。至如宛轉變化工夫，全在第三句，若於此轉變得好，則第四句自如順流而下矣。

絶句篇法

首句起

畫松一似真松樹，待我尋思記得無。曾在天台山上見，石橋南畔第三株。《畫松》

次句起《金陵即事》

三句起 前二句皆閑，至第三句方詠本題。

扇對〔二〕

席謙不見近彈棋，畢曜仍傳舊小詩。玉局他年無限笑，白楊今日幾人悲。

鄭公綵繪隨長夜，曹霸丹青已白頭。天下何曾有山水，人間不解重驊騮。《存没口號》二首

問對　首句閑，次句説本題，三句閑，結再説本題，應第二句，即《磨笄山》是也。

順去

「松下問童子。」「問余何事棲碧山。」

藏詠

岐王宅裏尋常見，崔九堂前幾度聞。正是江湖好風景，落花時節又逢君。《逢李龜年》

〔二〕「扇對」二字原在「三句起」題下小字注末，今據其格式改正。

中斷別意 前二句說本題，後二句說題外意。

「願領龍驤十萬兵。」

四句不聯

「兩個黃鸝鳴翠柳。」「遲日江山麗。」

借喻 借本題說他事，如詠美人借花，詠花借美人。

大抵絶句宜高古，宜純雅，句雖少而有含蓄不盡之意。如韋蘇州《滁州西澗》、劉夢得《石頭城》等詩，寓意深遠，直是作手，初學宜熟讀盛唐絶句，玩味之久，自有所得。

七言

聲響　雄渾　鏗鏘　偉健　高遠

五言

沉潛　深遠　細嫩

七言律難於五言律。七言下字較粗實，五言下字較細嫩。七言若可截作五言，便不成詩，須字字去不得方是。所以句要藏字，字要藏意，如連珠不斷方妙。

五言古詩

五言古詩或興起，或比起，或賦起，須要寓意深遠，托辭温厚，反覆優游，雍容不迫。或感古懷今，或懷人傷己，或瀟洒閑適。寫景要雅淡，推人心之至情，寫感慨之微意。悲歡含蓄而不傷，美刺婉曲而不露，要有《三百篇》之遺意方是。觀漢魏古詩，藹然有感動人處，如《古詩十九首》，皆當熟讀玩味，自是其趣。

七言古詩

七言古詩，鋪叙要有開闔，有風度，要迢遞險怪，雄俊鏗鏘，忌庸俗軟腐。須是波瀾開闔，如江海之波，一波未平，一波復起；又如兵家之陣，方以爲正，忽復爲奇，出入變化，不可紀極。備此法者，惟李、杜耳，開闔燦然，音韻鏗然，法度森然，神思悠然，問學淵然，議論超然。

五言長古篇法

分段　過脉　回照　讚嘆

先分爲幾段幾節，每節句數多少，要略均齊。首段是序，序了一篇之意，皆含在中。結段要照起段，且《選》詩分段，節數甚均。三句則皆三句，四句、六句、八句，則皆不參差。杜却不甚如此太拘，然亦不太長、不太短也。

次要過句。過句名爲血脉，引過次段。過處用兩句，一結上，一生下，爲最難，非老手未易了也。回照，謂十步一回頭，要照題目，五步一消息，要閑語。讚嘆方不甚迫促。長篇怕亂雜，一意爲一段。以上四法，備《北征》詩，舉一隅之道也。

五言短古篇法

辭簡意長，語忌顯盡，糢糊則有餘味。如：「步出城東門，悵望江南路。前日風雪中，故人從此去。」「忽見明月光，疑是地上霜。舉頭望明月，低頭思故鄉。」「開簾見新月，便即下階拜。細語人不聞，北風吹裙帶。」

七言長古篇法

分段　過段　突兀　字貫　讚嘆　再起　歸題　送尾

分段如五言，過段亦如之。稍有異者，突兀萬仞，則不用過句，陡頓便説他事。杜如此，岑參專高此法，爲一家數。字（貴）〔貫〕，前後重三疊四，用兩三字貫串，極精神好誦，岑參所長。讚嘆，如五言。再起，如一篇三段，説了前事，再提起從頭説去，謂反覆有情。如《魏將軍歌》、《松子障歌》是也。歸題，乃本末一二句繳上起句，又謂之顧首。如《蜀道難》、《古别離》、《洗兵馬行》是也。送尾，則生一段餘意結末，或反用，或比喻用。如《墜馬歌》曰：「君不見，嵇康養生被殺戮。」又曰：「如何不飲令人哀。」長篇有此便不迫促，甚有從容意思。

七言短古篇法

辭明意盡，與五言相反。如：「休洗紅，洗紅紅色變。不惜故縫衣，記得初揉茜。人命百年能幾何，後來新婦今爲婆。」「石人前，石橋邊，六角黄牛二頃田，帶經躬耕三十年。」

樂府篇法

漢武帝定郊祀，立樂府，採齊、楚、趙、魏之聲以入樂府，以其音律可被於絃歌(出)[也]。樂府俱備諸體，兼統衆名也。

張籍一〔一〕，王建爲近體次之，長吉虚妄，不必效。岑參有氣，惜語硬，又次之。張、王最古，上格。如《焦仲卿妻》〔二〕、《木蘭詞》、《羽林》「霍家(妹)[姝]」、《三婦詞》、《大垂手》、《小垂(水)[手]》等篇，(昔)[皆]爲絶唱。李太白樂府，氣語皆自此中來，不可不知也。

要訣在於反本題結，如《山農詞》，結却用「西江賈客珠百斛，船中養犬多食肉」是也。又有含蓄不發結者，又有截斷頓然結者，如「君不見蜀葵花」是也。

老翁家貧在山住，耕種山田三四畝。苗疏税多不得食，輸入官倉化爲土。歲暮鋤犁傍空室，呼兒登山收橡粟。西江賈客珠百斛，船中養犬多食肉。

〔一〕「一」上疑脱「第」字。

〔二〕「妻」，原本脱，據楊成序刊《詩法》卷一補。

格局

詩有賦比興

述漢武帝思李夫人 此詩賦、比、興兼用。

惆悵朱顔不復歸，賦也。晚秋黄葉滿天飛。興也。迎風細荇傳香粉，隔水殘霞見畫衣。比也。白玉帳寒鴛夢絶，紫陽宫遠雁書稀。賦也。夜深池上蘭橈歇，斷送歌聲接太微。興也。

自詠 賦也，直賦其事也。　　韓文公

一封朝奏九重天，夕貶（朝）〔潮〕陽路八千。本爲聖朝除弊政，敢將衰朽惜殘年。雲横秦嶺家何在，雪擁藍關馬不前。知爾遠來應有意，好收吾骨瘴江邊。此詩《上佛骨表》貶（朝）〔潮〕陽作也。

送李少府貶峽中王少府貶長沙 賦也。

嗟君此别意何如，駐馬銜杯問謫居。巫峽啼猿數行淚，衡陽歸雁幾封書。青楓江上秋天遠，白帝城邊古木疏。聖代即今多雨露，暫時分（首）〔手〕莫躊躇。

此詩起句就説破題意，中二聯各以所經地里點綴情景，末二句慰勉，見君恩必詔，今别亦暫，不必躊躇。「巫峽」、「白帝城」，李所經；「衡陽」、「青楓江」，王所經。

上兵憲 賦也。

山斗名高天下馳，幾年當道領樞機。兒童開口説司馬，胡虜低頭拜子儀。政教有天行日月，威聲無地著狐狸。色絲藏在心胸裏，留待君王補衮衣。

此詩首句喻望重，二句喻登要，三句喻德，四句喻威，五句喻致治，六句喻鋤奸，七句喻抱才，八句喻輔弼。

自朗州至京戲贈看花 比也，借物以比事也。

紫陌紅塵拂面來，無人不道看花回。玄都觀裏桃千樹，盡是劉郎去後栽。

再遊玄都觀 比也。

百畝庭中半是苔，桃花净盡菜花開。種桃道士歸何處，前度劉郎今又來。

此二詩俱比體。「紫陌」二句喻奔走富貴，汩没塵埃，自謂得志如春日看花，紅塵滿面也。「玄都觀」喻朝廷，「桃千樹」喻富貴無能者。末句謂滿朝新貴，皆劉郎去後，宰相所栽培也。後詩首句喻朝廷無人；二句喻前日老成凋謝，今日新進柄任；三句見前日培植私人今不在矣；末句謂吾又立朝，窮達壽夭，聽命於天，宰相何苦以私意進退人才哉！諷刺時事，全用此體。

梅花 比也。

衆芳摇落獨暄妍，占斷風情向小園。疏影横斜水清淺，暗香浮動月黄昏。霜禽欲下先偷眼，粉蝶如知合斷魂。幸有微吟可相狎，不須檀板共金樽。

此詩首句喻出類，二句喻抱才，三句喻盛德，四句喻榮名，五句喻親賢，六句喻慕德，七句喻知己，八句喻僥倖小人可遠。總喻己之高潔，如梅花耐歲寒也。

酬郭給事 興也。先言他物，以引起所詠之辭也。　李　憕

洞門高閣靄餘暉，桃李陰陰柳絮飛。禁裏疏鍾官舍曉，省中啼鳥吏人稀。晨摇玉佩趨金殿，夕奉天書拜瑣闈。强欲從(軍)[君]無那老，將因卧病解朝衣。

此詩首聯布景興起，頷聯美給事所居之職榮要，結句叙情。其望給事引援之意，隱然

在矣。

暮春歸故山草堂 興也。 錢仲文

谷口春殘黄鳥稀，辛夷花盡杏花飛。始憐幽竹山窗下，不改清陰待我歸。

此詩謂謝事歸來，惟有竹陰如舊，可見物態已非。風韻含蓄，不落色相。

漢南春望 賦而比也。 薛能

獨尋春色上高臺，三月皇州駕未回。幾處松筠燒後死，誰家桃李亂中開。奸邪用法無非法，唱和求才不是才。自古浮雲蔽白日，洗天風雨幾時來。

前六句見僖宗播遷，人物被害，由於用法、用人不得其當故也。後二句望正人立朝，屏去奸邪，振肅朝綱，撫安黎庶，如風之屏翳驅雲，靈曜懸而天氣清也。用意懇惻，真足以感動人主，故録爲式。

彈綿詩 賦而比也。

迸破青囊褪玉關，竹爐烘䁔上弓彈。水漂柳絮魚吹暖，秋老蘆花雁叫寒。雪裏王恭披鶴氅，磯頭尚父弄魚竿。如今幸喜皇租減，始信蒼生衣袴完。

題趕蠒　賦而比也。

梓匠裝成巧樣殊，分明坤軸配乾樞。天根掣動風雷吼，斗柄潛回日月殂。花逐暖雲輕捲絮，子翻晴霰亂堆珠。民無涷餒歌襦袴，不問陽春有脚無。

右二詩，小題大發，其中用花柳、魚鳥、天地、日月、風雷之詞，句高理近，得詩家之大法也。且《彈綿》結以「衣袴」，《趕蠒》結以「歌襦」，氣象何如哉？

移家别湖上亭　賦而興也。　戎昱

好是春風湖上亭，柳條藤蔓繫離情。黄鸝久住渾相識，欲别頻啼四五聲。

末二句言禽鳥猶知惜别，而交情亦見矣。

寄韓鵬　賦而興也。　李頎

爲政心閒物自閒，朝看飛鳥夜飛還。寄書河上神明宰，羨爾城頭姑射山。

「神明宰」三字最有意味。宰惟神明，故心閒而物得其所也。「神明」二字褒之意深。

送元使君自楚移越 賦而興也。

露冕行春向若耶，野人懷惠欲移家。東風二月淮陰郡，惟見棠梨一樹花。

此詩形容元公遺愛，野人歸心之意濃麗。

峽中覽物 興而賦也。

曾爲掾吏趨三輔，憶在潼關詩興多。巫峽忽如瞻華嶽，蜀江猶似見黄河。舟中得病移衾枕，關口經春長薜蘿。形勝有餘風土惡，幾時回首一高歌。

此詩在夔州作，故有「曾爲」、「憶在」四字。「巫峽」二句，見在夔州，猶在華岳。「舟中」二句，見夔州景如在華州。「形勝」語結二聯，比也；末句結起聯，興也。

客至 興而比也。

舍南舍北皆春水，但見群鷗日日來。花徑不曾緣客掃，蓬門今始爲君開。盤餐市遠無兼味，尊酒家貧只舊醅。肯與鄰翁相對飲，隔籬呼取盡餘杯。

此詩首二句，先言客至而有如此物，興也。三句亦是興，四句賦也，此聯方見題。後四句總一意。

詩有情景虛實 實即景，情即實。

詩之意義雖不一，要其歸，不過情與景而已。情景兼者，上也；偏到者，次之。情景兼者，如「露從今夜白，月是故鄉明」是也。情到者，如「長擬即見面，反致久無書」是也；景到者，如「日華川上動，風光草際浮」是也。又如「水流心不兢，雲在意俱遲」，景中寓情也；「卷簾惟白水，隱几亦青山」，情中寓景也；「感時花濺淚，恨别鳥驚心」，情景相融而不分也；「白首多年病，秋天昨夜涼」，一句情、一句景也。若一聯景、一聯情亦是。或四句、六句皆景，但以情結之，惟情可以全篇。言苟無法駐之，易入流俗，故曰「融情於景物之中，托思於風雲之表」者難之。

同題仙游觀　　韓　翃

仙臺初見五城樓，風物凄凄宿雨收。山色遥連秦樹晚，砧聲近報漢宫秋。疏松影落空山净，細草春香小洞幽。何用别尋方外去，人間亦自有丹丘。

錦瑟 重前「外剩」選

李商隱

錦瑟無端五十絃，一絃一柱思華年。莊生曉夢迷蝴蝶，望帝春心托杜鵑。滄海月明珠有淚，藍田日暖玉生烟。此情可待成追憶，只是當時（一）〔已〕惘然。

此二詩四實詩也，謂中四句皆景物而實也。華麗典重之間，有雍容寬厚之意，此其妙也。但七言視五言造句差長，微有分別。七字當爲一串，不可以五言泛加兩字。開元、大曆多此體，稍變然後入於虚，間以情思，故此體當爲衆體之首。昧者爲之，則堆積空塞，寡意味矣。

隋宫

紫泉宫殿鎖烟霞，欲取蕪城作帝家。玉璽不緣歸日角，錦帆應是到天涯。於今腐草無螢火，終古垂楊有暮鴉。地下若逢陳後主，豈宜重問後庭花。

馬嵬

李商隱

海外徒聞更九州，他生未卜此生休。空聞虎旅鳴宵柝，無復雞人報曉籌。此日六軍同駐馬，當時七夕笑牽牛。如何四紀爲天子，不及盧家有莫愁。

此二首四虚詩也，謂中四句皆情思而虚也。然比於五言，終是稍近於實而不全虚。蓋句長而全虚，恐流於柔弱，須要於景物之中而情思貫通，斯爲得矣。

長安秋夕　趙　嘏

雲物凄凉拂曙流，漢家宫闕動高秋。殘星幾點雁横塞，長笛一聲人倚樓。紫艷半開籬菊净，紅衣落盡渚蓮愁。鱸魚正美不歸去，空戴南冠學楚囚。

陳琳墓　温庭筠

曾於青史見遺文，今日飄零過古墳。詞客有靈應識我，霸才無主始憐君。石麟埋没藏秋草，銅雀荒凉起暮雲。莫怪臨風倍惆悵，欲將書劍學從軍。

此二詩前虚後實詩也，謂前聯情而虚，後聯景而實也。實則氣勢雄健，虚則態度諧婉，輕前重後，酌量適均，無窒塞輕俗之患。大中以後多此體，至今宗唐詩尚之，然終未及前二體渾厚。故以其法居三，若夫善者不拘。

江上逢王將軍

李郢

（亂）［虬］鬚憔悴羽林郎，曾入甘泉侍武皇。雕没夜雲如御苑，馬隨春仗識天香。五湖歸去孤舟月，六國平來兩鬢霜。惟有桓伊江上笛，卧吹三弄送斜陽。

春夕旅懷

崔塗

水流花謝兩無情，送盡東風過楚城。蝴蝶夢中家萬里，杜鵑枝上月三更。故園書動經年絶，華髮春惟兩鬢生。自是不歸歸便得，五湖烟景有誰争。

此二首前實後虚詩也，謂前聯景而實，後聯情而虚也。前重後輕，易流於弱，必得妙句，乃不可易。蓋發興盡則難繼，後聯稍間以實，其庶幾乎！

詩有明暗例

雙鷺

鄭谷

雙鷺應憐水滿池，風飄不動頂絲垂。立當青草人先見，行傍白蓮魚未知。一足獨拳寒雨裏，數聲相叫早秋時。林塘得爾須增價，況與詩家物色宜。

黑鷹　杜甫

黑鷹不省人間有，度海疑從北極來。正翮搏風超紫塞，玄冬幾夜宿陽臺。虞羅自覺虛施巧，春雁同歸必見猜。萬里寒空只一日，金眸玉爪不凡材。

此二詩首破句就寫出題目字樣，使人一見便知其爲題「雙鷺」、「黑鷹」之詩，正是明白書事，所謂明例也。

鷓鴣　鄭谷

暖戲烟蕪錦翼齊，品流應得近山雞。雨昏青草湖邊過，花落黄陵廟裏啼。遊子乍聞征袖濕，佳人纔唱翠眉低。相呼相喚湘江曲，苦竹叢深春日西。

白鷹

雲飛玉立盡清秋，不惜奇毛恣遠遊。在野只教心力破，(千)[于]人何事網羅求。一生自獵知無敵，百中爭能恥下韝。鵬礙九天須却避，兔經三窟莫深憂。

此二詩破句不露題目，只渾融形狀，使人見之，仔細詳玩，乃知爲題「鷓鴣」、「白鷹」之詩，正是暗暗賦事，所謂暗例也。

詩有拗體

滁州西澗　　韋應物

獨憐幽草澗邊生，上有黄鸝深樹鳴。春潮帶雨晚來急，野渡無人舟自横。

河邊枯木　　長孫佐輔〔二〕

野火燒枝水洗根，數圍枯朽半心存。應是無心承雨露，却將春色寄苔痕。

此二詩乃拗體也，謂第三句平仄不根第二句，故謂之拗。然必得奇句特出方可，故録此備一體。

〔二〕「長」，原本脱，據《四部叢刊》景明嘉靖本《唐詩紀事》卷四十補。

詩有體用

言用勿言體

嘗見陳本明論詩云：「前輩謂作詩當言用，勿言體，則意深矣。若言冷，則云『可嚥不可嗽』；言静，則云『不聞人聲聞屨聲』之類。」本明何從得此？《(曼)〔漫〕叟詩話》

言用不言名

用事琢句，妙在言其用而不言其名，此法惟荆公、東坡、山谷三老知之。荆公曰：「含風鴨緑鱗鱗起，弄日鵝黄裊裊垂。」此言水、鳥之名也。東坡答子由詩曰：「猶勝相逢不相識，形容變盡語音存。」此用事而不言其名。山谷曰：「管城子無食肉相，孔方兄有絶交書。」又曰：「語言少味無阿堵，冰雪相看有此君。」又曰：「眼看人情如格五，心知物外等朝三。」「格五」，今之蹙融是也。《後漢注》云：「嘗置人於險惡處也。」《苕溪漁隱》曰：「荆公詩云：『繰成白雪桑重緑，割盡黄雲稻正青。』『白雪』即絲，『黄雲』即麥，亦不言其名也。」

詩有體志

風韻切暢曰高。「被褐出閶闔，高步追許由。振衣千仞崗，濯足萬里流。」體格閑放曰逸。「左挹浮（立）〔丘〕袂，右拍洪厓肩。」放辭正直曰貞。「山峰高無極，涇渭揚濁清。」臨危不變曰忠。「疾風知勁草，板蕩識忠臣。」操持不改曰節。「馬步縮如蝟，角弓不可張。時危見臣節，世亂識忠良[一]。捐軀報明主，身死爲國殤。」立性不放曰志。「習習籠中鳥，舉翮觸四隅[二]。落落窮巷士，抱影守空廬。」風（清）〔情〕耿介曰氣。「何當數千丈，爲君覆明月。」緣景不盡曰情。「出入君懷袖，摇動微風發。常恐秋節至，凉飆奪炎熱。」氣多含蓄曰思。「黄鵠一遠別，千里顧徘徊。」詞温而正曰德。「南洲實炎德，桂樹陵寒山。」檢束防閑曰誡。「人生寄一世，奄忽若飈塵。何不策高足，先據要路津。」性情疏野曰閑。「桂棟留夏飈，蘭橑停冬霰。青林結冥濛，丹巘被葱（菁）〔蒨〕。」心迹曠誕曰達。「服藥求神仙，多爲藥所誤。不如飲美酒，披服紈與素。」傷甚曰悲。「臨穴呼蒼天，涙下如（綍）〔綆〕（靡）〔縻〕。」詞理悽切曰怨。「枯桑知天風，海水知天

[一]「良」，原本作「臣」，據《四部叢刊》景宋本《六臣注文選》卷二十八鮑照《出自薊北門行》改。

[二]「翮」，原本作「家」，據《六臣注文選》卷二十一左思《詠懷》八首改。

寒。入門各自媚，誰肯相與言。」立言曰意。「青青陵上柏，磊磊澗中石。人生天地間，忽如遠行客。」體裁勁健曰力。「詠歌麟趾合，簫管鳳雛來。」神情安寂曰静。「魚戲新荷動，鳥散餘花落。」非如松風不動，林狖未鳴，乃謂意中之静。相隔遼絶曰遠。非如渺渺望水，杳杳望山，乃謂意中之遠。

詩有著題泛説

按，著題之詩不觀題，但觀詩，即知是某題，方是著題之詩。吟者先觀其題，某可泛説，某可著題。如絶句，四句俱要著題者難也。或二句著題，二句泛過；或三句著題，一句泛過。如《鶯梭》詩云：「擲柳遷喬大有情，交交時作弄機聲。洛陽三月春如錦，多少工夫織得成。」此詩第三句乃泛過也，雖泛過，意亦在中。如《花影》詩云：「重重疊疊上瑶臺，幾度呼童掃不開。剛被太陽收拾去，却教明月送將來。」此詩四句全著題也。泛題者，只以題爲名。如《題屏》詩云：「呢喃燕子語梁間，底事來驚夢裏閑。説與傍人渾不解，杖黎携酒看芝山。」此詩乃言其志也。如《觀書有感》詩云：「昨夜江邊春水生，蒙衝巨艦一毛輕。向來枉費推移力，此日中流自在行。」此詩乃得其志也。詩類不同，學者當詳察之。

氣象

一曰翰苑氣

絲綸閣下文章静，鐘鼓樓中刻漏長。獨坐黄昏誰是伴，紫薇花對紫薇郎。《直中書省》

二曰輦轂氣

高列千峰寶炬森，端門方喜翠華臨。宸遊不爲三元夜，樂事還同萬衆心。天上清光留此夕，人間和氣閣春陰。要知盡慶華封祝，四十餘年惠愛深。《上元》

三曰山林氣

傲吏身閑笑五侯，西江取竹起高樓。南風不用蒲葵扇，紗帽閑眠對水鷗。《竹樓》

四曰出世氣

方丈翛然竹數椽，檻前流水自清漣。蒲團竹几通宵坐，掃地焚香白晝眠。地窄不容揮塵

客，室空那有散花天。個中有句無人薦，不是諸方五味禪。《山人方丈》

五曰神仙氣

冷烟纏山腰，暗水冽石骨。欲風松先鳴，未雨苔已滑。洞前多琪花，洞裏多紫霞。高人得所棲，日(未)[永]蒸胡麻。《栖霞亭》

六曰儒先氣

無不落空渾是有，有非滯物寂如無。要知冲漠森然處，三復濂溪太極圖。《别福清玉融諸友》

七曰江湖氣

朝回日日典春衣，每日江頭盡醉歸。酒債尋常行處有，人生七十古來稀。穿花蛺蝶深深見，點水蜻蜓款款飛。傳語風光共流轉，暫時相賞莫相疑。《曲江》

八曰閭閻氣

身已龍鍾不出村，尚能抱甕灌蔬園。瓦盆甚朴常盛(漏)[酒]，茅屋雖低可負暄。鋤倦扶犁

訪鄰叟，祭歸裹肉喚諸孫。後生記取耆年語，世法休思入縣門。《老農》

九曰閨壺氣

一片秋空月，閨中夜擣衣。如何南雁去，不見北書歸。《閨怨》

十曰武弁氣

朝辭丹鳳闕，暮指玉門關。赴國男兒事，（跨）［誇］胡談笑間。一呼遮右地，再鼓奪山陰。肯使天驕子，仍餘片甲還。《塞上曲》

總論

大抵作詩隨其所宜：臺閣氣象要光明正大，山林要古淡閑雅，江湖要豪放沉著，風月要醞藉秀麗，方外要夷曠清楚，征戍要奮迅淒涼，懷古要慷慨悲惋，宮壺閨房要不淫不怨，民俗歌謠要切而不怒、微而委婉。雖寓情寫景不同，而止於忠愛則一。故曰：溫厚和平，詩教也。

鍾伯敬先生硃評詞府靈蛇亨集

詩法口訣

氣骨要雄壯，興致要閑曠。語句要條暢，韻脚要穩當。字字要活相，篇篇要響亮。古今稱絶唱，不脱此模樣。

作詩須材

凡業詩者，必先幼讀《詩》、《書》，佐以先秦兩漢諸子百家，旁及稗官小説，無不淹博，庶左右逢源，不待蒐而自得矣。

詩用淺語

夫詩用淺語，提筆便難。前輩教人作絶句，先令誦：「三日入厨下，洗手作羹湯。未諳姑食性，先遣小姑嘗。」「打起黄鶯兒，莫教枝上啼。啼時驚妾夢，不得到遼西。」又：「步出城東門，遥望江南路。前日風雪中，故人從此去。」又：「畫松一似真松樹，待我尋思記得無。曾在天台山上見，石橋南畔第三株。」皆自肺腑中流出，無牽强斧鑿痕。丘文莊嘗言：「眼前景致口頭語，便是詩家絶妙詞。」正謂此也。

詩戒訕謗 山谷

詩者，持也。持人之性情也，非强争忿恚、怒鄰罵座之資也。其人忠信篤敬，抱道而居，與時乖違，遇物悲喜，連床而不察，並出而不聞，情之所不能堪，因發於呻吟調笑之間，胸次灑然，而聞者亦有所勸勉。比律吕而可歌，列干羽而可舞，是詩之美者也。其發爲訕謗侵凌，引援以承戈，披襟而受矢[一]，以快一時之忿者[二]，人皆以爲詩之禍。是非詩之禍人，人之禍詩也。

詩寓規勸《幕府燕閑録》

韓魏公初罷相，出鎮長安，或獻詩云：「是非莫問門前客，得失須憑塞上翁。引取碧油紅旆

[一]「受矢」，原本脱，據成化本《菊坡叢話》卷二十四補。
[二]「以」，原本脱，據《菊坡叢話》補。

去，鄴王臺上醉春風。」公以爲然，即請守相州。苕溪漁隱曰：「先君有言，近世才人與上官詩，無非諛詞，未聞有規勸之語者。或者獻詩於魏公，勸其辭分陝之重，而爲晝錦之榮，可謂能規諫矣。」

會心三百篇

《三百篇》美、刺、箴、怨皆無迹，學詩者當以心會心，無失温柔温厚之意。

詩可以觀《高齋詩話》

吕獻可誨嘗云：「丁謂詩有『天門九重開，終當掉臂入』，王元之禹偁讀之曰：『入公門猶鞠躬如也，天門豈可掉臂入乎？此人必不忠。』後果如其言。」

作詩要苦心

詩之不工，只是不精思耳。不思而作，雖多亦奚以爲？古人苦心講求其鍊字鍛句，曰「語不驚人死不休」，又曰「一生精力盡於詩」，其苦思可知矣。今學者於詩法茫茫然不知涯涘，往往便稱能詩。嗚呼，詩豈不學而能哉！

詩全在諷詠

晦庵論詩，所謂「讀詩須沈潛諷詠，玩味義理[一]，咀嚼滋味，方有所益」，「須是先將好詩來吟詠四五十遍，方可看注。看了注，又吟詠三四十遍，意思自然融液浹洽，方有是處」，「詩全在諷詠之功」。

學詩先慕其人

學詩之法，須先思慕其爲人，平生履歷、操持、實踐、氣象，然後效其文章。不慕其爲人，是挹末流而不尋其源也。如讀釋氏典，不必就其言語上窮之。

學詩忌隨人後《宋子京筆記》

文章必自名一家，然後可以不朽。若體規畫圓，準方作矩，終爲人之臣僕，古人譏架屋，信然。陸機曰：「謝朝華於(一)[已]披，啓夕秀於未振。」韓愈曰：「惟陳言之務去。」此乃爲文之

[一]「玩味」，原本脱，據古松堂本《詩人玉屑》卷十三補。

要。苕溪漁隱曰：「學詩亦然，若循習陳言，模楷舊作，不能變化，自出新意，何以名家？魯直詩云：『隨人作計終後人。』又云：『文章最忌隨人後。』誠至論也。」

要到自得處方是詩《漫齋語録》

詩吟泳得到自有得處〔一〕，如(畫)〔化〕工生物，千花萬草，不名一物一態。若摸勒前人無自得，只如世間剪裁諸花，見一件樣，只做得一件也。

好詩如彈丸〔二〕

謝朓嘗語沈約曰：「好詩圓美流轉如彈丸。」故東坡荅王鞏云：「新詩如彈丸。」及送歐陽弼云：「中有清圓句，銅丸飛柘彈。」蓋謂詩貴圓熟也。余以謂圓熟多失之平易，老硬多失之乾枯。能不失於二者，可與作者並驅。

〔一〕「吟泳」，《四庫》本《竹莊詩話》卷一作「涵詠」；《詩人玉屑》卷十作「吟函」。
〔二〕《詩人玉屑》卷十記此條出《王直方詩話》，原本脱。

先組麗而後平淡《韻語陽秋》

欲造平淡，先自組麗中出，如此陶、謝不足進矣。今之人多作拙易詩，而自以爲平淡者，未嘗不絶倒也。梅聖俞和晏相詩(公)〔云〕：「因令適情性，稍欲到平淡。苦詞未圓熟，刺口劇菱芡。」言到平淡處甚難也。所以贈杜挺之詩有「作詩無古今，欲造平淡難」之句。李白云：「清水出芙蓉，天然去雕飾。」平淡而到天然，則善矣。

不可以綺麗害正氣

世俗喜綺麗，知文者能輕之；後生好風花，老大即厭之。然文章論當理與不當理：苟當於理，則綺麗、風花同入於妙；苟不當理，則一切皆爲長語。上自齊梁諸公，下至劉夢得、温飛卿輩，往往以綺麗、風花累其正氣，其過在認理不真而詞累之也。老杜云〔一〕：「緑垂風折笋，紅綻雨肥梅。」「岸花飛送客，檣燕語留人。」亦極綺麗，其模寫景物，意自親切，所以妙絶古今。至於言春容閑適，則有「穿花蛺蝶深深見，點水蜻蜓款款飛」、「落花遊絲白日静，鳴鳩乳燕青春深」；

〔一〕「老」，原本作「李」，據《詩人玉屑》卷十改。

言秋景，則有「藍水遠從千澗落，玉山高並兩峰寒」、「無邊落木蕭蕭下，不盡長江滾滾來」；其富貴之詞，則有「香飄合殿春風轉，花覆千官淑景移」、「麒麟不動爐烟轉，孔雀徐開扇影還」；其弔古，則有「映階碧草自春色，隔葉黄鸝空好音」、「竹送清溪月，苔移玉座春」。皆出於風花，然皆窮盡性理，移奪造化。又云：「絶（璧）〔壁〕過雲開錦繡，疏松隔水奏笙簧。」自古詩人，巧即不壯，壯即不巧；巧而能壯，乃謂是也。

評詩不必太過

宋人論詩，有用古人名多者，謂之「點鬼簿」；用金銀字多者，謂之「至寶丹」；用數目字多者，謂之「算博士」；用天文字多者，謂之「洩天機」；用羽毛字多者，謂之「禽獸譜」。以此評詩，則太過矣。如子美《八仙歌》，用八人之名，豈「點鬼簿」乎？如「兩人對酌山花開，一杯一杯復一杯」，又云「一鞭一笠一簑衣，短笛横吹牛倒騎」，此等詩，亦數目字也，豈盡非乎？餘可類推。

學詩須先識古今體製、雅俗向（皆）〔背〕，更洗盡腸胃間宿生葷血，然後可以去穢濁而一芳潤〔二〕，由是而清真矣。

〔二〕「一」，楊成序刊《詩法》本《詩家一指》作「入」。

詩要有天趣，不可鑿空强作，待境而生自工。或感古懷今，或傷今思古，或因事説景，或因物寄意。一篇之中，先立大意，起承轉結，三致意焉，則(上)[工]緻矣。結體、命意、鍊句、用字，此作者之四事也。體者如作一題，須自斟酌，或騷或《選》，或唐或江西。騷不可雜以《選》，《選》不可雜以唐，唐不可雜以江西。須要首尾渾全，不可一句似騷，一句似《選》。

凡作詩，氣象欲其渾厚，體面欲其宏闊，血脉欲其貫串，風度欲其飄逸，音韻欲其鏗鏘。若雕刻傷氣，敷演露骨，此涵養之未至也，當充以學。

詩要首尾相應。多見人中間一聯，儘有奇拙，全篇轃合，如出二手，便不家數。此一句一字，必須著意聯合也。大概要沉著痛快、優游不迫而已。

長律妙在鋪叙，時將一聯挑轉，又平平説去，如此轉换數匝，却將數語收拾，方妙。

語貴含蓄。言有盡而意無窮者，天下之至言也。如清廟之瑟，一唱(二)[三]嘆，而有遺音者矣。

有辭盡而意不盡者，如剡溪歸棹是也；意盡而辭不盡者，如摶扶摇是也。意盡而辭未當盡處，則不可以不盡；辭盡而意不盡者，不可以長語益之也。辭意不盡者，不盡之中，固以深盡之矣。

詩有意格。意出於格，先得格也；格出於意，先得意也。意格欲高，句法欲響，只求句字，末矣。

詩結尤難。無好結句，可見其人終無成也。詩中用事，僻事實用，熟事虛用。説理要簡易，説意要圓活，説景要微妙。譏人不可露，使人不覺。

先意義後文詞《劉貢甫詩話》

詩以意義爲主，文詞次之。意深義高，雖文詞平易，自是奇作。世人見古人語句平易，倣效之而不得其意義，便入鄙野，可笑。

用意精深

《贈同遊》詩：「唤起窗全曙，催歸日未西。無心花裹鳥，更與盡情啼。」按：此詩「唤起」、「催歸」，固是二鳥名，然題曰「贈同遊」者，實有微意。蓋窗已全曙，鳥方唤起，何其遲也；日猶未西，鳥已催歸，何其蚤也。豈二鳥無心，不知同遊者之意乎？更與我盡情而啼，早唤起而遲催歸可也。

篇句命意《詩眼》

詩有一篇命意，有句中命意。如老杜《上韋見素》詩，布置如此，是一篇命意也。至其道遲遲不忍去之意，則曰「尚憐終南山，回首清渭濱」；其道欲與見素別，則曰「常擬報一飯，况懷辭大臣」。此句中命意也。蓋如此，然後頓挫高雅。

句外之意 楊誠齋語

詩有句中無其詞而句外有其意者。《巷伯》之詩，蘇公刺暴公之譖己，而曰：「二人同行，誰爲此禍。」杜云「遣人向市賒香秔，喚婦出房親自饌」，上言其力貧，故曰「賒」，下言其無使令，故曰「親」。又「東歸貧路自覺難，欲別上馬身無力」，上言相干之意而不言〔一〕，下言戀別之意而不忍〔二〕。又「朋酒日歡會，老夫今始知」，嘲其獨遺己而不招也。又夏日不赴而云「野雪興難乘」，此不言熱而反言之也〔三〕。

〔一〕「上言」，《四部叢刊》景宋寫本《誠齋集》卷一百十四「詩話」作「上有」。

〔二〕「下言」，《誠齋集》作「下有」。

〔三〕「不」下原本脱「言」字，據《誠齋集》卷一百十四「詩話」補。

詩意貴開闢《室中語》

凡作詩，使人讀第一句知有第二句，讀第二句知有第三句，次第終篇，方爲至妙。如老杜「莽莽天涯雨，江村獨立時。不愁巴道路，恐濕漢旌旗」是也。

含不盡之意《漁隱》

《宫詞》云：「監宫引出暫開門，隨例强朝不是恩〔一〕。銀鑰却收金鎖合，月明花落又黄昏。」斷句極佳，意在言外，而幽怨之情自見，不待明言之也。詩貴如此，若使一覽而盡，亦何足道哉！

誠齋論造語法

初學詩者，須用古人好語，或兩字，或三字。如山谷《猩猩毛筆》：「平生幾兩屐，身後五車書。」「平生」二字，出《論語》；「身後」二字，晉張翰云「使我有身後名」；「幾兩屐」，阮孚語；

〔一〕「强」，清乾隆刻本《苕溪漁隱叢話》後集卷十五、《詩人玉屑》卷六皆作「雖」；《四部叢刊》景明翻宋本《樊川集》卷末《外集》作「須」。

「五車書」，莊子言惠施。此四句乃四處合來。又：「春風春雨花經眼，江北江南水拍天。」「春風春雨」、「江北江南」，詩家常用。杜云：「且看欲盡花經眼。」退之云：「海氣昏昏水拍天。」此以四字合三字，入口便成詩句，不至生硬。要誦詩之多，擇字之精，始乎摘用，久而自出肺腑，縱横出没，用亦可，不用亦可。

論句法對法

夫五言、七言，句語雖殊，法律則一。起句猶難，先須闊占地步，要高，不可苟且。中兩聯句法，或四字截，或二字截，須要血脉貫通，音韻相應，對偶相停，上下相稱。有兩句共一意者，有各意者。若上聯共意，則下聯須各意；前聯詠狀，則後聯須説人事。兩句最忌相併，兩聯最忌同律。隔聯字忌相似，頸聯轉意須要變化。多下實字，自然響亮而句健矣。其尾聯要開一步，别運生意結之；亦有合起意者，亦妙。故古人講求句法，雖杜少陵亦曰：「語不驚人死不休。」所以學者當句煅月煉，務求得於天然。言雖簡而不遺意，句雖豪而不叛理。七言一句須三意，五言一句須兩到，中腰虚活字亦須迴避。五言不得添作七言，七言不得減作五言，可添可減，便不成詩。一聯二句，俱要精當。或資力不及，寧可下句勝上句，斷不可上句勝下句也。古人造語，意精語潔，字愈少而意愈多，意在言外，悠然而長，黯然而光。雖非後學所及，却當以此爲宗。

句法問答

誰其獲者婦與姑　(向)〔何〕日東歸花發時

當對

白狐跳粱黄狐立　婦女行泣夫走藏

上三下三

鳳凰樂奏鈞天曲　烏鵲橋通織女河

上四下三

金馬朝回門似水〔一〕　碧雞天遠路如年

〔一〕「門」，原本作「人」，據《格致叢書》本《木天禁語》改。

上應下呼

素練抹林雲氣薄　明珠穿草露華新

上呼下應

林花著雨胭脂落　水荇牽風翠帶長

行雲流水

春日鶯啼修竹裏　仙家犬吠白雲中

言倒理順

海崖夜深當見日　寒岩四月始知春

直書句

鄭縣亭子澗之濱　一去三年竟不歸

兩句成一句

屢將心上事　　相與夢中論

蕭蕭千里馬　　個個五花文

錯綜句法《冷齋》

老杜云：「紅稻啄殘鸚鵡粒，碧梧棲老鳳凰枝。」舒王云：「繰成白雪桑重緑，割盡黄雲稻正青。」鄭谷云：「林下聽經秋苑鹿，江邊掃葉夕陽(生)〔僧〕。」以事不錯綜，則不成文章。若平叙則曰「鸚鵡啄殘紅稻粒，鳳凰棲老碧梧枝」也。言「繰成」則知白雪爲絲，言「割盡」則知黄雲爲麥也。秦少游得其意，特發奇語，其作《睡足軒》則曰：「長(平)〔年〕憂患百端慵，開斥僧坊頗有功。地徹蔽虧僧界静，人除荒穢玉奩空。青天併入揮毫裏，白鳥時來隱几中。最是人間佳絶處，夢殘風鐵響丁東。」

影略句法《冷齋》

鄭谷詠落葉，未嘗及彫零飄墜之意，人一見之，自然知爲落葉。詩曰：「返蟻難尋穴，歸禽易見窠。滿廊僧不厭，一個俗嫌多。」

用經史語

大率詩語出入經史，自然有力。然須是看多做多，使自家機杼風骨先(力)[立]，然後使得經史中全語作一體也。如是自出語弱，却使經史中全語，則頭尾不相勾副，如兩村夫挣一枝畫梁，自覺經史中語不入眼矣。

點化古語

徐陵《鴛鴦賦》云：「山雞映水那相得，孤鸞照鏡不成雙。天下真成長會合，無勝比翼兩鴛鴦。」黄魯直題《畫睡鴨》曰：「山雞照影空自愛，孤鸞舞鏡不作雙。天下真成長會合，兩鳧相倚睡秋江。」全用徐陵語點化之，末句尤工。

陵陽論下字法《室中語》

僕嘗請益曰：「下字之法當何如？」公曰：「正如弈棋，三百六十路都有好著，顧臨時如何耳。」僕復請曰：「有二字同意，而用此字則穩，用彼字則不穩，豈牽於平仄聲律乎？」公曰：「固有二字一意而聲且同，可用此而不可用彼。若《選》詩云『庭皋木葉下』、『雲中辨烟樹』，還可作『庭皋樹葉下』、『雲中辨烟木』。至此惟可默曉，未可言傳。」

東坡下字《唐子西語録》

東坡作病鶴詩，嘗寫「三尺長脛瘦軀」，闕其一字，使任德翁輩下之，凡數字，東坡隨出其藁，蓋「閣」字也。此字既出，儼然如見病鶴矣。東坡詩，叙事言簡而意盡。惠州有潭，潭有潛蛟，人未之信也。虎飲水其上，蛟尾而食之，俄而浮骨水上，人方知之。東坡以十字道盡云：「潛鱗有飢蛟，掉尾取渴虎。」言「渴」則知虎以飲水而招災，言「飢」則蛟食其肉矣。

練字

詩要練字，字者眼也。如老杜詩：「飛星過水白，落日動檐虚。」練中間一字。「地(圻)［坼］江帆隱，天(晴)［清］木葉聞。」鍊末後一字。「紅入桃花嫩，青歸柳色新。」練第二字，非鍊「歸」、「入」字，則是兒童詩。又曰「暝色赴春愁」，又曰「無因覺往來」，非鍊「赴」、「覺」字，便是俗詩。如劉滄詩云「香銷南國美人盡，怨入東風芳草多」，是鍊「銷」、「入」字〔二〕；「殘柳宮前空露葉，夕陽川上浩烟波」，是鍊「空」、「浩」二字，最是妙處。

一字之工〔三〕

詩句以一字爲工，自然穎異不凡，如靈丹一粒，點鐵成金也。浩然云：「微雲淡河漢，疏雨滴梧桐。」上句之工在一「淡」字，下句之工在一「滴」字，若非此兩字，烏得爲佳句也哉！如陳舍人從易偶得杜集舊本，文多脱誤，至《送蔡都尉》云「身輕一鳥」，其下脱一字。陳公因與數客各用一字補之，或云「疾」，或云「落」，或云「獨」，或云「下」，莫能定。其後得一善本，乃是「身輕一鳥過」，陳公嘆服。余謂陳公所補四字不工，而老杜字一「過」字爲工也。如《鍾山語録》云「暝色赴春愁」，下得「赴」字最好，若下「起」字，便是小兒語也；「無人覺來往」，下得「覺」字大好；足見吟詩要一兩字工夫。觀此則知余之所論非鑿空而言也。

〔二〕「鍊」、「銷」，原本倒乙，據《格致叢書》本《詩法家數》改正。
〔三〕《詩人玉屑》卷六記此條出《漁隱》，原本脱。

一字師《陳輔之詩語》

蕭楚才知漂陽縣，張乖崖作牧，一日召食，見公几案有一絶云：「獨恨太平無一事，江南閑殺老尚書。」蕭改「恨」作「幸」字。公出，視藁曰：「誰改吾詩？」左右以實對。蕭曰：「與公全身。公功高位重，奸人側目之秋，且天下一統，公獨恨太平何也？」公曰：「蕭（第）〔弟〕一字之師也。」

妙於用事《侯鯖録》

元祐中元夕，上御樓觀燈，有御製詩。時王禹玉、蔡持正爲左右相，持正叩禹玉云：「應制上元詩，如何使故事？」禹玉曰：「鰲山、鳳輦外，不可使。」章子厚笑曰：「誰不知！」後兩日登對，上獨賞禹玉詩善於使事。詩云：「雪消華月滿仙臺，萬燭當樓寶扇開。雙鳳雲中扶輦下，六鰲海上駕山來。鎬京春酒沾周宴，汾水秋風陋漢才。一曲昇平人盡樂，君王又進紫霞杯。」是夕以高麗進樂，又添一杯。

反用其事《藝苑雌黄》

文人用故事，有直用其事者，有反其意而用之者。李義山詩：「可憐半夜虚前席，不問蒼生問鬼神。」雖説賈誼，然反其意而用之矣。林和靖詩：「茂陵他日求遺藁，猶喜曾無封禪書。」雖説相如，亦反其意而用之矣。直用其事，人皆能之；反其意而用之者，非事業高人，超越尋常拘攣之見，不規規然蹈襲前人陳迹者，何以臻此！

用事精切《王直方詩話》

苕溪漁隱曰：《上元戲貢甫》詩云：「不知太乙遊何處，定把青藜獨照公。」此詩用事亦精切。劉向校書天禄閣，夜有老人著黄衣，植青藜杖，叩閣而進。向請問姓名，乃曰：「我是太乙之精，（太）〔天〕帝聞卯金之子有博學者，下而觀焉。」乃出懷中竹牒授之。見《王子年拾遺》。此事既與貢甫同姓，又貢甫時在館閣也。

用事要無迹《西清詩話》

杜少陵云：「作詩用事，要如禪家語『水中著鹽，飲水乃知鹽味』。」此説詩家秘密藏也。如

「五更鼓角聲悲壯，三峽星河影動摇」，人徒見凌轢造化之工，不知乃用事也。《禰衡傳》：「撾《漁陽摻》，聲悲壯。」《漢武故事》：「星辰動摇，東方朔謂民勞之應。」則善用事者，如繫風捕影，豈有迹耶！

用事天然《(曼)[漫]叟詩話》

東坡最善用事，既顯而易讀，又切當。若《招持服人遊湖不赴》云：「却憶呼盧袁彦道，難邀駡坐灌將軍。」《柳氏求字荅》云：「君家自有元和脚，莫厭家雞更問人。」天然奇特。

叙事盡詳《筆録》

熙寧元年，有司言日當食。四月朔，上爲撤膳避正殿。方微雨，明日不見日食，百官入賀。是日有皇子之慶，蔡持正爲樞副，獻詩。前四句：「昨夜薰風入舜韶，君王端御正衙朝。陽輝已得前星助，陰沴潛隨夜雨消。」其叙四月一日避正殿、皇子慶誕、雲陰不見日食〔二〕，四句盡之，當時無能過之者。

〔二〕「叙」，原本作「時」，據《詩人玉屑》卷七改。

詩韻當熟

詩中押韻，先要看詩韻精熟，須認某字在某韻。至若東冬、江岡、清青、頻平之類，要字字熟記。當吟之際，則用一韻，諸韻在其左右矣。韻若生疏，雖有好興，亦凝滯不達，無佳句矣。是吟家之一坑(慚)[塹]也。

音節宜審

馬御史云：「東夷、西戎、南蠻、北狄，四方偏氣之語，不相通曉，互相憎惡。惟中原漢音，四方可以通行，四方之人皆喜於習說。蓋中原天地之中，得氣之正，聲音散佈，各能相入。是以詩中宜用中原之韻，則便官樣不凡。押韻不可用啞韻，如五支、二十四鹽，啞韻也。」

工於押韻《古今詩話》

寇萊公延僧惠崇於池亭，分題爲詩。公探得池上柳，青字韻；崇探得池鷺，明字韻。自午至晡，崇忽點頭曰：「得之矣，此篇功在『明』字，凡五壓不到。」公曰：「試口占。」曰：「雨歇方塘溢，遲回不復驚。暴翎沙日煖，引步島風清。照水千尋迥，棲烟一點明。主人池上鳳，見爾憶蓬瀛。」公笑曰：「(五)[吾]柳之功在『青』字，而四壓不到，不如且已。」

巧於押韻《許彦周詩話》

作詩押韻是一巧。中秋夜月詩，押「尖」字，數首之後，一婦人云：「蚌胎光透殼，犀角暈盈尖。」

古今詩用韻《學林新編》

字有通作他聲押韻者，泛引《詩》及《文選》古詩爲證。殊不知《蔡寬夫詩話》嘗云：「秦漢以前，字書未備，既多假借，而音無反切，平側皆通用。自齊梁後，既拘以四聲，又限以音韻，故士率以偶儷聲病爲工。」然則字通作他聲押韻，於古詩則可；若於律詩，誠不當如此。余謂裴虔餘之詩落韻，又本此耳。

落韻《漁隱》

裴虔餘云：「滿額鵝黄金縷衣，翠翹浮動玉釵垂。從教水濺羅襦濕，疑是巫山行雨歸。」《廣韻》、《集韻》、《韻略》，「垂」與「歸」皆不同韻，此詩爲落韻矣。

次韻

次韻，依他人所押韻和詩，詩家最爲害事。始於元、白，極於東坡，諸古人不如此，但和其意爲詩耳。如杜和賈至《早朝》諸作是也。

重押韻《孔毅夫雜記》

退之詩好押狹韻累句以示工，而不知重疊用韻之爲病也。《雙鳥》詩押兩「頭」字，《杏花》詩押兩「花」字。苕溪漁隱曰：「《讀皇甫湜公安園池詩》亦押兩「閑」字：『日夜不得閑』，『君子不可閑』。蓋退之好重疊用韻，以盡己之詩意，不恤其爲病也。」

律聲平仄

五言平聲字起

平平仄仄平　　仄仄仄平平
仄仄平平仄　　平平仄仄平

平平平仄仄　仄仄仄平平

仄仄平平仄　平平仄仄平

五言仄聲字起

仄仄仄平平　平平仄仄平

平平平仄仄　仄仄仄平平

仄仄平平仄　平平仄仄平

平平平仄仄　仄仄仄平平

七言平聲字起

平平仄仄仄平平　仄仄平平仄仄平

仄仄平平平仄仄　平平仄仄仄平平

平平仄仄平平仄　仄仄平平仄仄平

仄仄平平平仄仄　平平仄仄仄平平

七言仄聲字起

仄仄平平仄仄平　平平仄仄仄平平
平平仄仄平平仄　仄仄平平仄仄平
仄仄平平平仄仄　平平仄仄仄平平
平平仄仄平平仄　仄仄平平仄仄平

絶句五七言平仄 亦以律詩前四句爲法。

夫平仄之式，定不可易。然考之唐詩句中，一、三、五字多不盡合平仄者，又有所謂「一三五不論，二四六分明」之説。蓋詩句中第一字與第三、第五字，或當用平而用仄亦可，或當用仄而用平亦可，不必太拘。至於第二字與第四、第六字，當用平者一定用平，當用仄者一定用仄也。

詩重音節

詩之音節在練句，而音節之樞紐，則在各句之第一字。協平仄而順用之，昔人所謂「詩喉」，正指各句第二字也。

平平仄仄平平仄

如首句第二字平聲，次句第二字亦平聲，則三句、四句第二字皆用仄聲，五句、六句第二字又皆用平聲，七句、八句第二字又皆用仄聲是也。

仄仄平平仄仄平

首二句第二字皆仄聲，三、四句第二字皆平聲，五、六句第二字皆仄聲，七、八句第二字皆平聲是也。

仄平平仄仄平平

首一句第二字仄聲，次句第二字平聲，三句第二字平聲，四句第二字仄聲，五句第二字仄聲，六句第二字平聲，七句第二字平聲，八句第二字仄聲是也。

平仄仄平平仄仄

首句第二字平聲，次句第二字仄聲，三句第二字仄聲，四句第二字平聲，五句第二字平聲，六句第二字仄聲，七句第二字仄聲，八句第二字平聲是也。

古詩十九首 亡名氏

行行重行行，與君生别離。相去萬餘里，各在天一涯。道路阻且長，會面安可期？胡馬依北風，越鳥巢南枝。相去日已遠，衣帶日已緩。浮雲蔽白日，遊子不復返。思君令人老，歲月忽已晚。棄捐勿復道，努力加餐飯。

青青河畔草，鬱鬱園中柳。盈盈樓上女，皎皎當窗牖。娥娥紅粉妝，纖纖出素手。昔爲倡家女，今爲蕩子婦。蕩子行不歸，空房難獨守。

青青陵上陌，磊磊澗中石。人生天地間，忽若遠行客。斗酒相娱樂，聊厚不爲薄。驅車策駑馬，游戲宛與洛。洛中何鬱鬱，冠帶自相索。長衢羅夾巷，王侯多第宅。兩宫遥相望，雙(關)[闕]百餘尺。極宴娱心意，戚戚何所迫？

今日良宴會，歡樂難具陳。彈箏奮逸響，新聲妙入神。令德唱高言，識曲聽其真。齊心同所願，含意俱未伸。人生寄一世，奄忽若飆塵。何不策高足，先據要路津。無爲守窮賤，轗軻長苦辛。

西北有高樓，上與浮雲齊。交疏結綺窗，阿閣三重階。上有絃歌聲，音響一何悲。誰能爲此曲，無（那）［乃］杞梁妻。清商隨風發，中曲正徘徊。一彈再三嘆，慷慨有餘哀。不惜歌者苦，但傷知音稀。願爲雙鴻鵠，奮翅起高飛。

涉江采芙蓉，蘭澤多芳草。采之欲遺誰，所思在遠道。還顧望舊鄉，長路漫浩浩。同心而離居，憂傷以終老。

明月皎夜光，促織鳴東壁。玉衡指孟冬，衆星何歷歷。白露沾野草，時節忽復易。秋蟬鳴樹間，玄鳥逝安適？昔我同門友，高舉振六翮。不念携手好，棄我如遺迹。南箕北有斗，牽牛不負軛。良無盤石固，虚名復何益！

冉冉孤生竹，結根泰山阿。與君爲新婚，兔絲附女蘿。兔絲生有時，夫婦會有宜。千里遠結婚，悠悠隔山陂。思君令人老，軒車來何遲。傷彼蕙蘭花，含英揚光輝。過時而不采，將隨秋草萎。諒君執高節，賤妾亦何爲？

庭中有奇樹，緑葉發華滋。攀條折其榮，將以遺所思。馨香盈懷袖，路遠莫致之。此物何足貴，但感别經時。

迢迢牽牛星，皎皎河漢女。纖纖濯素手，札札弄機杼。終日不成章，涕泣零如雨。河漢清且淺，相去復幾許？盈盈一水間，（默默）［脉脉］不得語。

迴車駕言邁，悠悠涉長道。四顧何茫茫，東風摇百草。所遇無故物，焉得不速老？盛衰各有時，立身苦不早。人生非金石，豈能長壽考？奄忽隨物化，榮名以爲寶。

東城高且長，逶迤自相屬。迴風動地起〔二〕，秋草萋已緑。四時更變化，歲暮一何速！晨風懷苦心，蟋蟀傷局促。蕩滌放情志，何爲自結束〔三〕。燕趙多佳人，美者顔如玉。被服羅裳衣，當户理清曲。音響一何悲，絃急知柱促。馳情整巾帶，沉吟聊躑躅。思爲雙飛燕，銜泥巢君屋。

驅車上東門，遥望郭北墓。白楊何蕭蕭，松柏夾廣路。下有陳死人，杳杳即長（墓）〔暮〕。潛寐黄泉下，千載永不悟。浩浩陰陽移，年命如朝露。人生忽如寄，壽無金石固。萬歲更相送，聖賢莫能度。服食求神仙，多爲藥所誤。不如飲美酒，被服紈與素。

去者日以疏，來者日以親。出郭門直視，但見丘與墳。古墓犁爲田，松柏（催）〔摧〕爲（新）〔薪〕。白楊多悲風，蕭蕭愁殺人。思還故里閭，欲歸道無因。

生年不滿百，常懷千歲憂。晝短苦夜長，何不秉燭遊。爲樂當及時，何能待來兹？愚者愛惜費，但爲塵世嗤。仙人王子喬，難可與同期。

凜凜歲云暮，螻蛄夕鳴悲。涼風率已厲，遊子寒無衣。錦衾遺洛浦，同袍與我違。獨宿累

〔二〕「風」，原本作「物」，據《六臣注文選》卷二十九改。

〔三〕「結束」，原本作「而來」，據《六臣注文選》改。

長夜，夢想見容輝。良人惟（苦）［古］歡，枉駕惠前綏。願得長巧笑，携手同車歸。既來不須臾，又不處重闈。亮無晨風翼，焉能淩風飛！眄睞以適意，引領遥相晞。徙倚懷感傷，垂淚沾雙扉。

孟冬寒氣至，北風何慘慄。愁多知夜長，仰觀衆星列。三五明月滿，四五蟾兔缺。客從遠方來，遺我一書札。上言長相思，下言久離别。置書懷袖中，三歲字不滅。一心抱區區，懼君不識察。

客從遠方來，遺我一端綺。相去萬餘里，故人心尚爾。文彩雙鴛鴦，裁爲合歡被。著以長相思，緣以結不解。以膠投漆中，誰能别離此？

明月何皎皎，照我羅床幃。憂愁不能寐，攬衣起徘徊。客行雖云樂，不如早旋歸。出户獨彷徨，愁思當告誰？引領還入房，淚下沾裳衣。

古樂府

青青河畔草，綿綿思遠道。遠道不可思，夙昔夢見之。夢見在我傍，忽覺在他鄉。他鄉各異縣，輾轉不可見。枯桑知天風，海水知天寒。入門各自媚，誰肯相與言？客從遠方來，遺我雙鯉魚。呼童烹鯉魚，中有尺素書。長跪讀素書，書中竟何如？上有加餐食，下有長相思。

君子行

君子防未然，不處嫌疑間。瓜田不納履，李下不整冠。嫂叔不親授，長幼不比肩。勞謙得其柄，和光甚獨難。周公下白屋，吐哺不及餐。一沐三握髮，後世稱聖賢。

傷歌行

昭昭素明月，輝光燭我床。憂人不能寐，耿耿夜何長。微風吹閨闥，羅幃自飄揚。攬衣曳長袂，屣履下高堂。東西安所之，徘徊以彷徨。春鳥翻南飛，翩翩獨翱翔。悲聲命儔侶，哀鳴傷我腸。感物懷所思，涕泣忽沾裳。佇立吐高吟，舒（奮）［憤］訴穹蒼。

長歌行

青青園中葵，朝露待日晞。陽春佈德澤，萬物生光輝。常恐秋節至，焜黄華（華）［葉］衰。百川東到海，何時復西歸？少壯不努力，老大徒傷悲。

鍾伯敬先生硃評詞府靈蛇利集

詩家一指　元范梈，字德機。清江人。

乾坤之清氣，性情之流溢也。有氣則有物，有事斯有理。必先養其浩然，存其真宰，彌綸六合，圓攝太虛，觸處成真，而道生於詩矣。詩(有)[猶]禪宗，具摩醯眼，一視而萬境歸元，一舉而群魔蕩迹，超言象之表，得造化之先。夫如是，始有觀詩分。觀詩要知身命落處，與夫神情變化、意境周流，亘天地以無窮，妙古今而獨往者，則未有不得其所以然。由是可以明十科，達四則，該二十四品。觀之不已，而至於道。(夫)[失]求於古者，必法於今；求於今者，必失於古。蓋古之時古之人，而其詩如之。故學者欲疏鑿情塵，陶汰氣質，遣其迷妄，而反其清真，未有不如是而得其所以爲詩者。學下手處，先須明徹古人意格聲律，其於神境事物，邂逅鬱折，得其全理於胸中，隨寓唱出，自然超絶。若夫刻意創造，終虧天成；苟且經營，必墮凡陋。妙在著述之多，而涵養之深耳。然當求正於宗匠，庶幾横絶旁流矣。

十科

意

作詩先命意。如構宫室，必法度形制已備於胸中，始施斤鋏。此以實驗取譬，則風之於空、春之於世，雖暫有其迹，而無能得之於物者。是以造化超詣，變化易成；立意卑凡，情真愈遠。

趣

意之所不盡而有餘者之謂趣。是猶聽鐘而得其希微，乘月而思遊汗漫。窅然真用，將與造化同流，趣也。

神

其所以變化詩道，濯煉性情，會秀儲真，超源達本，神也。

情

是由真心静想中生，不必盡喻，不必不喻，猶意於水[二]，觸處自然。神於詩爲色爲染，情染在心，色染在境，一時心境會意[三]，而情出焉。

氣

其於條達爲清明，滯著爲昏濁。情貴乎流通，虚往無礙。盛大等乎空量，熹微藹如春和。然非果有所自而生之者，愈不可知。

理

有所興起而言也。故凡一事之感、一物之悟，皆興起也。而其悲歡通塞，總屬自然，非有造設；惟不盡所以盡之興，猶王家之疆里也。

[二]「意」，楊成序刊《詩法》本作「月」。
[三]「意」，楊成序刊《詩法》本作「至」。

力

今之發足，將有所即，靡不由是而達，然猶有所未至，非日積之功未深，則足力之病進。於詩且然，非尋思之未深，則材力之病進。要在馴熟，如與握手俱往。

境

耳聞目擊，神寓意會，凡接於形似聲響，皆境也。然達其幽深玄虛，發爲佳言，遇其淺深陳腐，積爲俗慮。心之於境，如境之取象，境之於心，如燈之取影。亦各因其虛明净妙，而實悟自然。故於情想經營，如在圖畫，不著一字，窅乎神生。

物

凡引證，當渾成無牽合，如膠青鹽味，形趣泯合，神造自如。

事

詩指其一而不可著，復不可脱。著則落窠臼，脱則少天然。必究其形體之微，而超乎神化之奧。

四則

句

一詩之中，妙在一句，爲之根本。根本不凡，則花葉自殊。復如大將提兵，三軍響應；君子在位，善人翕從。

字

一字之妙，所以含全詩之微；一詩之根，所以生一字之妙。故夫圓活善用，如轉樞機；温清自然，如瞻佩玉。

法

病在腐，在浮，在尋常，在闒弱，在生强，在無謂，在槍棒，在爪牙，在不經。猶陶家營器，本陶一土，而等差非一。然有古型今制之别，精朴粗窳之殊，貴各具體用型制之似爾。詩則詩矣，而名制非一。漢晉高古，盛唐風流，西崑穠冶，晚唐華藻，宋氏鏤刻。(泊)[洎]西江諸家，造立不等，氣象差殊，亦各求其似者耳。

格

所以條達神氣，吹噓興趣，非音非響，能誦而得之。猶清風徘徊於幽林，遇之可愛；微徑縈紆於遥翠，求之愈深。

二十四品

雄渾 杜少陵

大用外腓，真體内充。返虚入渾，積健爲雄。具備萬物，横絶太空。荒荒油雲，寥寥長風。超以象外，得其環中。持之匪强，來之無窮。

冲淡 孟浩然

素處以默，妙機其微。飲之太和，獨鶴與飛。猶之惠風，荏苒(往)[在]衣。閲音修篁，美曰載歸。遇之非深，即之愈稀。脱有形似，握手已違。

纖穠[一]

采采流水，蓬蓬遠春。窈窕深谷，時見美人。碧桃滿樹，風日水濱。柳楊路曲，流鶯比鄰。乘之愈往，識之愈真。如將不盡，與古爲新。

沈著 杜少陵

緑杉野屋，落日氣清。脱巾獨步，時聞鳥聲。鴻雁不來，之子遠行。所思不遠，若爲平生。海風碧雲，夜渚月明。如有佳語，大河前横。

高古 杜少陵

畸人乘真，手把芙蓉。泛彼浩劫，窅然空蹤。月出東斗，好風相從。太華夜碧，人聞清鐘。虚竚神素，脱然畦封。黄唐在獨，落落玄宗。

[一] 楊成序刊《詩法》本等題下小字標注「王維」，原本脱。

典雅 楊曼碩

玉壺買春，賞雨茅屋。坐中佳士，左右修竹。白雲初晴，幽鳥相逐。眠琴綠楊，上有飛瀑。落花無言，人淡如菊。書之歲華，其曰可讀。

洗鍊 范德機

猶鑛出金，如鉛出銀。超心鍊冶，絕愛緇磷。空潭瀉水，古鏡照神。體素儲潔，乘月返真。載瞻星辰，載歌幽人。流水今日，明月前身。

勁健 杜少陵

行神如空，行氣如虹。巫峽千尋，走雲連風。飲真茹强，蓄素守中。喻彼行健，是謂存椎。天地與立，神化攸同。期之以實，御之以終。

綺麗 趙松雪

神存富貴，始輕黃金。濃盡必枯，淺者屢深。露餘山青，紅杏在林。月明華屋，畫橋碧陰。

金尊酒滿，伴客彈琴。取之自足，良殫美襟。

自然　孟浩然

俯拾即是，不取諸鄰。俱道適往，著手成春。如逢花開，如瞻歲新。真予不奪，强得易貧。幽人空山，過雨采蘋。薄言情悟，悠悠天鈞。

含蓄　孟郊

不著一字，盡得風流。語不涉難，已不堪憂。是有真宰，與之沉浮。如淥滿酒，花時返秋。悠悠空塵，忽忽海漚。淺深聚散，萬取一收。

豪放

觀花匪禁，吞吐大荒。由道返氣，處得以强。天風浪浪，海山蒼蒼。真力彌滿，萬象在旁。前招三辰，後引鳳凰。曉看六鰲，濯足扶桑。

精神 趙　虞

欲反不盡，相期與來。明漪絶底，奇花初胎。青春鸚鵡，楊柳樓臺。碧山人來，清酒深杯。生氣遠出，不著死灰。妙造自然，伊誰與裁。

縝密

是有真迹，如不可知。意象欲出，造化已奇。水流花間，清露未晞。要路愈遠，幽行爲遲。語不欲犯，思不欲癡。猶春於緑，明月雪時。

疏野

惟性所宅，真取弗羈。拾物自富，與率爲期。築室松下，脱帽看詩。但知旦暮，不辨何時。倘然適意，豈必有爲。若其天放，如是得之。

清奇 范德機

娟娟群松，下有漪流。晴雪滿竹，隔溪漁舟。可人如玉，步屧尋幽。載瞻載止，空碧悠悠。

神出古異，淡不可收〔二〕。如月之曙，如氣之秋。

委曲〔三〕

登彼太行，翠繞羊腸。杳藹流玉，悠悠花香。力之於時，聲之於羌。似性已迴，如幽匪藏。水理漩洑，鵬風翱翔。道不自器，與之圓方。

實境

取語甚(宜)〔直〕，計思匪深。忽逢幽人，如見道心。清澗之曲，碧松之陽。一客荷樵，一客聽琴。情性所至，妙不自尋。遇之似天，永然希音。

悲慨

大風捲水，林木爲摧。意苦欲死，招憩不來。百歲如流，富貴冷灰。大道日喪，若爲雄材。

〔二〕此二句原本脱，據楊成序刊《詩法》本補。

〔三〕明刻本《詩家一指》題下小字標注「白樂天」，原本脱。

壯士拂劍，浩然彌哀。蕭蕭落葉，漏雨荒苔。

形容

絶佇靈素，少迴清真。如覓水影，如寫陽春。風雲變態，花草精神。海之波瀾，山之嶙峋。俱似大道，妙契同塵。離形得似，庶幾斯人。

超詣

匪神之靈，匪幾之微。如將白雲，清風與歸。遠引莫至，臨之已非。少有道氣，終與俗違。亂山喬木，碧苔芳暉。誦之思之，其聲愈稀。

飄逸

落落欲往，矯矯不群。緱山之鶴，華頂之雲。高人惠中，令色絪緼。御風蓬葉，泛彼無垠。如不可執，如將有聞。識者已領，期之愈分。

曠達《選》詩

生者百歲，相去幾何。歡樂苦短，憂愁實多。何如尊酒，日住烟蘿。花覆茅檐，疏雨相過。倒酒既盡，杖藜行歌。孰不有古，南山峨峨。

流動

若納水輨，如轉丸珠。夫豈可道，假體遺愚。荒荒坤軸，悠悠天樞。載要其端，載同其符。超超神明，(皮)[反]之冥無。來往千載，是之謂乎。

三造三段中分　關鍵　細義　體系

詩貴入門之正。行有未至，可加心力，路頭一差，愈騖愈遠。故曰：學其上，僅得其中；學其中，斯爲下矣。凡《三百篇》以降，經史諸書韻語，《楚辭》、古詩、樂府、李陵、蘇武、漢、魏、晉人語，皆須熟讀；次取李、杜、盛唐名家菁華，枕籍鈎貫，橫流胸中，久之自然悟入。雖未至，亦不失焉。楚、魏、漢、晉、盛唐諸作，斯禪宗最上乘；大曆以還，已落二義；晚唐則聲(間)[聞]辟支。禪在妙悟，詩道亦然。悟有三：有透徹，有分解，有一知半解。後取諸名家熟參，倘由是而無見焉，是爲外道異端蔽其真識，終非藥石可能救之病也。

詩，情性也。羚羊掛角[一]，無迹可求。所以妙處，瑩徹玲瓏，不可湊泊，水中之月，鏡中之象，萬折東流，千燈一空，言有盡而意無窮，由思惟而非思惟者也。近代之作奇特解會，往往以才學、文字、議論爲之。夫豈不工，而於古人情性愈遠矣。嗚呼，詩之道湮亦久矣。

諧會五音，清便宛轉，宮商迭奏，金石相宣，謂之聲律。摹寫景物，巧奪天真，探索微妙，意與神會，謂之物象。苟無意格以至之，才雖華藻，辭雖雄贍，皆無足取。要在意圓格高，纖穠具備；句老而字不俗，理深而辭不難，才縱而氣不粗，言簡而事不晦。如此之作，始入風騷焉。

大篇布置，首尾停均，腰腹肥滿。少乏工緻，病在不精思。不精思而作，多奚以爲？雕刻傷氣，敷演露骨。若鄙而不精巧，過在不雕刻[二]；拙而無委曲，過在不敷衍。人所明言者寡之，難言者易之，自然不俗。難處一語而盡，易處莫便放過；僻事實用，熟事虛用；理要簡易，事要圓活，景要微妙。多看自知，多作自好。小句精深，短章藴藉，大篇開闔，乃爲妙也。

學有餘，約以用之；意有餘，約以盡之。意中有景，景中有意。思有窒礙，涵養未至也，當

[一]「掛」，原本脱，據明正德刻本《滄浪詩話・詩辯》補。
[二]「不」，原本脱，據《詩家一指》本補。

益以學問。歲寒知松柏，難處見作手。波瀾起伏，如在江湖，一波未平，一波又作；亦猶出入變化，不可紀極，而法度不亂。文以文而工，不以文而妙，舍文無妙，聖處自悟。意出格外，格出意先。得意如印印泥，止乎義理涵養。意格欲高，句法欲響，始於意格，成於句法。字意欲深遠，句調欲清古和暢。每家自有風味，如樂各有聲韻，乃是歸宿處，倣者似而失之。

大曆以來，高者尚失盛唐，下者已入晚唐；晚唐而下，已有宋氣也。唐與宋未論工拙，直是氣象不同。蓋不知病，何由能作；不觀諸法，何由知病？諸名家亦各有一病，大醇小疵，差可耳。「學竟無方作無略」，「子結成陰花自落」。聲律爲最，氣象爲骨，意格爲髓。須先立大意，長篇曲折，須三致意，方可成章。圓熟多失之平易，老硬多失之乾枯。含蓄天成爲上，破碎雕鎪爲下。百鍊成字，千鍾成句。用事要如禪諦，水中鹽味。下字如弈棋，三百六十路，都教要好著，顧臨時如何。句中有眼如《華嚴經》舉果善知因，譬如蓮花，方其吐花而葩已在蕊中。

詠物不待分明説盡，只彷佛形容，便見妙處。寧拙無巧，寧朴無華，寧粗無弱，寧僻無俗。切忌太過，鍊句脉則意不足，語工意劣，格力必弱。立片言以居要，乃一篇之警策，兹要論也。

爲詩要有野意。蓋非文不腴，非質不枯，然始腴而中枯，無中邊之殊，意味自足。寫難狀之景，如在目前；含不盡之意，見於言外。

學者必先命意，意正則思生，然後擇韻而用，如驅奴隸，故首尾有序。

《風》、《雅》、《頌》既亡，一變而爲《離騷》，再變而爲西漢五言，三變而爲歌行、雜體，四變而爲沈、宋律詩。晉夏侯湛三言，楚王傅韋孟四言，李陵、蘇武五言，漢司農谷永六言，漢武柏梁七言，高貴鄉公九言。總言之，《三百篇》內，二言、三言、四言、五言、六言、七言、八言、九言、十一二言皆有之矣。其說具項平庵《家說》中。

詩學禁臠

范德機

德機以詩名天下，編集唐人之詩，具爲格式。其若公輸子之規矩、師曠之六律乎？學詩者詳味此編，庶可造唐人閫奧矣。

頌中有諷格

星斗疏明禁漏殘，紫泥封後獨凭欄。露和玉屑金盤冷，月射珠光貝闕寒。天襯樓臺籠苑外，風鳴絃管下雲端。長卿只解長門賦，未識君臣際會難。

《幸温泉宮》。第一聯上句言宮中之景，下句自叙玉堂夜直，此(詩)[時]方畢。第二聯言宮中之景，應第(二)[一]句。第三聯序己之榮遇密邇，以應第二句。第四聯言陳后廢處長門，聞相如善賦，以千金買賦，以諷天子，武帝悟，后得賜還。起聯宿歸在此，以見今日之榮遇，長卿知其一，而未知其二也。兼有諷意。

美刺格

四朝憂國鬢成絲，龍馬精神海鶴姿。上句賦，下句比。天上玉書傳詔夜，陣前金甲受降時。曾經庾亮三更月，下盡羊曇一局棋。惆悵舊堂扃緑野，夕陽無限鳥飛遲。

《上裴晉公》。第二聯上句叙任隆，下句叙勛偉，皆應第一聯二句。第三聯上句亦是應第一句。第四聯是刺朝廷不用老臣，下句見唐衰氣象。

問答格

江南風景復如何，聞道新凉更可過。處處藝蘭春浦緑，萋萋芳草遠山多。壺觴須就陶彭澤，風俗猶傳晉永和。更使輕橈隨轉去，微風落日水增波。

《三月三日泛舟》。初聯上句言江南之烟景，是一篇主意。「復如何」，問詞；「聞道」，答詞。次聯第一句正寫烟景[一]。三聯應第二句。末聯結上，歡樂無窮，更有俯仰興懷之意。

[一] 乾隆刻《歷代詩話》本「次聯」下補有「應」字。

感懷格

憶遊天台到赤城，幾朝仙籟耳邊生。雲龍出水風悲急，海鶴鳴臯日色清。石筍半山移步險，桂花當澗拂衣輕。今來盡是人間夢，劉阮茫茫何處行。

《憶遊天台寄道流》。初聯上句是起下五句意，下句及次聯二句、三聯二句，形容天台景。結尾上句是「憶」之意，下句指道流言。

一句造意格

看山酌酒君思我，聽鼓離城我訪君。臘雪已添橋下水，齋鐘不散檻前雲。雲陰松柏濃還淡，歌雜漁樵斷更聞。亦擬城南買烟舍，子孫相約事耕耘。

《子初郊墅》。初聯上句以興下句，而下句乃第一句之主意。第三句、四句皆言郊墅之景。末聯結句健羨郊墅美，有悠然源泉之意。此乃詩家妙機也。

兩句立意格

燕雁迢迢隔上林，高秋望斷正長吟。人間路止潼關險，天上山(爲)[惟]玉壘深。日向花間流遠照，夜從城上結層陰。三年已制（想）［相］思淚，更入新愁却不禁。

《寫意》。初一句起第二句，第二句起頸聯。蓋頷聯是應第一句，頸聯是應第二句。結尾是結上六句，思切慮深，得性情之正。

物外寄意格

長年方憶少年非，人道新詩勝舊詩。十畝野塘留客釣，一軒風雨共僧棋。花間醉任黄鸝語，池上吟從白鷺窺。大造不將鑪冶去，有心重立太平基。

《感事》。初聯首言是非之悟，以詩爲言，則他事可知，此唐人一種玄解。次聯言似與上聯若散緩，然詩之進退正在裏許。頸聯言閑中自得，與物忘機，真相度也。結尾言進退在君，任者不可不重。句句皆妙於言外。

雅意詠物格

草玄山巷少塵埃，丞相清晨送馬來。初入塞垣銜玉勒，忽行山徑破蒼苔。尋花緩轡逶迤去，帶月輕鞭蹀躞回。不與王侯與詞客，知輕富貴重清才。

《答群公屬和》。初聯上句是自叙，下句入題。次聯二句皆承第二句。頸聯形容馬之馴服。末聯上句應「草玄」，下句半應「丞相」半應「草玄」。起結二句頌丞相好士也。

一字貫篇格

自從車馬出門朝，便入空房守寂寥。玉枕夜寒魚信杳，金鈿秋盡雁書遥。臉邊楚雨臨風落，頭上秦雲向日銷。芳草又衰還不至，碧天霜冷轉無聊。

《思外》。初聯「守」字貫篇。次聯、頸聯思之切，寂之甚，淚落髮銷，守功情至。落聯撫時已邁，望車音之不至，與君臣會合之難，爲何如也。

起聯應照格

一道潺湲濺短蓑，年年惆悵是春過。莫言行路聽如此，流入深宫恨更多。橋畔月來清見底，柳邊風去緑生波。從愁滿眼添歸思〔二〕，未把漁竿奈爾何。

《洛水》。初聯目洛水之濺短蓑，遂起惆悵之情。次聯承惆悵之句。頸聯承初句。落聯因洛水動休官之興，因濺蓑起把竿之懷，此所以應照之妙也。

〔二〕「思」，原本作「去」，據楊成序刊《詩法》本改。

一意格

三千三百江西水，自古如今要路津。月夜歌謡有漁火，風天氣色厲商人。沙村好處多逢寺，山葉紅時絶勝春。行到南朝征戰地，古來名將必爲神。

《江陵道中》。起聯言今古，有感慨奮厲之意。次聯言景物。頸聯言勝概無窮。落聯言神廟見古之名臣，隨世立功而廟食，嘆今人何如哉！一句生一句，而全篇旨趣如貫珠。

雄偉不常格

赤墀賜對使殊方，恩重烏臺紫綬光。玉節在船清海怪，金函開詔拜夷王。雪晴漸覺山川異，風便寧知道路長。誰得似君將雨露，海東萬里灑扶桑。

《送元源中丞赴新羅國》。初句以「殊方」指新羅也，只起句説盡題目。第二句以中丞而奉使，無復遺闕，此是妙手。頷聯應第一句。頸聯以言殊方之景〔二〕。落聯詠天子之澤也，「灑」字又見恩澤之被於殊方也。氣象宏麗，節奏高古，實雄偉不常也。孰謂島叟之言

〔二〕「頸聯」，原本脱，據楊成序刊《詩法》本補。

而無警人之語乎？

想像高唐格

月姊曾逢下彩蟾，傾城消息隔重簾。已聞玉佩知腰細，更辨絃歌覺指纖。暮雨自歸山悄悄，秋河不動恨厭厭。王昌且在橋東住，未必金堂得免嫌。

《楚宫》。初聯言「曾逢」，又言「重簾」，蓋仿佛塵音之意也。二聯、三聯是才清。落聯述王昌，其意深矣。

撫景寓嘆格

惜春連日醉昏昏，醒後衣裳見酒痕。細水漾花歸别浦，斷雲含雨入孤村。人閒易得芳時恨，地迥難招自古魂。慚愧流鶯相厚意，清晨猶爲到西園。

《惜春》。初聯痛惜韶華，以酒自遣〔一〕。頷聯有「歸」、「入」二字，乃句中之眼，詳味無窮。頸聯上句言芳時一去，不可再得；下句言古人往矣，不可再見。作詩必如此，方爲警

〔一〕「酒」字原本脱，據文意補。

策，方爲妙手。末聯上句托物起興，以鳥猶有意復至，何人情炎涼，勢去則散，翟公書門之意也。承上句古人不見，乃感古懷今之意。

專叙己情格

自從騎馬學謳吟，便滯光陰（後）［役］此心。寓目不能閒一日，開門常勝得千金。窗懸夜雨殘燈在，庭掩春風落絮深。惟有故園同此興，近來何事不相尋？

《仲春寫懷》。初聯上句言好詩之早，下句言好詩之苦。頷聯上句承上句，下句又言嗜吟之苦。頸聯形容苦吟之景，以己苦吟比沈彬之苦吟亦如此。

詩法 嚴滄浪

學詩先除五俗：一曰俗體，二曰俗意，三曰俗句，四曰俗字，五曰俗韻。有語忌，有語病。語病易除，語忌難變。語病古人有之，惟語忌不可有。須是本色，須是當行。對句好可得，結句好難得。發端忌作舉止，收揞貴有出場。不必太著題，不在多使事。押韻不必有出處，用字不必拘來歷。意貴透徹，不可隔靴搔癢。語貴脱灑，不可拖泥帶水。最忌骨（重）［董］，最忌襯貼。語忌直，意忌淺，脉忌露，味忌短，韻忌散緩，亦忌迫促。詩之難處在結（果）［裹］，譬如番刀，須用北人結裹，若南人便非本色。須參活句，勿參死句。學詩有三節：其初不識好惡，連篇累牘，肆筆而成；既識羞愧，始生畏縮，成之極難；及其透徹，則七縱八横，信手拈來，頭頭是道矣。

看詩當具金剛眼，庶不眩於旁門小法。

辨家數如辯蒼白，方可言詩。荆公評文章，先體製而後論工拙。詩之是非不必争，以己詩雜古人詩中，與識者觀之莫辨，則真古人矣。

詩體

國風　頌　雅　離騷　古樂府　古選

建安體　漢末年號。曹氏父子及鄴中七子之詩。　黄初體　魏年號。與建安相接，其體一也。　正始體　魏年號。嵇、阮諸公之詩。　太康體　晉年號。左思、潘岳、二張、二陸之詩。　元嘉體　宋年號。顔、鮑、謝諸公之詩。　永明體　齊年號。齊諸公之詩。　齊梁體　通兩朝而言之。杜云：「恐與齊梁作後塵。」　南北朝體　通魏、周而言之，與齊、梁一體也。　唐初體　唐初謂襲陳、隋之體。　盛唐體　景雲以後，開元、天寶之詩。　晚唐體　唐之末世也。

宋元祐體　即江西黄山谷、蘇東坡、陳後山、劉後村、戴屏山之詩〔二〕。

〔二〕「戴屏山」，疑爲「戴石屏」之誤。

以人而論家數

李、杜，陶、韋，韓、柳 派正。 王、楊、盧、駱 體弱。 岑參 豪放。 李長吉 派別且浮。 張籍、王建 樂府正派。 孟郊 派正，但苦澀耳。 元白體 容易叙事，二公之詩則妙。 高達夫、郎士元、盧綸 派正，但綺麗耳。 李商隱 派正，詠物最縝密。陰、何詠物，又在商隱之上。 蘇黄體 卑下。 玉臺體 《玉臺集》乃徐陵所叙漢魏六朝之詩。或云穠冶爲「玉臺」，非也。 西崑體 即商隱兼温，庭筠及劉、楊諸公之詩。 香奩體 唐韓渥詩，皆裙袴胭脂語，名《香奩集》。

近體 即八句律詩。 古詩 即五言、七言不甚對散篇也。 排句 杜、韓二集多是首尾對。 集句 聚集古人詩句爲一篇。 聯句 韓、孟始見。或二人，或三、四人，各賦二句或四句，共成長篇。 絶句 四句不相聯屬。或云絶取八句律之四句，或云絶妙之句。 雜言 多是七言，諸事皆可入内，亂雜不分，意托興規戒耳。 口號 或四句，或八句，草成而速就，達意宣情而已，貴在明白條暢。 回文 起竇滔妻，織爲回文，以寄其夫，周旋曲折皆可誦。 與蘇伯玉妻盤中體同。

體製名目

歌行 《鞠歌行〔一〕》、《放歌行》

〔一〕 原本衍一「鞠」字，據《詩人玉屑》卷二删。

行　《兵車行》

歌　《長恨歌》、《古五子歌》、《段干木歌》、《擊壤歌》、《彈歌》、《賡歌》、《塗山歌》、《夏人歌》、《夢歌》、《采葛婦歌》、《卿雲歌》、《穗歌》、《周之僑歌》、《黄鵠歌》、《麥秀歌》、《箕山歌》、《王子思歸歌》、《採薇歌》、《鶺鴒歌》、《蟪蛄歌》、《孤鵜歌》、《原壤歌》、《成人歌》、《野人歌》、《烏鵲歌》、《飯牛歌》、《(菜)[萊]人歌》、《齊人歌》、《彈鋏歌》、《松柏歌》、《狐裘歌》、《龍蛇歌》、《暇豫歌》、《河激歌》、《鄴民歌》、《優孟歌》、《忼慨歌》、《被衣歌》、《楊朱歌》、《引聲歌》、《若何歌》、《河梁歌》、《徐人歌》、《越人歌》、《漁父歌》、《紫玉歌》、《巴謡歌》、《庚癸歌》、《烏鳶歌》、《越謡歌》

謡　《康衢謡》、《殷末謡》、《三秦記》民謡、《攻狄謡》、《河圖》引謡、《魯童謡》、《白雲謡》、《趙童謡》、《列女傳》引謡、《楚人謡》、《泗上謡》、《綏山謡》、沈炯《獨酌謡》

吟　《古隴頭吟》、《梁甫吟》、《白頭吟》、《西王母吟》

詞　《秋風詞》、《木蘭詞》

引　《伯姬引》、《貞女引》、《思歸引》、《走馬引》、《霹靂引》、《飛龍引》

曲　《大堤曲》、梁簡文《烏棲曲》、《窮劫之曲》

操　《南風操》、《神人操》、《水仙操》、《思親操》、《南風歌操》、《雉朝飛操》、《襄陵操》、《箕子操》、《岐山操》、《槃操》、《拘幽操》、《文王操》、《別鶴操》、《克商操》、《龜山操》、《猗蘭操》、《神鳳操》、《將歸操》、《履霜操》

詠　《五言詠》、儲光羲《群鴟詠》

篇　《名都篇》、《京洛篇》、《白馬篇》

唱　明帝《氣出唱》

弄　樂府《江南弄》

嘆　《古楚妃嘆》、《明妃嘆》

怨　《選》《四怨》、古樂府《獨步怨》

哀　仲宣《七哀》、少陵《八哀》、《哀江頭》

愁　《寒夜愁》、《玉階愁》

思　太白《静夜思》、《長相思》、應物《莫相思》

樂　《估客樂》、宋藏質《（古）［石］城樂》〔一〕

別　《無家別》、《新婚別》、《垂老別》

〔一〕「宋藏質」，原本作「朱藏賈」，據《詩人玉屑》卷二一改。

右二十品名類不等者，皆依聲韻立造，此即樂中絲竹腔調。自沈、宋以來，已絶其法，後人不過因其所存文字而效之耳，其實與古韻漠然也。

詩評

盛唐人有似粗而非粗、似拙而非拙處。　盛唐人詩，亦有一二濫觴晚唐者；晚唐人詩，亦有一二可入盛唐者，要當論其大概耳。　或問唐詩何以勝我朝？唐人以詩取士，故多專門之學，我朝之詩所以不及也。　詩有詞理意興：本朝人尚理而病于意興，唐人尚意興而理在其中，漢魏之詩，詞理意興無迹可尋。　漢魏古詩，氣象渾厚混沌，難以句摘；晉以還方有佳句，如陶淵明「採菊東籬下，悠然見南山」，謝靈運「池塘生春草」之句。　謝所以不及陶者，康樂之詩精工，淵明之詩質而自然耳。　靈運無一字不佳。　黄初之後，惟阮籍《詠懷》之作，極爲高古，有建安風骨。　晉人舍陶淵明、阮嗣宗外，惟左太冲高出一時。陸士衡獨在諸公之下。　建安之作，全在氣象，不可尋枝摘葉。　靈運之詩，已是徹首尾成對句矣，是以不及建安也。　李、杜二家，正不當優劣。　太白飄逸，子美沉鬱，各有其妙，彼此不可互能也。　如太白《夢遊天姥吟》、《遠别離》，子美不能作；如子美《北征》、《兵車行》、《垂老(離)[别]》，太白不能作。　高、岑之詩悲壯，讀之使人感慨；孟郊之詩刻苦，讀之使人不歡。　玉川之怪，長吉之(塊)[瑰]詭，天地間自欠此體不得。　韓退之《琴操》極高古，正是本色，非唐諸賢所及。　李、杜、韓三公詩，如金鳷擘海，香象渡河，龍吟虎哮，濤翻鯨躍，長鎗大劍，九五行邊，氣象自別。　集句惟荆公最長，《胡笳十八拍》混然天成，絶無痕迹，如蔡文姬肝肺間流出。　擬古惟江文通最長，擬淵明似淵明，擬康樂似康樂，擬左思似左思，擬郭璞似郭璞；獨擬李都尉一首，不似西漢耳。　唐人七言律詩，當以崔顥《黄鶴樓》爲第一。　唐人好詩，多是征戍、遷謫、行旅、離别之作，往往尤能感動人意。　蘇子卿詩：「幸有絃歌曲，可以喻中懷。請爲遊子吟，泠泠一何悲。絲竹厲清聲，慷慨有餘哀。長歌正激烈，中心愴以摧。欲展清商曲，念子不能歸。」今人觀之，必以爲一篇重復之甚，豈特如蘭亭絲竹絃歌之語耶！古詩正不當以此論也。　《十九首》「青青河畔草，鬱鬱園中柳。盈盈樓上女，皎皎當窗牖。娥娥紅粉妝，纖纖出素手」，一連六句皆用疊字在首，今人必以句法重復之甚，古詩正不當以此論也。　古人贈答，多相勉之詞。蘇子卿云：「願君崇令德，隨時愛景光。」李少卿云：「努力崇明德，皓首以爲期。」劉公幹云：「勉哉修令德，北面自寵珍。」杜子美云：「君若登台輔，臨危莫愛身。」往往是此意。　高達夫贈王徹云：「吾知十年後，季子多黄金。」金多何足道？又甚於以名位期人者，此達夫偶然漏逗處也。

金鍼集 白樂天

唐元和中，白居易有詩友數十人，更相唱酬。獨得詩之深者劉夢得、元微之〔二〕，故當時人多號「元白」，又號曰「劉元白」。劉、元、白之詩，人人播傳，莫非《騷》《雅》。夢得相寄云：「沉舟側畔千帆過，病樹前頭萬木春。」「雪裏高山頭早白，海中仙菓子生遲。」此二聯神助之句，即能詩者鮮到。後居易貶江州司馬，酷愛於詩，有《閒吟》云：「自從苦學空門法，銷盡平生種種心。惟有詩魔降未得，每逢風月一閑吟。」自此味其詩理，撮其體要，因曰《金鍼集》。喻其詩病，而得鍼醫，其病自除。詩病最多，能知其病，詩格自全也。《金鍼》列爲門類示後，猶指南識路也。

内外意

内意：欲盡其理。理謂義理，頌、美、箴、規之類是也。外意：欲盡其象。象謂物象，日月、山河、魚蟲、草木之類是也。内外含蓄，方入詩格。宋梅聖俞曰：杜公「旌旗日暖龍蛇動，宫殿風微燕雀高」，「旌旗」喻號令，「日暖」喻時明，「龍蛇」喻君臣。言號令當明君出，令臣奉行也。「宫殿」喻朝廷，「風微」喻政教，「燕雀」喻小人。言朝廷政出而小人

〔二〕「元微之」，原本作「元徽」，據明刻本《吟窗雜録》卷十八上改補。

(尚)[向]化,各得其所也。旌旗、風日、龍蛇、燕雀,外意也;號令、君臣、朝廷、政教,内意也。此之謂含蓄不露。

詩有三體

有竅,有骨,有髓。以聲律爲竅,以物象爲骨,以意格爲髓。

四格

十字句格,十四字句格,五隻字句格,拗背字句格。

詩有四鍊

鍊字,鍊句,鍊意,鍊格。鍊句不如鍊字,鍊字不如鍊意,鍊意不如鍊格。

詩有五忌

格弱　字俗　才浮　理短　意雜

格弱則不老,字俗則不清,才浮則不雅,理短則不深,意雜則不純。

詩有八病

平頭　上尾　蜂腰　鶴膝　大韻　小韻　旁紐　正紐

平頭者，第一字不得與第六字同聲，第二字不得與第七字同聲。如：「今日良宴會，歡樂難具陳。」「今」、「歡」字同聲，「日」、「樂」字同聲也。

上尾者，第五字不得與第十字同聲。如：「西北有高樓，上與浮雲齊。」「樓」、「齊」字同聲也。

蜂腰者，第二字不得與第五字同聲，兩頭大，中心細，似蜂腰也。如：「聞君愛我甘，切欲自修飾。」「君」、「甘」平聲，「欲」、「飾」皆入聲。

鶴膝者，第五字不得與第十五字同聲，所以兩頭細，中心粗，如鶴膝也。如：「客從遠方來，遺我一書札。上言長相思，下言久離別。」「來」、「思」皆平聲也。若一句舉其法，首尾須避之，第三字不得與第五字相犯，第五字不得與第七字相犯。

大韻者，重疊相犯，如五言詩以「新」字爲韻者，九字内若用「津」、「人」字，爲大韻。如：「胡姬年十五，春日正當罏。」同聲也。

小韻者，除本韻外，九字中不得有兩字同韻。如：「客子已乖離，那宜遠相送。」即是（大）

［小］韻，「子」與「已」同聲，「離」與「宜」同聲。小韻居五字内最急，九字内較緩。

旁紐者，五言詩一句中有「月」字，更不可用「元」、「阮」、「願」字，此是雙聲，即旁紐也。五字中急，十字中稍緩。旁紐者，緣聲而來，相忤也；然字從連韻而紐，故相參也。若「今」、「錦」、「禁」、「急」與「陰」、「飲」、「邑」，是連韻紐之也；若「今」與「飲」，「陰」與「錦」，此旁會與之相參。如：「丈人且安坐，梁陳將欲起。」「丈」、「梁」二字，係旁紐也。

正紐者，「壬」、「紝」、「任」入一紐，一句内有「壬」字，更不得犯「紝」、「任」入字也。如：「我本漢家女，來嫁單于庭。」「家」與「嫁」二字，係正紐也。

已上八種，惟上尾、鶴膝最忌，餘病亦皆通。

詩有五理　美　刺　規　箴　誨

「都來消帝道，渾不用兵防。」美君有道德，以服遠人。

「桑柘廢來猶納税，田園荒去尚徵徭。」刺重斂。

「幸無偏照處，剛有不平時。」規聖人行號令有不明時。

「日暮碧雲合，佳人期不來。」箴佞人進而使賢人未仕也。

「明河川上没，芳草露中衰。」誨明時草澤中賢人不得用也。

詩有三體格　頌　雅　風

「明堂坐天子，月朔朝諸侯。」頌也，明時太平也。

「纔分天地色，便禁虎狼心。」雅也，君臣正，父子和。

「宫中誰第一，飛燕在昭陽。」風也，君不用正人。

詩有喜怒哀樂四得之辭

喜而得之其辭麗　「有時三點兩點雨，到處十枝九枝花。」

怒而得之其辭憤　「顛狂柳絮隨風舞，輕薄桃花逐水流。」

哀而得之其辭傷　「淚流襟上血，髮變鏡中絲。」

樂而得之其辭逸〔一〕　「誰家緑酒歡連夜，何處紅妝睡到明。」

〔一〕「逸」，原本作「遠」，據《吟窗雜録》卷十八改。

詩有喜怒哀樂四失之辭

失之大喜其辭放　「春風得意馬蹄疾，一日看盡長安花。」

失之大怒其辭躁　「解通銀漢終須曲，纔出崑崙便不清。」

失之大哀其辭傷　「主客夜呻吟，痛入妻子心。」

失之大樂其辭蕩　「驟然始散東城下，倏忽還逢南陌頭。」

詩有上中下

純而歸正者上　「几席延堯舜，軒轅立禹湯。」

淡中有味者中　「閒倚太湖石，醉卧洞庭秋。」

華而不浮者下　「山花插石髻，石竹繡羅衣。」

詩有四不入格

輕重不等，用意太過，指事不實，用意偏枯。

詩有四齊梁格

四平頭，謂一句、二句、三句、四句皆用平字。

詩有扇對格

第一句對三句，第二句對四句。

詩有魔有癖

好吟而不工者才卑，好奇而不純者格卑。

詩有三般句

有自然句，有容易句，有苦求句。命題屬意，如有神助，歸於自然；命題率意，遂成一章，歸於容易；命題用意，求之不得，歸於苦求。

詩有數格

曰葫蘆，曰轆轤，曰進退。葫蘆韻者，先三後四；轆轤韻者，雙出雙入；進退韻者，一進一退。

詩有六對

一曰正名，天地、日月是也；二曰同類，花葉、草芽是也；三曰連珠，蕭蕭、赫赫是也；四曰雙聲，黄槐、緑柳是也；五曰叠韻，彷彿、放曠是也；六曰雙擬，春樹、秋池是也。

詩有義例

説見不得言見，説聞不得言聞。

詩有二家

詩人之情雅而正　「朝廷有道青春好，門館無私白日長。」

詞人之詩才而辯　「長宫衫色湘波緑，學士文章蜀錦新。」

詩有物象比

日月比君臣，陰陽比君臣，龍比君位，雨露比恩澤，雷霆比威刑，山河比邦國，金石比忠烈，松柏比節義，鸞鳳比君子，燕雀比小人，蟲魚、草木各以其類大小輕重比之。

鍾伯敬先生硃評詞府靈蛇貞集

詩法　元楊載，字仲弘。襄城人。

賦、比、興者，法也，然有賦起，有比起，有興起。有主意在上一句，下則貼承一句而後方發其意者；有雙起兩句，而分作兩股以發其意者；有一意出者；有前六句俱若散緩，而收拾在後兩句者。詩有六體：曰雄渾，曰悲壯，曰平淡，曰蒼古，曰沉著痛快，曰優游不迫。詩有十戒：曰硬礙人口，曰腐穢人目，曰刹那不續，曰直置不宛，曰誕而不經，曰靡而不典，曰蹈襲不化，曰穢濁不新，曰砌合不純粹，曰徘偕而劣弱〔一〕。詩有十難：曰造理，曰精神，曰高古，曰風流，曰典麗，曰質幹，曰體裁，曰勁健，曰耿介，曰淒切。大抵詩有八法：曰起句要高遠，曰結句要不著，曰承句要穩健，曰下字要有金石聲，曰上下相生，曰首尾相應，曰轉摺要不著力，曰占地步。蓋首兩句先須闊占地步，然後六句若有本之泉，源源而來矣。地步一狹，譬猶無根之潦，可立而竭

〔一〕「徘偕」，原本等作「徘徊」，據《西江詩法》改。

也。今之學者倘有志乎此，先將漢魏、盛唐諸作日夕沉潛諷詠，熟其詞，究其旨，則又訪諸作者以講明之。若今之治經，日就月將，自然有得，則取之左右逢源。苟爲不然，是猶孩提求行，鮮不仆也。予於此道，工苦凡二十餘年，乃能會諸法而得其一二；然於盛唐大家，抑亦未敢望其有所似焉。

作詩準繩

立意

要高古渾厚，有氣概；要沉著，忌卑弱淺陋。

鍊句

要雄偉清健，有金石聲。

琢對

要寧粗毋弱，寧拙毋巧，寧朴毋華；忌俗野。

寫景

景中含意，事中瞯景。要細密清淡，忌庸腐雕巧。

寫意

要意中帶景，議論發明。

書事

大而國事，小而家事、身事、心事。

用事

陳古諷今，因彼證此，不可著迹，只使影子可也。雖死事亦當活用。

下字

或在腰，在膝，在足，最要精思穩當。

押韻

押韻穩健，則一句有神，如柱磉之堅牢也。

榮遇

體格當尊嚴典雅，富貴温厚。寫意閒暇，美麗清細。賈至《早朝大明宮》諸作，氣格雄深，句意嚴整，如宫商迭奏，音韻鏗鏘，真鳳鳴朝陽也。學者熟之，可以一洗寒陋。後諸公應詔之作，多用此體，然志驕氣盈，鮮有不失其正者，後學當知。

早朝大明宫呈兩省僚友

銀燭朝天紫陌長，禁城春色(燒)[曉]蒼蒼。千條弱柳垂青鎖，百囀流鶯繞建章。劍佩聲隨玉墀步，衣冠身惹御爐香。共沐恩波鳳池上，朝朝染翰侍君王。

賦也。此詩前六句寫早朝之景，後二句乃呈僚友也，在「共」字上見。

侍宴安樂公主新宅應制〔二〕

皇家貴主好神仙，別業初開雲漢邊。山出盡如鳴鳳嶺，池（城）［成］不讓飲龍川。妝樓翠幌教春住，舞閣金鋪借日懸。敬從乘輿來此地，稱觴獻壽樂（釣）［鈞］天。

賦也。此詩起句模寫新宅婉麗，中二聯寫宅中景物之盛，末二句方見侍宴之榮。

讚美

多慶喜、頌禱、期望，大抵貴乎典雅渾厚，用事要親切。首聯要平直，隨事命意叙起。二聯意要相承，須實説本題之事。三聯轉説要變化，或前聯不曾用事，此聯用事引證。蓋有事料，則詩不空疏。結多期望之意。大抵頌德貴乎實，擬人必以其倫故也。

〔二〕明刻本《詩法指南》後卷此詩題下標注作者「沈佺期」，原本脱。

大同殿生玉芝龍池上〔一〕

欲笑周文歌燕鎬，還輕漢武樂横汾。豈知玉殿生三秀，詎有銅池出五雲？陌上堯尊傾北斗，樓前舜樂動南薰。共歡天意同人意，萬歲千秋奉聖君。

賦也。此詩首二句用事叙起，頷聯布玉芝、慶雲意，頸聯布燕樂意，末聯期望之意深矣。

邊詞

姚合

將軍作鎮古汧州，水膩山春節氣柔。清夜滿城絃管沸，行人不信是邊頭。

賦也。此詩描靖邊之功，不落色相，善於誦美者。

諷諫

要感事陳詞，忠厚懇惻。諷諭甚切，不失情性之正；觸物感傷，而無怨懟之辭。雖美實刺，

〔一〕《詩法指南》後卷此詩題下標注作者「王維」，原本脱。

方有蘊蓄。古人諷諫，多借此以喻彼，如臣不得於君，每借内以思外，或托物以喻人。務要格主回天，方是作手。

杜（詩）［侍］御送貢物戲贈　張謂

銅柱朱崖道路難，伏波橫海舊登壇。越人自貢珊瑚樹，漢使何勞獬豸冠。疲馬山中愁日晚，孤舟江上畏春寒。由來此貨稱難得，多恐君王不忍看。

賦也。此詩起句叙貢物由來之遠；二聯見進貢自有人；三聯應首句，惟路之難，故馬疲而人畏寒也；末聯「不忍看」三字最有味，謂以難得之貨而君不忍看，諷之之意深矣。

登鳳凰臺　李白

鳳凰臺上鳳凰遊，鳳去臺空江自流。吴宫花草（塊）［埋］幽徑，晉代衣冠成古丘。三山半落青天外，二水中分白鷺洲。總爲浮雲能蔽日，長安不見使人愁。

賦而比也。此詩前六句寫景，甚有感慨；後二句見己之被遷，由於小人蔽君，蓋風之也。然詞不迫切，初無怨懟之意，故可爲諷諫法。

登臨

感今懷古，寫景嘆時，思國還鄉，瀟洒遊適；，或寫譏刺之意，中間直寫四面山川之景，要移不動爲是。首聯宜指所題之處，或隨意叙説。（一）［二］聯合用實景。三聯説人事，或感嘆今古，或議論；，或前聯先説人事感嘆，則此聯寫景。結句可就生意發感慨，繳前二句，或説何時再來。必先以所見所聞一一定於胸中，商確古今山川人物何如，方以一言而斷制之，豈可徒吟詠性情而已哉！

漢武宫詞　　薛　逢

漢武清齋夜築壇，自斟明水醮仙官。殿前玉女移香案，雲際金人承露盤。絳節幾時還入夢，碧桃何處更驂鸞？；茂陵烟雨埋弓劍，石馬無聲蔓草寒。

賦也。此詩前四句賦昔日豪華之盛，後四句寫今日凄凉之景。

履步訪魯望不遇　　皮日休

雪晴墟里竹欹斜，蠟屐徐吟到陸家。荒徑掃稀惟柏子，破扉啓澀染苔花。壁閑定欲圖雙檜，厨静空如飯一麻。擬受太玄今不遇，可憐遺恨似侯芭。

興也。此詩首聯興起見訪意；中一聯掉景入情；末聯用事，見不遇意，欲見之心深且切矣。

征行

要發出悽愴之意，哀而不傷，怨而不亂；要發興以感其事，而不失情性之正。或悲時感事，觸物寓情方可。若傷亡悼逝，一切哀怨，吾無聊焉〔一〕。

送康祭酒赴輪臺　　曹唐

灞水橋邊酒一杯，送君千里赴輪臺。霜黏海眼旗聲凍，風射犀文甲縫開。斷磧簇烟山似米，野營軒地鼓如雷。分明會得將軍意，不斬樓蘭不擬迴。

賦也。末二句詞意雄壯，可爲征戍法。

〔一〕「聊」，《西江詩法》、楊成序刊《詩法》諸本皆作「取」。

送盧潘尚書之靈武

韋　蟾

賀蘭上下果園成，塞北江南舊有名。水木萬家朱户暗，弓刀千騎鐵衣明。心源落落堪爲將，膽氣堂堂合用兵。却使六蕃諸子弟，馬前不信是書生。

此詩總見盧公名望之重、武備之修、膽略之雄，有此三者，自足以鎮服夷人之心，故六蕃子弟畏其威而不敢以書生視之。甚得送征戍意。

贈別

要寫出不忍臨岐，方見交情。其中亦有等差：如送遠遊，則言不忍別，而勉之及時早回；送宦遊，則不言不忍別，而勉之憂國恤民，或寓己之窮約而望其引援；送征戍，則更淒切，而勉之用力效忠。其餘隨題命意可也。唐人送別，多托酒以興懷。首聯叙意起。二聯或説人事，或叙別情，或議論，或寫景。三聯或寫景帶慕，或言所去地理山川景物人才之盛，或用事貼意。末聯或勉之早歸，或説何時再會，或囑付，或期望。大抵結句要有規警，意味淵永爲佳。

送浙西李相公赴鎮〔一〕

建節東行是舊遊，歡聲喜氣滿吴州。郡人重得黄丞相，童子争迎郭細侯。詔下初辭温室樹，夢中先到景陽樓。自憐不識平津閤，遥望旌旗汝水頭。

賦也。此詩起句叙意；二聯用事，比李公之賢；三聯説情，見赴鎮之意；末聯以開闊之事，翻空作結，望之深矣。

送人嶺南　李郢

關山迢遞古交州，歲晏憐君走馬遊。謝氏海邊逢素女，越王潭上見青牛。嵩臺月照啼猿曙，石室烟含古桂秋。迴望長安五千里，刺桐花下莫淹留。

賦也。此詩首聯上句紀地，下句紀時，叙起；中二聯以嶺南經歷山川綴景；末聯乃望其早歸之意。

〔一〕《詩法指南》後卷此詩題下標注作者「劉禹錫」，原本脱。

詠物

托物申意，要雅詠，忌雕巧。首聯要題明。二聯詠物用出處，或用事體，或議論，或說人事。結句就題外生意，或就本題結。

杏花

羅隱

暖觸衣襟漠漠香，間梅遮柳不勝芳。數枝艷拂文君酒，半里紅欹宋玉墻。盡日無人應悵望，有時經雨更凄涼。舊山山下還如此，回首東風一斷腸。

此詩首聯暗詠題意；二聯以意融事；三聯議論，無情翻出有情；末聯推開一步，以情結之。感物寫懷之意如此。

牡丹

似共東風別有因，絳羅高捲不勝春。若教解語應傾國，任是無情也動人。芍藥與君爲近侍，芙蓉何處避芳塵？可憐韓令功成後，辜負穠華過一身。

此詩起句以時敘，暗形題意；中二聯（没）［設］意借意，形容牡丹之嬌艷，無情翻出有情；末聯用事，就題翻意，有感慨。

宫詞

大凡宫詞，體不淫不怨，盡矣。唐人作宫詞，或賦事，或抒怨，或寓風刺，或其人早負才華，不得於君，流落無聊，托以自況。若概以怨觀，則失風人之意矣。

長門怨 二首　李白

天迴北斗掛西樓，金屋無人螢火流。月光欲到長門殿，别作深宫一段愁。

非月可悲，見月有悲。

又　裴交泰

自閉長門經幾秋，羅衣濕盡淚還流。一種蛾眉明月夜，南宫歌管北宫愁。

此交泰下第時所作。首二句喻久困場屋；「一種蛾眉」喻同懷才藝，「明月夜」喻同遇清時；末句喻登第、下第不同。

哭挽

要情真事實。若於其人情義深厚則哭之，若疏薄則挽之，隨人行實作之。須要切題，使人一讀便知是哭是挽是某人，移不動爲是；又要隱然有傷感之意方妙。

哭呂衡州 二首　　柳子厚

衡嶽新摧天柱峰，士林顦顇泣相逢。祇令文字傳青簡，不使功名上景鐘。三畝空留懸磬室，九原猶記若堂封。遥想荆州人物論，幾回中夜惜元龍。

又　　劉夢得

一夜霜風雕玉芝，蒼生絶望士林悲。空懷濟世安民略，不見男婚女嫁時。遺草一函歸太史，旅墳三尺近要離。朔方徙歲行將晚，欲爲君刊第二碑。

二詩俱以情言。「天柱石峰」、「玉芝」，比衡州，起句就見哭意；二聯俱是哭其喪之早；三聯俱是哭其官之廉；末聯俱是哭其人之賢。用意的當，那移不動，可爲哀挽詩範。

賡和

此詩當觀原詩之意如何，以其意和之，則更新奇。要造一二句雄健壯麗之語，方能壓倒元、白。若依樣畫葫，則無光彩，不足觀。其結句當歸著其人，方得體。有就中聯歸著者。載觀唐人奉和章草，但和意不和韻。和韻，以韻生意則易；和意，則以意肖意故難。初學只把古人好詩選來熟讀詳味，因而效其體、和其意，和得一首則記一首，久久皆在胸中，即隨心應口，自然成詩。此詩法之捷徑也。

和早朝大明宫二首　王　維

絳績雞人報曉籌，尚衣方進翠雲裘。九天閶闔開宫扇，萬國衣冠拜冕旒。日色纔臨仙掌動，香烟欲傍衮龍浮。朝罷須裁五色詔，佩聲歸向鳳池頭。

又

雞鳴紫陌曙光寒，鶯囀皇州春色闌。金闕曉鐘開萬户，玉階仙仗擁千官。花迎劍珮星初落，柳拂旌旗露未乾。獨有鳳凰池上客，陽春一曲和皆難。

賦也。此詩前六句俱描寫早朝意，後二句方著舍人身上，親切有味，可宗。唐人和意不和韻，此其類也，賡和詩倣此。

眼用實字〔一〕 凡詩眼用實字，方得句健。五言以第三字爲眼，七言以第五字爲眼。

「夜潮人到郭，春霧鳥鳴山。」張説 「星河秋一雁，砧杵夜千家。」韓偓 「陳兵劍閣山將動，飲馬珠江水不流。」「雪意未成雲著地，秋聲不斷雁連天。」

眼用響字 潘邠老云：「七言詩第五字要響，五言詩第三字要響，致力處也。」

「白沙留月色，綠竹助秋聲。」太白 「孤竹燃客夢，寒杵搗鄉愁。」岑參 「萬里江山分曉夢，四鄰歌詠送春愁。」「鶯傳舊語嬌春日，花放嚴妝對曉風。」

眼用拗字 亦魯直換字拗句之法。

「掬水月在手，弄花香滿衣。」杜 「孤鳥背秋色，遠帆開浦烟。」周賀 「殘星幾點雁横塞，長

〔一〕此條至「五言失粘」，屬《沙中金集》，原本失題。

笛一聲人倚樓。」趙嘏　「斑行失事骨輕重，道路不言心是非。」龍(淵)〔洲〕　「(塞)〔寒〕林月落烏巢出，古渡風高釣艇稀。」杜

拗句換字　魯直《詩話》云：「當平聲處，以反聲易之，其氣捷然不群。」

「一雙白魚不受釣，三寸黄柑猶自青。」「外江三峽且相接，斗酒新詩終日疏。」「雪降水返壁，風落木歸山。」山谷　「簾影垂晝寂，竹陰生夏凉。」茶山

母子用字妝句

「竹疏烟補密，梅瘦雪添肥。」「曉荷重映晚，秋草碧於春。」「社日雨多晴較少，春風晚暖雨猶寒。」誠齋　「更漏有無風逆順，紙窗明暗月高低。」

扇對格　又名隔對句。此格出於白氏《金鍼》，以第一句對第三句，第二句對第四句也。

「幾思聞静語，夜雨對禪床。未得重相見，秋燈照影堂。」鄭谷《吊僧》〔一〕　「蕭蕭秋風引，葉落

〔一〕「鄭谷」，原本作「鄭求」，據《四部叢刊》續編景宋本《鄭守愚文集》卷二改。

渭水濱。喧喧陽春歌，花明錦江春。」蔡九峰　「去年音問隔（維）［淮］州，百謫誰知我亦憂。前日杯盤共江渚，一歡相屬豈人謀。」半山　「可惜鶯啼花落處，一壺濁酒送殘春。可憐月好風凉夜，一部清歌伴老身。」

句中對　如王勃「龍光射斗牛之墟，徐孺下陳蕃之榻」是也。

「桑麻深雨露，燕雀半生成。」「江流天地外，山色有無中。」王維　「白頭青鬢有存没，落日斷霞無古今。」張籍　「無情有恨何人見，月冷風清欲墜時。」

巧對

「野禽啼杜宇，山蝶夢莊周。」太白　「緑楊垂手舞，黄鳥緩聲歌。」「草解忌憂憂底事，花名含笑笑何人。」「微風戲水魚鱗浪，滿日烘晴曙色天。」

交股對　如《九歌》云「蕙殽蒸兮蘭藉，奠桂酒兮椒漿」是也。又名蹉對，蓋以「蒸蕙殽」對「奠桂酒」，今倒用之耳。

「春深葉密花枝少，睡起茶多酒盞疏。」半山《晚春》。僧惠洪《冷齋夜話》云[一]：「『多』字當作『親』字，蓋以

［一］「惠」，原本脱，據楊成序刊《詩法》本《沙中金集》補。

『密』對『少』，『親』對『疏』。」《藝苑雌黄》云：「惠洪多妄誕，不曉詩格，此以『密』對『疏』，『多』對『少』，正交股用之。」「影遭碧水潛勾引，風妒紅花却倒吹。」杜　「讀書能愈病，聽話勝觀書。」

借韻對　如：「自朱耶之狼狽〔一〕，致赤子之流離。」不惟「赤」對「朱」，「耶」對「子」，兼「狼狽」、「流離」乃獸名對鳥名。大抵同音不同字，故謂之借韻對。

「根非生下土，葉不墜秋風。」「佳山今十載，明日又還居。」「厨人具雞黍，稚子摘楊梅。」孟浩然　「枸杞因吾有，雞棲奈爾何。」杜　「眼昏常訝雙魚影，耳熱何辭數爵頻。」

律詩不對　盛唐多作此體。

頷聯不對　頷聯亦無對偶，然是十字叙一事，而意貫上二句，及頸聯方對偶分明，謂之蜂腰格，言已斷而復續也。

下第唯空囊，如何住帝鄉。杏園啼百舌，誰醉在花旁。泪落故山遠，病來春草長。知音逢

〔一〕「自」，原本脱，據楊成序刊《詩法》本補。

豈易，孤棹負三湘。賈島

頸聯不對[一] 其法頷聯雖不拘對偶，疑非聲律，然破題已的對矣，謂之偷香格，言如梅花偷春色而先開也。

無家對寒食，有淚如金波。(破)[斫]却月中桂，清光應更多。仳離放紅蕊，想像頻青蛾。牛女謾愁思，秋期猶渡河。杜

不對處對

掛席東南望，青山水國遥。舳艫争利涉，來往接風潮。問我今何適[二]，天台訪石橋。坐看霞色晚，疑是赤城朝。孟浩然

起句對

萬事誰能問，一名猶未知。貧窮多累日，閑過少年時。燈下和愁睡，花前帶淚悲。無媒長

[一]「頸」，原本脱，據萬曆本《翰林詩法》卷八補。
[二]「我」，原本作「處」，據《四部叢刊》景明本《孟浩然集》卷三、楊成序刊《詩法》本改。

委命，轉覺命堪疑。雍陶

天上碧桃和露種，日邊紅杏倚雲栽。芙蓉生在秋江上，不向東風怨未開。

末句對

「皇皇三十載，書劍兩無成。山水尋吴越，風塵厭帝京。扁舟泛湖海，長揖謝公卿。且樂杯中酒，誰論世上名。」又「書劍催人不暫閒，洛陽羈旅復秦關。容顔歲歲愁中改，鄉國時時夢裏還。」

首尾對

「歷歷緣荒岸，冥冥入遠天。每同沙草發，長共水雲連。摇落風潮早，離披海雨偏。故鄉遊子意，常在客舟前。」又「十年歸客但心傷[一]，三徑無人已自荒。夕宿靈台伴烟月，晨趨庭禮逐衣裳。久看麋鹿隨芳草，謬荷鵷鸞(供)[借]末行。縱有諫書猶未獻，春風拂地日空長。」少陵多作此體。

[一]「心傷」，原本倒乙，據《四部叢刊》景明本《皇甫冉詩集》卷五、楊成序刊《詩法》本改正。

押虛字

「黃雞催曉不須愁，老客世人非我獨。」坡　「人惜共遊今孰在，樹猶如此我何堪。」六一〔二〕「邇來變化驚可述，音號剛强今亦頗。」坡

倒字押韻

古人詩押字，或有語顛而於理無害者。（《藝苑雌黃》）

「星河盡涵泳，俯仰迷下上。」「岸樹共紛披，渚牙相緯經。」「是時山水色，光景何鮮新。」「胡不上書自薦達，坐令四海如虞唐。」「居鄰(化)〔北〕郭古寺空，杏花兩株能白紅。」

以物爲人

「蚊虻當家口，草木是親情。」玉川　「大(署)〔暑〕去酷吏，清風來故人。」杜　「已遣亂蛙成兩部，更邀明月作三人。」「猿鳥不須懷悵望，溪山應亦笑歸來。」半山

〔二〕「一」，原本脱，據楊成序刊《詩法》本補。

虛字妝句 欲其輕清，不欲其軟弱。

「飄飄持擊便，容易往來遊。」杜　「乍逢如未識，相問各凄然。」「無媒自進誰識之，有才不用今老矣。」坡　「君有問焉非所願，世無知者始爲真。」後山

下三字用經史字

「山頭江湄窮則變，水歸峽口窒斯通。」「山如仁者壽，風似聖人清。」誠齋　「日暮於誰屋，天寒陟彼岡。」

公取古詩句 此格最新，始於太白。

「解道澄江静如練，令人却憶謝玄暉。」太白　「如何故國三千里，空唱歌詞滿六宫。」杜牧之「愛君古錦囊中句，解道今秋似去秋。」「子犯亦有言，臣尤自知之。」韓

用佛書語

「欲深苦海浪，先乾愛河水。」《哭幹兒》，坡。

流水句

其法兩句叙一事，如人信手斫木，方圓一一中規矩，宜於頷聯用之。又名「十字對」、「十四字對」。

「如何青草裏，也有白頭翁。」太白　「仰面貪看鳥，回頭錯應人。」杜　「長因送人處，憶得別家時。」唐人　「世上豈無千里馬，人間那得九方皋。」山谷　「江客不堪憑北望，塞鴻何事又南飛。」劉長卿

錯綜句

二句移换之法，尤爲詩家之妙。

「溶溶院落梨花月，淡淡池塘柳絮風。」休齋　「繰成白雪桑垂緑，割盡黄雲稻正青。」半山　「柳絮打殘連夜雨，桃花吹散五更風。」

叠三實字句

「仙人視吾曹，何異蜂蟻蜩。」坡《九日次定國》　「蘇石破篆文，不辨瞿李袁。」山谷《遊愚溪》　「山童頗來服，見其父孫翁。」山谷

疊五實字句

「風雨晦明淫，跛鼈瘖聾言。」坡　「風月烟霧雨，榮悴各一時。」山谷　「蚌蠃魚鱉蟲，瞿瞿以徂徂。」韓

疊七實字句

「岷峨之山中巴江，桂椒(楠)[柟]櫨楓柞樟。」「異人間出駭四方，嚴君平王褒陳子昂李白司馬相如揚雄。」後山《贈二蘇》　「騅駓駰駱驪騮騵，白魚赤兔騂皇驕。」坡《韓幹馬圖》　「鴉鴟鷹雕雉鵠鶤，燖炮煨爊熟飛奔。」昌黎《陸渾山火》

折腰句 讀之若不律，自是一格。

「野店寒無客，風巢動有禽。」「送終時有雪，歸葬處無雲。」任藩　「似梅花落地，如柳絮因風。」「管城子無食肉相，孔方兄有絶交書。」山谷　「鸚鵡杯難別清濁，麒麟閣懶畫丹青。」漁隱

歇後句

「當初只爲將勤補，到底翻爲弄巧成。」「拙」字

「斷送一生惟有，破除萬事無過。」「酒」字

失粘句 律詩有定體，然時出變體，如兵出奇，變化無窮，尤足驚世駭俗也。

引韻便失粘 名江左體。

浣花溪水水西頭，主人爲卜林塘幽。已知出郭少塵事，更有澄江銷客愁。無數蜻蜓齊上下，一雙鸂鶒對沉浮。東行萬里堪乘興，須向山陰上小舟。杜《卜居》

第二聯失粘

摇落深知宋玉悲，風流儒雅亦吾師。悵望千秋一灑淚，蕭條異代不同時。江山故宅空文藻，雲雨荒臺豈夢思。最是楚(官)[宮]多泯滅，舟人指點到今疑。杜《詠懷古蹟》

第三聯失粘

華髪蕭蕭老遂良，一身萍掛海中央。無錢種菜爲家業，有病安心是藥方。才疏却類孔文舉，癡絶還同顧長康。萬里來歸空泣血，七年供奉殿西廊。

第四聯失粘

米盡無人典破裘，送行萬里一鄉遊。解舟又欲同君去，歸舍聊須與婦謀。聞道年來丹伏火，不愁老去雪蒙頭。剩買山田添鶴口，廟堂新拜富民侯〔二〕。

第二聯三聯失粘

鳳凰臺上鳳凰遊，鳳去臺空江自流。吴宫花草埋幽徑，晉代衣冠成古丘。三山半落青天外，二水中分白鷺洲。總爲浮雲能蔽日，長安不見使人愁。重見「諷諫」詩法内〔三〕。

〔二〕「民」，原本作「元」，據《四部叢刊》景宋本《東坡詩集注》卷二十二《王子（立）〔直〕去歲送子由北歸往返百舍今又相逢贛上戲用舊韻作詩留别》改。

〔三〕「諫」字原本脱，據文意補。

首尾失粘

扁舟徑渡石頭去，看盡江南江北山。忽驚雨作緶縻下，坐看風排鷗鷺還。一生能作屧幾緉，十口恨不房三間。作𢧐料理向公子，有酒尚開寒士顔。汪龍溪

絶句失粘

新豐緑樹起黄埃，數騎漁陽探使回。霓裳一曲千峰上，舞破中原始下來。

五言絶句失粘

都無看花臺，偶到樹邊來。可憐枝上色，一一爲誰開。

五言失粘 八句反入格。

不泛最清曠，及來愁已空。數點石泉雨，一溪霜葉風。業在有山處，道歸無事中。酌盡一杯酒，老夫顔便紅。

詩法正宗 元揭傒斯，字曼(石)[碩]，龍興富州人。

詩之法度，豈無自來哉？諸君方學詩，姑且言其概。詩易吟，亦未易吟。詩者人之情性，途歌里吟，皆有可采。擊壤老人，遊衢童子，敕勒之鮮卑，擁棹之越人，人人有之，如之何不易？惟古人苦心終身，旬煅月煉；今人未嘗學詩，往往便謂能詩，詩豈不學而能哉？以此求工，豈不甚難？甚者未踏李、杜脚板，便已平視鮑、謝；未辨芳州、杜若，便謂奴隸《離騷》。雖曰一盲引衆，豈無明目遥觀？祇見其率爾可哂也。若欲真學詩，須是力行五事。

一曰詩本

吟詠本出情性，古人各有風致。學詩者必先調爕性靈，砥礪風義，必優游敦厚，必風流醖藉，必人品清高，必神情簡逸，則出辭吐氣，自然與古人相似。文中子謂：「文人之行可見：謝靈運，小人哉，其文傲；沈休文，小人哉，其文冶；鮑照、江淹，古之狷者也，其文急以怨；吴筠、孔珪，古之狂者也，其文狂以怒；謝莊、王融，古之纖人也，其文碎；徐陵、庾信，古之夸人也，其文誕；劉孝綽兄弟，鄙人也，其文淫；湘東王兄弟，貪人也，其文繁；謝朓，淺人也，其文捷；江總，詭人也，其文虚。」此非特作文之病，亦作詩之害。若做得好人，必做得好詩也。

二曰詩資

王荆公謂：「杜少陵『讀書破萬卷，下筆如有神』，是他自言入神處。」韓文公亦稱：「盧仝於書無不讀，然止用以資爲詩。」山谷謂：「不讀書萬卷，不行地千里，不可看杜詩。杜詩無一字無來處。」東坡謂：「孟浩然如内法酒手而乏材料。」蓋有材無學，如有良將而無精兵，有巧匠而無利器，雖才高如孟浩然，猶不能免譏，況他人乎！今人空疏窘材料者，只是讀少、記少、講明少也。如晉王恭少學，雖善談論，未免重出，以至對偶偏枯，意氣餒薄，皆無以爲之資耳。

三曰詩體

《三百篇》末流爲《楚詞》，爲樂府，爲《古詩十九首》，爲蘇、李五言，爲建安、黄初，此詩之祖也。《文選》劉琨、阮籍、潘、陸、左、郭、鮑、謝諸詩，淵明全集，此詩之宗也。齊、梁、《玉臺》，體製卑弱；然杜甫於陰、何、徐、庾稱之不置，但不可學其委靡。唐陳子昂《感遇》諸篇，出人意表；李太白《古風》，韋蘇州、王摩詰、柳子厚、儲光羲等古體，皆平淡蕭散，近體亦無拘(戀)[攣]之態，嘲哳之音，此詩之嫡派也。杜少陵古、律各集大成，漸趨浩蕩，正如顔魯公書一出而書法盡廢，言其渾然天成，略無斧鑿，乃詩家運斤成風手也，是以獨步千古，莫能繼之。其他唐人宋賢，奇作大集，固當遍参，難以遍學。韓詩太豪，難學；白樂天太易，不必學；晚唐體太短淺，不足學；東坡詩太波瀾，不可學。若宛陵之淡，山谷之奇，荆公之工，後山之苦。簡齋以李、杜之才，兼陶、柳之體，最爲後來一大宗本。若近世江湖等作，非特不足觀，須是將夙生所記一聯半句一洗而空，使吾胸中無非古人之語言意思，則下筆不期於高遠而自高遠矣。朱文公《答鞏仲至書》，於詩道源委正變最爲詳盡，玩味之餘，觸類而長，則詩體洞然矣。

四曰詩味

唐司空圖教人學詩須識味外味，坡公嘗以爲名言。如所舉「緑樹連村暗」、「棋聲花院（閑）［閉］」、「花影午時天」等句是也。人之飲食，爲有滋味；若無滋味之物，誰復飲食之爲？古人盡精力於此，要見語少意多，句窮篇盡，目中恍然别有一境界意思；而其妙者，意外生意，境外生境，風味之美，悠然辛甘酸鹹之表，使千載雋永，常在頰舌。今人作詩，收拾好語，襞積故實，秤停對偶，遷就聲韻，此於詩道有何干涉？大抵句縛於律而無奇，語周於意而無餘。語句之間，救過不暇，均爲無味；槁壤黄泉，蚓而後甘其味耳。若學陶、王、韋、柳等詩，則當於平淡中求真味，初看未見，愈久不忘。如陸鴻漸品嘗天下泉味，（如）［知］楊子中濡爲天下第一水味，則淡非果淡，乃天下至味，又非飲食之味所可比也。但知飲食之味者已鮮，知泉味又極鮮矣。

五曰詩妙

詩妙謂變化神奇，游戲三昧。任淵謂：「看後山詩如參曹洞禪，不犯正位，切忌死語。」又詩之妙，識者譬之散聖安禪，凡正言若反，寓言十九，言景見情，詞近旨遠，不迫切而意獨至者皆是也。莊語不可用，謂之不韻；經書語不可用，謂之鈔書。至於説道理，字字著相，語語要好，謂之「作詩必此詩」，皆病也。劉賓客謂：「詩者人之神明。」言當神而明之，大而化之。如林間月影，見影不見月；如水中鹽味，知味不知鹽；如畫不觀形似，而觀蕭散淡泊之意；如字不爲隸楷，而求風流蕭散之趣。超脱如禪，飄逸如仙，神變如龍虎，抵掌笑談如優孟，詼諧滑稽如東方朔，則極玄造妙矣。諸君倘能養性以立詩本，讀書以厚詩資，識詩體於源委正變之餘，求詩味於鹽梅姜桂之表，運詩妙於神通游戲之境，則古人不難到，而詩道昌矣。

詩宗正法眼藏

學詩宜以唐人爲宗，而其法寓諸律。心神節制，字數經緯，小能使大，大能使小，遠能使近，近能使遠，下抗高抑，變化無窮，龍合成章，斤運成風，謂之微妙玄通，何可以匆匆求之乎？我法如是，有謂必不然者，卿用卿法。然詩至唐方可學，欲學詩且須宗唐諸名家，諸名家又當以杜爲正宗。蓋上一等是六朝，陶、謝爲高。陶意語自成，謝氣勢轉運，皆未易學。又上則建安、黄初諸人，其才掞出〔一〕，一筆寫成，岳運培塿，海露岸角，高處極高，淺處極淺，亦時近古，古風未漓，宜爾也。然此兩等詩，其旨與《三百篇》義不同。時之盛者，《雅》、《頌》之旨未能渾以振，而失之宴安；時之衰者，民心之彝無復哀以思，而失之怨憤。近世有論作詩，開口便教人作《選》體。夫《文選》中諸詩，當時擬作，必各有所屬；今泛而曰《選》體，吾不識何謂也。且如看杜詩，自有正法眼藏，毋爲傍門邪論所惑。今於杜集中，取其鋪叙正、波瀾闊、用意深、琢句雅、使事當、下字切五七言律十五首，學者不可草草看過。如此去看古人詩，胸中所閲義理既多，則知近世詩格卑氣弱，莫能逃矣。

收東京三首

仙杖離丹極，妖星照玉除。此十字説一場世亂，天時人事之駭異，有過此者乎？字既停當，語尤涵粹，比「漁陽鼙鼓動地來」之句，霄壤懸隔。須爲下殿走，不可好樓居。語帶前詠。「下殿走」、「好樓居」，使事停當。「須

〔一〕「掞」，原本脱，據《傅與礪詩法》卷二補。《西江詩法》作「傑」。

爲」、「不可」四字緊嚴。暫屈汾陽駕，聊飛燕將書。汾陽帝駕，可久屈乎？故下一「暫」字；燕將之書，未必感動，聊復爾耳。二字有味。依然七廟略，更與萬方初。祖宗之廟謨已壞，然不敢言，稱依然焉。「更與萬方初」，當時宇宙再造可知。

生意甘衰白，天涯正寥寥。衰白之時，生意自少，故下一「甘」字，他字便不可代。忽聞哀痛詔，又下聖明朝。聖明之朝，豈有哀痛之詔？縱使有之，(亦)[一]已甚，可又下乎？「忽聞」、「又下」四字，多少驚且疑意。蓋是玄宗播遷，已有詔罪己矣；肅宗即位，又一詔焉。羽翼懷商老，文思憶帝堯。十字渾涵多少意思。「撫軍監國天子事，何乃促取大物爲」，山谷用十四字，太露。叨逢罪己日，霑灑望青霄。

汗馬收宮闕，春城鏟賊壕。第三篇方説戰功。只(二)[十]字，見用力之不易如此。先宮闕，後城壕，有次序。賞應歌(杖)[杕]杜，歸及薦櫻桃。雜虜橫戈數，以「數」字實。功臣甲第高。萬方頻送喜，無乃聖躬勞。今日收復一處，明日收復一處，奏凱之音日報。三首曲而直，婉而成章，言不迫切，意已獨至。

喜達行在所三首

西憶岐陽路，無人遂却回。言昔道梗也。下五字好。眼穿當落日，愁望之極也。心死著寒灰。幾不可生也。霧樹行相引，蓮峰望或開。言喜達意。所親驚老瘦，辛苦(賦)[賊]中來。

愁思胡笳夕，凄涼漢苑春。雖達行在，而風景如此。生還今日事，間道暫時人。司隸章初睹，南陽氣已新。「初」字、「已」字，不是易下。喜心翻倒極，嗚咽淚沾巾。甚是可喜可悲。死去憑誰報，歸來始自憐。十字妙，至今使人憐其意也。猶瞻太白雲，時未和也。喜遇武功天。漸近日也。影靜千官裏，心蘇七校前。昔也陪千官之榮，今也吊一影之靜，蓋是朝無人焉。然猶幸熊羆之士，爲國討賊，每至其前，心少蘇焉。今朝漢社稷，新數中興年。猶司隸南陽之意。

歸夢

逕路時通塞，江山日寂寥。(倫)[偷]生惟一老，(代)[伐]叛已三朝。「已」字好。雨急青楓暮，雲深黑水遥。天地昏塞時也。夢歸歸不得，不用楚辭招。

過斛(新)[斯]校書莊

此老已云没，鄰人嗟未休。或以爲杜老自稱。豈無宣室召，徒有茂陵求。傷其臨老方得一官。句、事皆當。文帝召賈誼於宣室，武帝求相如遺文。妻子寄他食，園林非昔遊。意涵粹，比「寡妻無子息，破屋帶林泉」者不同。空餘蕙帷在，淅淅野風秋。蕙帷猶在，而妻子寄食於他所，可哀也。

燕入飛傍舍，傍無婦人，怕此空宅耳。鷗歸祇故池。斷橋無復板，卧柳自生枝。遂有山陽作，「遂有」二字好。向秀過山陽作賦。多慚鮑叔知。素交零落盡，白首淚雙垂。讀之可以敦《伐木》之意。纏綿悽愴，字字可法。

詠懷古迹五首 內第二首見前《沙中金集》「第二聯失粘」內。

支離東北風塵際，飄泊西南天地間。吴曰：支離其神(與)[於]東北風塵之際，飄泊其身於西南天地之間，此其所懷爲何如也。身在於西南，而神則遊於東北。此二句詠懷，以起三聯。三峽樓臺掩日月，五溪衣服共雲山。「三峽」，指東北言；「五溪」，指西南言。「掩日月」、「共雲此」，非懷而何？此又指古迹。羯胡事主終無賴，詞客哀時且未還。王曰：五溪蠻〔二〕，即「羯胡」也；「詞客」，指庾信也。此聯言羯胡事主，結上四句意；詞客哀時，生下結句意。所謂「古迹」也。庾信平生最蕭瑟，暮年詩賦動江關。

群山萬壑赴荆州，生長明妃尚有村。此專言明妃事。一去紫臺連朔漠，獨留青冢向黄昏。上句起三聯上句，下句起三聯下句。言明妃入漢宫而後嫁胡國。畫圖省識春風面，環珮空歸月下魂。上句承二聯上句，明妃去矣，惟見畫圖；下句承二聯下句，明妃死矣，惟歸月下之魂。惟其去紫臺，所以有畫圖可省；惟其有青冢，所以歸月下之魂。交互曲折，各盡其妙。千載琵琶解胡語，分明哀怨曲中論。此結起句以終其意。(《昭君墓》)

蜀主窺吴幸三峽，崩年亦在永安宫。此詠永安宫。翠華想像空山裏，玉殿虚無空寺中。上言英

〔二〕「蠻」字原本脱，據《新編名賢詩法》卷中補。

靈猶在，下言寺猶在。山寺中先主祠廟在焉。古廟松杉巢水鶴，歲時伏臘走村翁。上句承上聯下句言之，古廟即先主祠。武侯祠屋長鄰近，一體君臣祭祀同。

諸葛大名垂宇宙，宗臣遺像肅清高。三分割據紆籌策，萬古雲霄一羽毛。諸葛之才，本可以兼天下，今三分割據，不得展其才，而名之垂宇宙自若也。「萬古雲霄」，即宇宙也；羽毛之在雲霄，即「肅清高」也。上句少抑，下句即揚之，以應起句。伯仲之間見伊吕，指揮若定失蕭曹。諸葛在伊、吕之間，指揮若定，雖蕭、曹之智謀亦失之矣。運移漢祚終難復，志決身殲軍務勞。五首大概皆叙古迹，而寓傷感之懷。五首句字皆雅實，意度極高遠。

愁

江草日日喚愁生，巫峽泠泠非世情。巫峽阻險，水之泠泠，豈世之情哉！盤渦鷺浴底心性，潔身於險阻，何自苦？獨樹花發自分明。章美於榮枯，欲何傷？十年戎馬暗南國，異域賓客老孤城。渭水秦川得見否，人今罷病虎縱橫。

鍾伯敬先生硃評

詞府靈蛇二集 四卷

鍾 惺◇選

陳廣宏 郭時羽◎點校

敘靈蛇二集

天下萬法，未有自虛空入者。發軔導源，非有所資，則傷於妄。余固有《靈蛇》之選也，然有三集，庶爲全書。一集如工作鈲摫，學者必以先取孤行，紙幾爲貴。是集則字字精義，言言綱格，不離聲聞辟支，已證上乘正宗。三集取歷代俊句，彙爲吟雋，亦一金谷之瓶花盆石也。其俟續出，上下數千載，臚分數百卷，既非一手，何妨十目。有雄詞老筆，渾然醇正者；有纖密清巧，度越常倫者；有高居日出，緩步塵表者；有鑄木鏤冰，濃腴魁壘者；有麗詞感動，逸思雄飛者；有諷諭抑揚，渟畜淵靚者；有言而中倫，歌而成聲者；有損益道真，抑縱間氣者；有感怨制懟，駭心蕩目者；有文超情外，理窮意表者；有疏導性情，含寫飛動者；有包蘊密緻，敷繕平暢者；有恢廓含容，卷舒閑適者；有詞旨豐美，氣味中和者；有辭理悲壯，鍔藏不露者；有機杼自成，得若神授者。有嫣婉鮮潔者，有疏朗麗則者，有布置委曲者，有周旋妥贍者，有風氣夷然者，有取徑至險者，有天真挺拔者，有新聲巧變者，有爭衡造化者，有立格淵奥者，有穿天心、出月脇者，有風骨凜凜者，有韻音鏘鏘者，有造語高簡者，有適意清新者。有轍千歧，未易縷數。或如時花美女，或如瓦棺篆鼎。或如雲濤溟濛，浩蕩無垠；或如風檣陣馬，一息千里；或如鯨呿鼇擲，牛(兒)[鬼]蛇神；　或如風下霜晴，寒鐘自聲；或如長松倚雪，枯枝半折。或如澄江靜練，或如隴首雲飛，或如斷崖枯木，或如瀑布奔潭，或如玉上烟籠，或如波底浮圖，或如孔翠之鮮，或如野鶴之閑，或如竹柏之堅，或如琴磬之韻，或如徑尺之璧，或如百煉之金，或如干將出匣，或如菡萏出水，或如流風迴雪。或如蹙金結綺，而無痕迹；千彙萬狀，莫殫形容。此皆詩人剖肝析胃，嘔心傾膽，而後僅得，今皆登載焉。學者誠能以心源爲爐，煅煉元本；以不律爲刃，雕礱群形。於此集也，隨取隨得，若入滄溟，萬寶萃聚，無不充其所欲，慎勿空回也耶。時天啓乙丑秋日，景陵伯敬甫鍾惺題。

凡例

上極唐、虞，下底今日，争裂錦繡，以高視一世者，何可勝數！登於詩壇者不越數百人，其餘躑躅不進、湮滅無聞者，奚翅千萬。非詩之難知，所以爲詩者難也。余畏其難，不敢不圖其易。夫字比節解，瑣屑細碎，不幾爲有識胡盧乎？然欲使觀者一目便了，不費研維，則學究之誚，非所計矣。

一、朝代王諱用□
一、古今官秩用□
一、地籍鄉曲用⌊
一、姓字名諱用丨
一、著作篇名用」
一、精義用◎
一、眼目用△
一、華藻用○
一、句讀用、〔一〕

〔一〕按，卷中原標符號因印刷不便，從略。

鍾伯敬先生硃評詞府靈蛇二集目録

骨集

鍾伯敬先生硃評詞府靈蛇二集

景陵鍾　惺伯敬父評
秣陵程雲從龍光父訂
兄唐捷元垣之父閲
唐建元翼甫氏梓

精集

衡品上

敘曰：氣之動物，物之感人，故摇蕩情性，形諸舞詠。欲以照燭三才，暉麗萬有，莫近於詩。昔《南風》之辭、《卿雲》之頌，厥義(蔓)[敻]矣。夏歌曰：「鬱陶乎予心。」雖詩體未備，略是五言之濫觴也。逮漢李陵，始著五言之目。從李至班婕妤，將百年間，有婦人焉，一人而已。詩人之風，頓已缺喪。東京二百載中，惟有班固《詠史》，質而無文。降及建安，曹公父子，篤好斯文；平原兄弟，鬱爲文棟；劉楨、王粲，爲其羽翼。晉太康中，三張二陸，兩潘一左。爰及江表，孫綽、許詢，皆平典，建安風力盡矣。

古詩

評曰：其源出於《國風》。陸機所擬十四首。文温以麗。其外四十五首，疑是建安中曹、王所製。然人代寂滅，而清音獨遠，悲夫！

漢都尉李陵

評曰：少卿詩，其源出於《楚辭》。文多悽斷，怨者之流。使陵不遭辛苦，其文何能至此！

漢婕妤班姬

評曰：其源出於李陵。《團扇》短章，辭旨清怨。

魏陳思王曹植

評曰：其源出於《國風》。骨氣高奇，詞彩華茂，情兼雅怨，體備文質。粲然溢古，卓爾不群。

魏文學劉楨

評曰：其源出於《古詩》。仗氣愛奇，動多振絶。(負)[貞]骨凌霜，高風跨俗。但氣過其文，雕蟲恨少。

魏侍中王粲

評曰：其源出於李陵。文秀而質羸，在曹、劉間，別構一體。方陳思不足，比魏文有餘。

晉步兵阮籍

評曰：其源出於《小雅》。雖無雕蟲之功，而《詠懷》之作，可以陶性靈、發幽思。言在耳目之内，情寄八荒之表。洋洋乎會於《風》《雅》，使人忘其鄙近。

晉平原相陸機

評曰：其源出於陳思。才高辭贍，衆體華美。氣少於公幹，文(力)[劣]於仲宣。但尚規矩，不貴綺錯。

晉黄門潘岳

評曰：安仁詩，其源出於仲宣。翰林嘆其翩翩如翔禽之有羽毛，衣被之有綃縠，然猶淺於陸機。

晉黄門張協

評曰：其源出於王粲。文體華浄，少病累，又巧構形似之言。雄於潘岳，靡於太冲。

晉記室左思

評曰：其源出於公幹。文典以怨，頗爲清切，得諷諭之致。雖淺於陸機，而深於潘岳。

宋臨川太守謝靈運小名客兒

評曰：其源出於陳思。雜有景陽之體，故尚巧似而逸蕩過之，頗以繁蕪爲累。

衡品中

敘曰：一品之中，略以世代爲先後，不以優劣爲銓次。夫屬辭比事，乃爲通談。若乃經國文符，庸資博古；撰德駁奏，宜窮往烈。至乎吟詠情性，亦何貴於用事？「思君如流水」，既是即目；「高臺多悲風」，亦唯所見；「清晨登隴首」，若無故實；「明月照積雪」，詎出經史！觀古今勝語，多非補綴，皆由直置。今所録，止乎五言，凡一百二十一人，預此宗派，便稱才子。

漢上計陳嘉　嘉妻徐淑

評曰：士會夫妻事既可傷，文亦悽楚。二漢爲五言者不過數家，而婦人居二。徐淑叙別之作，亞於「團扇」矣。

魏文帝

評曰：其源出於李陵，頗有仲宣之體。百餘篇皆鄙直，唯「西（伯）〔北〕有高樓」十餘首〔一〕，

〔一〕元刊《山堂先生群書考索》前集卷二十二「文章門」《詩品》是句作「西北有浮雲」，出曹丕《雜詩》，原本所引有誤。

殊美贍可觀。

晉中散嵇康

評曰：其源出於魏文。過爲峻抜訐直露材，傷淵雅之致。托喻清遠，良有鑑裁。

晉司空張華

評曰：其源出於王粲。其體華騁，興托多奇。巧文字，務妍冶。猶恨其兒女情多，風雲氣少。

魏尚書何晏　晉馮翊太守孫楚　晉著作郎王讚　晉司徒掾張翰　晉中書令潘尼

評曰：平叔「（鳴）〔鴻〕雁」之篇，風規凡矣。子荆「零雨」之外，正長「朔風」之後，雖有累札，良亦無聞。季鷹「黄華」之唱，正叔「緑（蕊）〔蘩〕」之章，雖不具美，文旨高麗。

魏侍郎應璩

評曰：詩襲魏文。善爲古語，指事殷勤，雅意深篤〔一〕，得詩人激刺之旨。

晉清河太守陸雲　晉侍中石崇　晉襄陽太守曹攄　晉朗陵公何劭

評曰：清河之方平原，如陳思之匹白馬。子其哲昆，故稱二陸。季倫、彦遠，並有英篇。篤而論之，朗陵爲最。

晉太尉劉琨　晉中郎盧諶

評曰：越石詩，其源出於王粲。善爲悽戾之詞，自有清拔之氣。琨既體良才，又離厄運，故善叙喪亂，多感恨之詞。中郎仰之，微不逮矣。

〔一〕「篤」，原本脱，據《山堂考索》本補。

晉弘農太守郭璞

評曰：憲章潘岳，(又)[文]體相輝，彪炳可玩。始變中原平淡之體，故稱中興第一。

晉吏部郎袁宏

評曰：彦伯《詠史》，雖文體未遒，而鮮明緊健，去凡俗遠矣。

晉處士郭泰機　晉常侍顧愷之　宋謝世基　宋參軍顧邁　宋參軍戴凱

評曰：泰機「寒女」之製，孤怨宜録。長康能以二韻答四首之美。世基「横海」，顧邁「鴻飛」。戴凱人實貧羸，而才章富健。觀此五子，文雖不多[一]，氣調警拔，吾許其進。

宋陶淵明

評曰：其源出於應璩。篤意真古，辭興婉愜。每觀其文，想其人德。世嘆其質直。至如

[一]「文」，原本脱，據《山堂考索》本補。

「（觀）［歡］言酌春酒」、「日暮天無雲」，風華清靡，豈直爲田家語耶！古今隱逸詩人之宗也。

宋光禄顏延之

評曰：延年詩，其源出於陸機。故尚巧似。體裁綺密，然情喻淵深，動無虚發，一字一句，皆致意焉。文喜用事，彌見拘束。雖乖秀逸，固是經綸。才減若人，則陷於困躓矣。

宋豫章太守謝瞻　宋僕射謝（琨）［混］　宋太尉袁淑　宋徵君王微　宋征虜王僧達

評曰：五賢詩，其源出於張華。才力苦弱，故務於清淺，殊得風流媚趣。其實録則豫章、僕射宜分庭抗禮，徵君、太尉可托策後車。征虜卓絶，殆欲處驊騮前矣。

宋法曹謝惠連

評曰：小謝才思富捷，恨其蘭玉夙雕，故長轡未騁。《秋懷》、《搗衣》之作，雖復靈運鋭思，亦何以加焉。

宋參軍鮑照

評曰：其源出於二張。善製形狀寫物之詞，得景陽之淑詭，含茂先之靡嫚。骨節强於謝(琨)[混]，驅邁疾於延之。總四家而擅美，跨兩代而孤出。

齊吏部謝朓

評曰：其源出於謝(琨)[混]。微傷細密。一章之中，自有玉石。

梁光禄江淹

評曰：詩體叢雜，善于摹擬。筋力於王微，成就于謝朓。

梁衛將軍范雲　梁中書郎丘遲

評曰：范詩清便宛轉，如流風回雪。丘詩點綴映媚，如落花在草。故當淺於江淹，而秀於任昉。

梁太常任昉

評曰：善叙事銓理，文體洪雅，得國士之風。然既博學，動輒用事，所以詩不得奇。

梁光禄沈約

評曰：休文五言最優。憲章鮑照，長於清怨斷絶。辭密於范，意淺於江也。

衡品下

叙曰：自古詩、頌皆被之金竹，故非調五音，無以諧會。若「置酒高堂上」、「明月照高樓」，爲入韻之首。故三祖曹植、曹丕、曹叡之辭，文或不工，而韻入歌唱。此重音韻之義也，與世之言宮商異矣。今既不備於管絃，亦何取於聲律耶！齊有王元長者，嘗謂余云：「宮商與儀俱生，自古詞人不知用之，唯顔憲子論文，乃云律吕心調，而其實大謬。唯見范曄、謝莊頗識之耳。」嘗欲造《知音論》，未就而卒。王元長創其首，謝朓、沈約揚其波。三賢咸貴公子，幼有文辨。於是士流景慕，務爲精密，擗績細微，專事凌架。故使文多拘忌，傷其真美。余謂文製本須諷誦，不可蹇礙。但清濁通流，唇吻調利，斯爲足矣。至如平上去入，則余病未能；蜂腰鶴膝，閭里已甚。今擇其五言警策者，凡七十三人。

漢令史班固　漢孝廉酈炎　漢上計趙壹

評曰：以孟堅才流，而老於掌故。觀其《詠史》，有感嘆之辭。文勝托詠「靈芝」，懷寄不淺。元叔發憤「蘭蕙」，指斥「囊錢」。若言切句，良亦勤矣。

魏武帝　魏明帝

評曰：曹公古直，甚有悲凉之句。叡不如丕，亦稱三祖。

魏白馬王彪　魏文學徐幹

評曰：白馬與陳思(各)[答]贈，偉長與公幹往復，亦能閑雅矣。

魏倉曹阮瑀　晉頓丘太守歐陽建　魏文學應瑒〔一〕　晉中書嵇含　晉河内太守阮侃〔二〕　晉侍中嵇紹

評曰：元瑜、堅石七君詩，並平典不失古體，大抵相似，而二嵇微優矣。

晉中書張載　晉司隸傅玄　晉太僕傅咸　魏侍中繆襲　散騎常侍夏侯湛

評曰：孟陽詩，乃遠慚厥弟，而近超兩傅。長虞父子，繁富可嘉。孝若雖曰後進〔三〕，見重安仁。熙伯《挽歌》，唯以造哀爾。

〔一〕「魏」，原本作「晉」，張錫瑜《鍾記室詩平》據《隋志》改，從之。

〔二〕「内」，原本作「南」，陳延傑《詩品注》引《陳留志》改，從之。

〔三〕「若」，原本作「冲」，「孝冲」乃湛弟淳字，《鍾記室詩平》據《晉書》本傳改，從之。

晉驃騎王濟　晉征南杜預　晉廷尉孫綽　晉徵士許詢

評曰：永嘉以來，清虚在俗。王武子輩，詩貴道家之言。爰泊江表，玄風尚備。真長、仲祖、桓、庾諸公，猶相祖襲。世稱孫、許，彌善恬淡之辭。

晉徵士戴逵

評曰：安道詩雖嫩弱，有清上之句。裁長補短，袁彦伯之亞乎？逵子顒，亦有一時之譽。

晉東陽太守殷仲文　晉謝琨〔一〕

評曰：晉、宋之際，殆無詩乎！蓋詩中以謝益壽、殷仲文爲華綺之冠〔二〕，殷不競矣。

〔一〕「晉謝琨」，《山堂考索》本作「宋謝混」。然謝已列中品，此條當屬誤繫。
〔二〕「蓋詩中」，《吟窗雜録》卷二作「義詩中」，《山堂考索》本作「義熙中」。

宋尚書令傅亮

評曰：季友余常忽而不察。今沈特進選詩，載其數首，亦復平美。

宋記室何長瑜　羊曜璠

評曰：才難，信矣！以康樂與羊、何若此，而二人文辭，殆不足奇。

宋詹事范曄

評曰：蔚宗詩，乃不稱其才，亦爲鮮舉矣。

宋孝武帝　宋南平王劉鑠　宋建平王劉宏

評曰：孝武詩，雕文織綵，過爲精密，二劉希慕，見稱輕巧矣。

宋光禄謝莊

評曰：希逸詩，氣候清雅。

宋御史蘇寶生　宋中書令凌修之　宋典（詞）〔祠〕令任曇緒　宋越騎戴法興

評曰：四子並著篇章，亦爲縉紳間之所嗟詠。人非文是，愈有可嘉焉。

宋監典事區惠恭

評曰：惠恭本胡人，爲顔師伯幹。顔爲詩筆，輒偷寫之。後作《雙枕》詩以示謝惠連，連大賞嘆。

齊惠休上人（陽）〔湯〕氏　齊道猷上人（白）〔帛〕氏　齊釋寶月庾氏

評曰：惠休浮靡，情過其才。世遂匹之鮑照，故有休、鮑之論。庾、（白）〔帛〕二胡，亦有清句。

齊高帝　宋征北張永[一]　齊太尉王文憲

評曰：齊高詩，詞藻意深[二]，無所云少[三]。張景雲雖謝文體，頗有古意。至如王師文憲，既經國圖遠，忽是雕蟲。

齊黄門謝超宗　齊潯陽太守丘靈鞠　齊給事中郎劉祥　齊司徒長史檀超　齊正員郎鍾憲　齊諸暨令顔測　齊秀才顧則心

評曰：檀、謝七君，並祖顔延年，欣欣不倦，得士夫之雅致乎！余從祖嘗云：鮑、休華文，殊以動俗。唯此諸賢，傳顔、陸體。用固執不移，顔諸暨最有家聲。

[一]「宋」，原本作「齊」，《鍾記室詩平》據《宋書》本傳改，從之。
[二]「深」，原本作「況」，據《山堂考索》本改。
[三]「云」，原本作「之」，據《山堂考索》本改。

晉參軍毛伯成〔一〕　宋朝請吴邁遠〔二〕　齊朝請許瑶之〔三〕

評曰：伯成文不全佳，亦多惆悵。吴善於風人答贈，許長於短句詠物。湯休謂遠云：「吾詩可爲汝詩父。」以訪謝光禄，光禄云：「不然爾，湯可爲庶兄。」

齊鮑令暉婦人令暉，鮑照妹。　齊韓蘭英婦人

評曰：令暉歌詩，往往斷絶清巧，擬古尤勝，唯百韻淫雜矣。鮑照常答孝武云：「臣妹文自亞於左芬，臣才不及太冲耳。」蘭英綺密，甚有名篇，又善談笑，齊武以爲「韓公」。借使二媛生於上葉，則「玉階」之賦、「紈素」之辭，未詎多也。

〔一〕「晉」，原本作「齊」，《鍾記室詩平》據《隋志》、《世説新語·言語》改，從之。
〔二〕「宋」，原本作「齊」，《鍾記室詩平》據《隋志》改，從之。
〔三〕「請」，原本作「散」，據《山堂考索》本改。

齊司徒長史張融　齊詹事孔稚圭〔二〕

評曰：思光詩緩誕放縱，有乖文體。然亦捷疾豐饒，甚不局促。德璋生於封谿，而文雕飾，青於藍矣。

齊寧朔將軍王融　齊中庶子劉繪

評曰：元長、士章，並有盛才，詞筆瑩净。至於五言之作，幾乎尺有所短。譬應變將略，非武侯所長，未足以貶卧龍也。

齊僕射江祏

評曰：祏詩猗猗清潤。弟祀明靡可懷〔三〕。

〔二〕「孔」，原本作「范」，據《山堂考索》本改。
〔三〕「弟」，原本作「弔」，據《山堂考索》本改。

齊記室王巾　齊綏建太守卞彬　齊端溪令卞鑠

評曰：王巾、二卞詩，並愛清奇(漸)[嶄]絶，慕袁彦伯之風。雖不洪綽，而文體勦絶，去平美遠矣。

齊諸暨令袁嘏

評曰：嘏詩平平耳，多自謂能。嘗謂徐太尉云：「我詩有生氣，須人捉著，不爾便飛去矣。」

齊雍州刺史張欣泰　梁中書郎范縝

評曰：欣泰、子真詩，並希古勝文，鄙薄俗製，賞心流亮，不失雅宗。

梁秀才陸厥

評曰：觀厥文緯，具識文之情狀。自製未優，非言之失也。

梁常侍虞羲　梁建陽令江洪

評曰：子陽詩綺句清拔，謝朓常嗟誦之。洪雖無多，亦能迥出。

梁步兵鮑行卿　梁晉陵令孫察

評曰：行卿少年，其擅風謡之美。察最孤微，而感賞至到耳。

廣衡

王元美曰：盧、駱、王、楊，號稱四傑。詞旨華靡，固沿陳、隋之遺；骨氣翩翩，意象老境，超然勝之。五言遂爲律家正始。

五言至沈、宋始可稱律。律爲音律、法律，天下無嚴於是者，知虚實、平反不得任情而度明矣。二君正是敵手。摩詰似之，而才小不逮；少陵强力宏蓄，開闔排蕩，然不無利鈍。餘子紛紛，未易悉數也。

沈詹事七言律，高華勝於宋員外。宋雖微少，亦見一班，歌行覺自(陟)[陡]健。

杜審言華藻整栗，小讓沈、宋，而氣度高逸，神情圓暢，自是中興之祖，宜其矜率乃爾。

陳正字陶洗六朝，鉛華都盡；托寄大阮，微加斷裁。而天韻不及，律體時時入古，亦是矯枉之過。

李于鱗評詩，少見筆札，獨《選唐詩序》云云。予謂七言絶句，王江陵與太白争勝毫厘，俱是神品，而于鱗不及之。王維、李頎，雖極風雅之致，而調不甚響。子美固不無利鈍，終是上國武庫。此公地位乃爾，獻吉當於何處生活？其微意所鍾，予蓋知之，不欲盡言也。

李、杜光焰千古，人人知之。滄浪並極推尊，而不能致辨。元微之獨重子美，宋人以爲談柄。近時楊用修爲李左袒，輕俊之士往往傅耳。要其所得，俱影響之間。五言古、《選》體及七言歌行：太白以氣爲主，以自然爲宗，以俊逸高暢爲貴；子美以意爲主，以獨造爲宗，以奇拔沉雄爲貴。其歌行之妙，詠之使人飄揚欲仙者，太白也；使人慷慨激烈，歔欷欲絶者，子美也。《選》體，太白多露語率語，子美多稚語累語，置之陶、謝間，便覺傖父面目，乃欲使之奪曹氏父子位邪！五言律、七言歌行，子美神矣；七言律，聖矣。五七言絶，太白神矣；七言歌行，聖矣；五言次之。太白之七言律，子美之七言絶，皆變體，間爲之可耳，不足多法也。十首以前，少陵較難入；百首以後，青蓮較易厭。揚之則高華，抑之則沉實，有色有聲，有氣有骨，有味有態，濃淡深淺，奇正開闔，各極其則，吾不能不服膺少陵。

高、岑一時，不易上下。岑氣骨不如達夫遒上，而婉縟過之。《選》體時時入古，岑尤（陟）

［陡］健。歌行磊落奇俊，高一起一伏，取是而已，尤爲正宗。五言近體，高、岑俱不能佳；七言，岑稍濃厚。

摩詰才勝浩然，由工入微，不犯痕迹，所以爲佳。間有失點檢者，雖不妨白璧，能無少損連城？觀者須略玄黄，取其神檢。孟造思極苦，既成乃得超然之致。皮生擷其佳句，真足配古人。第其句不能出五字外，篇不能出四十字外，此其所短也。

青蓮擬古樂府，以己意己才發之，尚沿六朝舊習，不如少陵以時事創新題也。少陵自是卓識，惜不盡得本來面目耳。

謝氏，俳之始也；陳及初唐，俳之盛也；盛唐，俳之極也。六朝不盡俳，乃不自然；盛唐俳殊自然，未可以時代優劣也。

七言絶句，盛唐主氣，氣完而意不盡工；中、晚唐主意，意工而氣不甚完。然各有至者，未可以時代優劣也。

盛唐七言律，老杜外，王維、李頎、岑參耳。李有風調而不甚麗，岑才甚麗而情不足，王差備美。

六朝之末，衰颯甚矣，然其偶儷頗切，音響稍諧。一變而雄，遂爲唐始；再加整栗，便成沈、宋。人知沈、宋律家正宗，不知其權輿於三謝，橐鑰於陳、隋也。

太白不成語者少，老杜不成語者多，如「無食無兒」、「舉家聞」、「若欬」之類。凡看二公詩，不必病其累句，不必曲爲之護，正使瑕瑜不掩，亦是大家。

楊用修駁宋人「詩史」之説，而譏少陵云：「《詩》刺淫亂，則曰『雝雝鳴雁，旭日始旦』，不必曰『愼莫近前丞相嗔』也；憫流民，則曰『鴻雁于飛，哀鳴嗷嗷』，不必曰『千家今有百家存』也；傷暴斂，則曰『維南有箕，載翕其舌』，不必曰『哀哀寡婦誅求盡』也；叙飢荒，則曰『牂羊羵首，三星在罶』，不必曰『但有牙齒存，所堪骨髓乾』也。」其言甚辯而覈，然不（如）〔知〕（嚮）〔嚮〕所稱皆興比耳。《詩》固有賦，以述情切事爲快，不盡含蓄也。語荒而曰「周餘黎民，靡有孑遺」，勸樂而曰「宛其死矣，他人入室」，譏失儀而曰「人而無禮，胡不遄死」，怨讒而曰「豺虎不受，投畀有昊」。若使出少陵口，不知用修何如貶剥也。且「愼莫近前丞相嗔」，樂府雅語，用修烏足知之。

岑參、李益詩，語不多而結法撰意雷同者幾半，始信少陵如韓淮陰〔二〕，多多益辦耳。

何仲默曰〔三〕：詩有《三百篇》以降，漢魏質過於文，六朝華浮於實。得二者之中，備風人之

〔二〕「淮」，原本脱，據萬曆刻本《弇州四部稿》卷一百四十七《藝苑巵言》卷四補。

〔三〕按，此段實由《唐詩品彙》王偁序與高棅《唐詩品彙總叙》部分内容組合而成。

體，惟唐爲然。然世次不同，故所作亦異。略而言之，則有初唐、盛唐、中唐、晚唐之不同。詳而分之：貞觀、永徽之時，虞、魏諸公，稍離舊習；王、楊、盧、駱，因加美麗。劉希夷有閨帷之作，上官儀有婉媚之體，此初唐之始製也。神龍以還，洎開元初，陳子昂古風雅正，李巨山文章宿老，沈、宋之新聲，蘇、張之大手筆，此初唐之漸盛也。開元、天寶間，則有李翰林之飄逸，杜工部之沉鬱，孟襄陽之清雅，王右丞之精緻，儲光羲之率真，王昌齡之聲俊，高適、岑參之悲壯，李頎、常建之超凡，此盛唐之盛者也。大曆、貞元中，則有韋蘇州之雅澹，劉隨州之閒曠，錢郎之清贍，皇甫之冲秀，秦公緒之山林，李從一之臺閣，此中唐之再盛也。下暨元和之際，則有柳愚溪之超然復古，韓昌黎之博大其詞，張、王樂府得其故實，元、白序事務在分明，與夫李賀、盧仝之鬼怪，孟郊、賈島之（肌）〔饑〕寒，此晚唐之變也。降而開成以後，則有杜牧之之豪縱，温飛卿之綺靡，李義山之隱僻，許用晦之偶對。他若劉滄、馬戴、李頻、李群玉輩〔二〕，尚能黽勉氣格，將邁時流，此晚唐變態之極，而遺風餘韻，猶有存者。是皆名家擅場，馳騁當世，或稱才子，或推詩豪，或謂五言長城，或謂律詩龜鑑〔三〕，或號詩人冠冕，或尊海内文宗，靡不有精粗邪正、長短高下之不同，

〔二〕「李頻」，原本作「李頎」，據明汪宗尼本《唐詩品彙》卷首《總叙》改。

〔三〕「謂」，《唐詩品彙·總叙》作「爲」。

學者須要識得何者爲初唐，何者爲盛，何者爲中爲晚，又何者爲王、楊、盧、駱，又何者爲沈、宋，又何者爲陳拾遺，又何爲李、杜，又何爲孟爲儲，爲二王，爲高、岑，爲常、劉、韋、柳，爲韓、李、張、王，元、白、郊、島之製，辨盡諸家，剖析毫芒，方是作者。

李獻吉曰〔一〕：譚者曰唐以詩進士，童而習之，故盛；士以詩應舉，追趨逐嗜，故衰。少陵宗工曾不得一第，右丞雜伶人而奏技主家，于詩品何損也。貞觀、開元二帝，以豪爽典則先天下，詩宜盛。而最闒弱者中宗，能大振雅道，既德、文兩朝，不及中、晚，人才樸遬，詩宜衰。彼元、白、錢、劉、柳州姑無論，昌黎望若山斗，猶且服膺工部，供奉而避其光焰，何也？古人上自人主，下自學士大夫以及細民，莫不爲詩，而詩盛衰之機在上。後世細民不知詩，人主罕言詩，僅學士大夫私其緒，而詩盛衰之機在下。長慶、西崑、玉臺能爲體，以自標異，而無能使人盡爲其體。少陵詩盛行，迺在革命之代，其轉移化導之力，詎足望人主乎？則唐與古殊矣。樂八音皆詩，詩《三百》皆樂。唐人樂府，已非漢魏六朝之舊，自郊廟而外，時采五七言絶句、長篇中雋語，被絃管而歌之，代不數人，人不數章，則唐與古殊矣。六朝以上，惟樂府、《選》詩眉目小别，大致固同；至唐而益以律絶、歌行諸體，敻不相侔。夫一家之言易工，而衆妙之門難兼，則唐與古殊

〔一〕按，此段實出李維楨《唐詩紀序》。

矣。先王辨論官才，勸懲美惡，于詩焉資？其極至於饗神祇而若鳥獸，善作者莫如周公，堇堇可數，他皆太史所采，稍爲潤色。春秋列國卿大夫稱《詩》觀志，大抵述舊；而唐一人之詩，常數倍于《三百篇》，一切慶吊問遺，遂以充筐篚餼牽，用愈濫而趨愈下，則唐與古殊矣。《三百篇》删自仲尼，材高而不炫奇，學富而不務華。漢魏近古，十肖二三。六朝厭爲卑近，而求勝於字與句，然其材相萬矣，故博而傷雅，巧而傷質。唐人監六朝之弊，而劖濯其字句，以當於温柔敦厚之旨，然其學相萬矣，故變而不化，近而見窺。要其盛衰，可略而言：律體情勝則俚，才勝則離，法嚴而韻諧，意貫而語秀。初、盛奪千古之幟，後無來者。絶句不必長才，而可以情勝。初、盛饒爲之，中、晚固無讓也。歌行伸縮由人，即情才俱勝，俱不失體。中、晚人議論多而敦琢疏，故無取焉；初、盛諸子，啜六朝餘瀝爲古《選》，不足論。子昂、應物復失之形迹之内，李、杜一二大家故自濯濯。要之，不越唐調，不敢目以漢魏，况《三百》乎！漢魏、六朝遞變其體爲唐，而唐體迄於今自如。後唐而詩衰莫如宋，有出中、晚之下；後唐而詩盛莫如明，無加于初、盛之上。譬之水，《三百篇》，崑崙也；漢魏、六朝，龍門積石也；唐則溟渤尾閭矣，將安所取益乎？不佞竊謂今之詩不患不學唐，而患學之太過。即事對物，情與景合，而有言「幹之以風骨，文之以丹彩」，唐詩如是止爾。事物情景，必求唐人所未道者而稱之，弔詭蒐隱，誇新示異，過也。山林宴遊，則興寄清遠；朝饗侍從，則制存莊麗；邊塞征伐，則悽惋悲壯；睽離患難，則沈痛感慨。緣機觸變，各適其宜，唐人之妙以此。今懼其格之卑也，而偏求之於悽惋悲壯，沈痛感慨，過也。律體出，而才下者沿襲爲應酬之具，才偏者馳騁爲誇詡之資，而《選》、古幾廢矣〔二〕。好大者復諱其短，强其所未至而務收各家之長，撮諸體之勝，攬擷多而精華少，摹擬勤而本真漓，是皆不善學唐者也。

團扇二篇

評曰：江則假象見意，班則貌題直書。至如「出入君懷袖，動摇微風發。常恐秋節至，凉飆奪炎熱」，旨婉詞正，有潔婦之節。但此兩對亦可以掩映。江生詩曰：「畫作秦王女，乘鸞向烟霧。」興生於中，無有古事。假使佳人翫之在手，乘鸞之意，飄然莫偕。雖蕩如夏姬，自忘情改節。吾許江生情逸詞麗，方之班女，亦未可減價。

王仲宣七哀

評曰：仲宣詩云：「出門無所見，白骨蔽平原。路有饑婦人，抱子棄草間。顧（問）〔聞〕號

〔二〕「古」，原本脱，據萬曆刻本《大泌山房集》卷九《唐詩紀序》補。

泣聲，揮涕獨不還。未知身死處，何能兩相完。驅馬棄之去，不忍聽此言。」此事在耳目，故傷見乎詞。及至「南登灞陵岸，回首望長安」，思蔡則已極〔二〕，覽詞則不傷。一篇之功，併在於此，使古今作者味之無厭。末句因「悟彼下泉人」〔三〕，蓋以逝者不返，吾將何親，故有傷肝之嘆。沈約云：「不傍經史，直(率)〔舉〕胸臆。」吾許其知詩也。

評古得失

評曰：情格並高，可稱上上品。又有三字物名之句，仗語而成，用功殊少。如孟浩然云：「氣蒸雲夢澤，波撼岳陽城。」自天地二氣初分，即有此六字。假孟生之才，加其四字，何功可伐；即欲索入上流耶？若情格極高，則不可屈。若稍下，吾請降之於高等之外，以懲後濫。如此則詩人堂奧，非高手安可捫其樞哉！

〔二〕「思蔡」，《十萬卷樓叢書》本《詩式》作「察思」。

〔三〕「下泉」，原本倒乙，據《四部叢刊》景宋本《六臣注文選》卷二十三改。

三良詩

評曰：陳王詩曰：「秦穆先下世，三臣皆自殘。」王粲云：「秦穆殺三良，惜哉空爾爲。」蓋以陳王徙國、任城被害已後，常有憂生之慮，故其詞婉娩，存幾諫也。王粲顯責穆公，正言其過，存直諫也。二詩體格高遠，才藻相鄰。至如「臨穴呼蒼天，淚下如綆縻」，斯乃迴出情表，未知陳王將何以敵。

西(伯)［北］有浮雲

評曰：魏文帝有吞東南之意，軍至楊子江口，見洪濤(洶)［汹］湧，乃嘆曰：「此天地之所以限南北也。」遂賦詩而還。檢魏文集，且無此詩，不知(使)［史］臣憑何編録。且魏文雄才智略，本非庸主，如何有此一篇，示弱於孫權，取笑於劉備？夫詩者，志之所之也。魏文志氣若此，何以纘定洪業，顯致太平耶？足明此詩非魏文所作，陳壽史筆訛謬矣。

池塘生春草明月照積雪

評曰：客有問予，謝公此二句優劣奚若？予曰：「池塘生春草」，情在言外；「明月照積雪」，旨冥句中。風力雖齊，取興各别。詩有二義：一曰情，二曰事。事者如劉越詩云「鄧生何感激，千里來相求。白登幸曲逆，鴻門賴留侯」是也。情者如康樂公「池（堂）［塘］生春草」是也。抑由情在言外，故其詞似淡而無味。常手覽之，何異文侯聽古樂哉！謝在永嘉西堂夢見惠連，因得「池塘生春草」之句，此句得非神助之乎？

論陳子昂集叙

評曰：盧黄門叙云「道喪五百年而有陳君」，予曰：盧張一尺之羅，蓋彌天之宇，上掙曹、劉，下遺康樂，安可得耶？子昂《感寓》三十首，出自阮公《詠懷》之作，難以爲儔。子昂詩曰：「荒哉穆天子，好與白雲期。」曷若阮公「三楚多秀士，朝雲進荒淫」。千載之下，有識者得無撫掌乎？

齊梁詩

評曰：夫五言之道，惟工惟精。論者雖欲降殺齊梁，未知其旨。若據時代，道幾喪之矣。詩人則不用此論。但可言體變，不得言道喪。大曆中，詞人多在江外。吾知詩道初喪，正在於此，何得推過齊梁？大曆諸公改轍，蓋知前非也。

鍾伯敬先生硃評詞府靈蛇二集

景陵鍾　惺伯敬父評
秣陵程雲從龍光父訂
兄唐光夔冠甫氏閲
唐建元翼甫氏梓

氣集

獵叙

殷璠丹陽集序

李都尉没後九百餘載，其間詞人，不可勝數。建安末氣骨彌高，太康中體調尤峻，元嘉筋骨仍在，永明規矩已失，梁、陳、周、隋厥道全喪。蓋時遷推變，俗異風靡〔二〕，信乎大文化成天下。

殷璠河岳英靈集序

夫文有神來、氣來、情來，有雅體、野體、鄙體、俗體。編記者能審鑒諸體〔三〕，委詳所來，方可定其優劣，論其取舍。

元結篋中集序

風雅不興，幾及千年。近世作者，更相沿襲。拘限聲病，喜尚形似，流易爲辭，不知喪於雅正。

顧陶類選序

昔在樂官，采詩而陳於國者，以察風俗之邪正，以審王化之興廢，得蒭蕘而上達，萌治亂而先

〔二〕「靡」，《吟窗雜録》卷四十一作「革」。
〔三〕「編」，原本作「遍」，據《吟窗雜録》卷四十一改。

覺，詩之義也大矣、達矣[二]。肇自宗周，降及漢晉，物無全功，而欲才子篇詠盡爲絶唱，其可得乎？雖前賢纂録不少，殊途同歸。如《英靈》、《間氣》、《正聲》、《南薰》之類，誠朗照之下，罕有孑遺。而取舍之時，能無小誤？此豈擇者私乎？實以體調不一，憎愛有殊，苟非通而鑒之，烏可蓋其善者。

韓愈荆潭唱和序

和平之音淡薄，而愁思之聲要妙；歡愉之辭難工，而窮苦之言易好也。是故文章之作，恒發於羈旅草野；至若王公貴人，氣得意滿，非性能而好之，則不暇以爲。今裴公爵禄兩崇，乃能存志乎《詩》《書》，寓辭乎詠歌，與韋布專一之士較其毫釐分忽，鏗鏘發金石，幽眇感鬼神，信所謂才全而能鉅者也[三]。

權德輿盛山唱和序

昔魏文帝稱劉公幹五言詩之善者，妙絶一時。《抱朴子》亦云：「讀二陸之文，恐其卷盡。」

[二]「達」，《永樂大典》卷九百七《文苑英華》作「遠」。

[三]「全」，原本作「金」，據《吟窗雜録》卷四十一改。

今覽盛山之作，有以似之。

吕温裴氏海昏集序[一]

昔者三代陳詩，以觀民風，詐信淫義、躁静柔剛於是乎取之[二]，喜怒哀樂、吉凶存亡於是乎觀之。兆於此必應於彼，成乎終必見乎始，詩不可以爲僞。觀南皮之詩，應、劉焉得不夭[三]，魏祚焉得不短。觀金谷之詩，潘、石焉得不誅，晉室焉得不亂。觀海昏之詩，裴氏焉得不興，我唐焉得不理。詩之時義大矣哉！天人國家之際，其至矣哉！

田錫和宋小著雜詠詩序

文貴於才周而識通，通則無偏，周非一途。舉其喻而言：十二律在五音，旋相爲宫，如環之無端，所以能通天地。萬物之情也在六籍子史、典策教令、碑銘箴贊、歌頌詩賦，亦旋相爲文。文以意爲主，主明則氣勝，氣勝則鏘洋精彩從之而生。

[一]「吕」，原本作「占」，據明刻本《文苑英華》卷七百十三改。
[二]「義」，原本作「氣」，據《文苑英華》卷七百十三改。
[三]「夭」，原本作「反」，據《文苑英華》卷七百十三改。

田錫賞千葉蓮詩序

花有譜録，余嘗閲之，雖芳格各殊，而艶名自異。然薔薇千葉，芍藥重臺，比夫蓮之在水也，群芳衆卉之間，兹苑爲貴，矧香苞初拆有千葉也。

歐陽永叔禮部唱和序

嘉祐二年春，余幸得從五人於禮部，考貢士，相與作爲古、律長短歌詩、雜言。古者《詩三百篇》，其言無所不有，惟其肆而不放，樂而不流，以卒歸於正。此其所以可貴也。

還許侍郎詩啓

所得詩三軸，仰捧而疾歸，俯啓而緩讀，讀之亹亹不能休，卷窮而後止。嗟夫，信天下之所謂詩也，思遠而義深，辭通而事隱，貫乎道德之體，通乎性命之情。始讀之漠然而迷，中讀之惕然而懼，反復思之，然復囂然而樂，蓋樂其所自得之也。故嘗言曰：凡文章之上者莫如詩，詩之難得者莫如時。何則？天下之文章，蓋有出於喪亂倉卒，事益危則言益工者多矣。至於詩則不然，必常盛之時，意者非天地愷樂和平之氣[二]，不足以生詩人歟！或者非典章文物之盛，則不足以壯詩人之作歟！國家太平百餘年，禮制樂作，焕乎追三代而軼漢唐矣，是故詩人之作者，格力峻拔，則有如梅聖俞；條暢善變，則有如文忠公；典雅清壯，則有如王荆公；研練精麗，則有如今大丞相。其詩傳在人間，往往遂可望元朔、開元之詩矣。伏惟明公之詩，以時則出於四人之後，宜乎兼衆體而有之，不幾於少陵之比乎！

張文潛云

以聲律作詩，其末流也。自唐至今詩人謹守之，獨魯直一掃古今，棄聲律，作五七言如金石未作鐘磬，相和渾然，有律吕外意。近來作者頗有此體，然自吾魯直始也。

詩文唯不構空强作，待境而生，便自工耳。詩文高勝，要從學問中來。

寧律不諧，不可使句弱；寧用字不工，不可使語俗。此庾開府之所長也。至於淵明，所謂不煩繩削而自合規矩。

帝問顔延之、謝靈運優劣於鮑照，照曰：「謝五言如初發芙蕖，自然可愛；顔詩如鋪錦列

[二] 「平」，原本作「乎」，據《吟窗雜録》卷四十一改。

繡，亦雕繢可喜。」

金華保暹述處囊訣

夫詩之用，放則月滿烟江，收則雲空岳瀆。情忘道合，父子相存；明昧已分，君臣在位；動感鬼神，天機不測。是詩人之大用也。

夫詩之用也，生凡育聖，該古括今，恢廓含容，卷舒有據。是詩之妙用也。

元宗簡 字居敬，舉進士。終少尹。

樂天爲之序曰

天地間有粹靈焉，萬籟皆得之，而人居多；就人中文得之又居多。蓋是氣凝爲性，發爲志，散爲文。粹勝靈者，其文冲以恬；靈勝粹者，其文宣以秀；粹靈均者，其文蔚温雅淵，疏朗麗則，檢不扼，遠不放，古常而不鄙，新奇而不怪。吾友居敬，其殆庶乎？因爲之詩曰：

黄壤詎知我，白頭徒念君。唯將老年淚，一洒故人文。

又

遺文三十軸，軸軸金石聲。龍門原上土，埋骨不埋名。

董侹[一] 字庶中，元和荆南從事。

劉夢得序其詩曰

片言可以明百意，坐馳可以役萬景，工於詩者能之。風雅體變而興同，古今調殊而理異，達於詩者能之。工生於才，達生於明，二者還相爲用，而後詩道備矣。生幼學屬詩，老而不衰。心源爲爐，筆端爲炭，鍛鍊無木，雕習群形，糾紛舛錯，逐意奔走，因故沿濁，協爲新聲。因系之曰：詩者，其文章之蘊邪！義得而言喪，故微而難能；境生於象外，故精而寡和。自建安距永明已還，詞又比肩相發，有以「朔風」、「零雨」高視天下，「蟬噪」、「鳥鳴」蔚在史策。國朝因之，粲然復興，由篇章以躋貴仕者相踵而起。兵興已還，右武尚功，公卿大夫以憂濟爲仕，不暇器人

[一]「董」，原本作「黄」，據《四部叢刊》景宋本《劉夢得文集》卷二十三《董氏武陵集》改。

於文什之間，故其風寢息。樂府協律，不是新詞度曲，夜諷之職〔二〕，寂寥無紀〔三〕。則生之貧也，其不得於詩歟，其不試故藝者歟！

白居易 字樂天。

被遇憲宗，爲當路所忌，遂擯斥。乃放意文酒，自爲《醉吟先生傳》。暮節稱香山居士，與狄兼謨等遊，人慕之，繪《九老圖》。士人爭傳，雞林行賈售其國相，率一篇易一金。杜牧謂：「纖艷不逞，非莊士雅人所爲。流傳人間，子父女母交口教授，淫言媟語入人肌骨不可去。」蓋牧所失，不得不云。

樂天寄元微之書

文尚矣，蓋才各有文。天之文，三光首之；地之文，五材首之；人之文，六經首之。就六經而言，《詩》又首之。何者？聖人感人心而天下和平。感人心者，莫先乎情，莫始乎言，莫切乎

〔二〕「夜」，原本作「應」，據《劉夢得文集》卷二十三改。
〔三〕「紀」，原本作「犯」，據《劉夢得文集》卷二十三改。

聲，莫深乎意。詩者，根情，苗言，華聲，實義〔二〕，上自賢聖，下至愚騃，微及豚魚，幽及鬼神。群分而氣同，形異而情一。未有聲入而不應，情交而不感者。聖人知其然，因其言，經之以六義；緣其聲，緯之以五音。音有韻，義有類。韻協則言順，言順則聲易入；類舉則情見，情見則感易交。于是乎孕大含深，貫微洞密，上下寧而一氣泰，憂樂合而百志熙。五帝三皇所以直道而行、垂拱而理者，持此以爲大柄，决此以爲大寶也。

樂天自序洛詩

予歷覽古今歌詩，自《風》《騷》之後，蘇、李以還，次及鮑、謝徒〔三〕，迄于李、杜輩，其間詞人聞知者累百，詩章流傳者鉅萬。憤憂怨傷之作，通計古今，什八九焉。世所謂文士多數奇，詩人尤命薄，於斯見矣。

〔二〕「聲實」，原本脱，據《四部叢刊》景日本翻宋大字本《白氏長慶集》卷二十八補。
〔三〕「鮑謝徒」，原本作「鮑朗」，有脱誤，據《吟窗雜録》卷二十六補改。

元微之序樂天詩

人之文各有所長，樂天之長，可以爲多矣。諷諭之詩長於激，閑適之詩長於遣，感傷之詩長於切。五字律詩百言而上長於贍，五字、七字百言而下長於情。賦、贊、箴、戒之類長於當，碑記、叙事、制誥長於實[一]，啓、表、奏、狀、書、檄、詞策、剖判長於盡。總而言之，不亦多乎哉！

摭言

裴晉公夜宴諸仕宦，樂天有曰：「九燭臺前十一姝，主人留醉任歡娱。」

盧貞曰

樂天曾賦永豐柳詩曰：「一樹香花千萬枝，嫩如金色軟於絲。永豐西角流園裏，盡日無人屬阿誰？」傳入樂府，有詔，取兩枝植於禁苑。

〔一〕「誥」，原本作「詩」，據《四部叢刊》景嘉靖本《元氏長慶集》卷五十一改。

元稹 字微之。

詩與樂天相埒〔一〕，天下傳諷，尊「元和體」〔二〕。與竇鞏酬唱，時號「蘭亭絶唱」。

自序樂府

《詩》迄於周，《離騷》迄於楚，是後詩之流爲二十四名：賦、頌、銘、贊、文、誄、箴、詩、行、詠、吟、題、怨、嘆、章、篇、操、引、謡、謳、歌、曲、詞、調〔三〕，皆詩人六義之餘。劉補闕云：「樂府肇於漢魏。」按，仲尼學《文王操》，伯牙作《水仙操》，則不於漢魏而後始亦以明矣。

又序詩寄樂天

每公私感憤，道義激揚，朋友切磨，古今成敗，日月遷逝〔四〕，光景舒慘，山川勝勢，風雲氣色，

〔一〕「相」，原本作「報」，據百衲本《新唐書》本傳、《吟窗雜録》卷二十六改。
〔二〕「體」，原本作「休」，據《新唐書》本傳改。
〔三〕「文」，原本脱，據《元氏長慶集》卷二十三《樂府古題序》補。「嘆」，原本作「歌」，據改。
〔四〕「逝」，原本作「遊」，據《元氏長慶集》卷三十改。

當花對酒，樂罷哀餘，通滯屈伸，悲歡合散，至於疾恙其身，悼懷昔逝〔一〕，凡所對遇，異於常者，則欲賦詩。僕聞上士立德，其次立事，不遇立言〔二〕。凡人急位，其次急利，下急食。僕天與不厚，既乏全然之德；命與不偶，未遭可爲之事；性與不慧，復無垂範之言。兀兀狂癡，行近四十，徼名取位〔三〕，不過於第八品，而冒憲已六七年。但恐一旦與急食者相扶而終〔四〕。

又上令狐相啓

惟杯酒光景間，屢有小碎篇章以自吟暢。然以爲律體卑下，格力不揚，苟無恣態，則陷流俗。常欲得思深語近，韻律調新，屬對無差，而風情自遠，然而病未能也。

〔一〕「逝」，原本作「遊」，據《元氏長慶集》卷三十改。
〔二〕「遇」，原本作「過」，據《元氏長慶集》卷三十改。
〔三〕「徼」，原本作「微」，據《元氏長慶集》卷三十改。
〔四〕「而終」以下原本闕。

梅堯臣續金針 樂天《金針格》已入初集，茲不録。

予遊廬山，宿西林，與僧希白談詩〔一〕，極有玄理。常鄙學者不知意格，徒摘葉搜奇，而不能入雅正之奥閫〔二〕。希白評唐賢詩〔三〕，諷誦樂天數聯，言樂天之詩尤長於意理〔四〕。出樂天在草堂中所述《金鍼詩格》，觀其大要，真知詩之骨髓者也。樂天寄元微之云：「多被老天偷格律，苦教短李伏歌行。」乃知樂天《詩格》自有理也。且詩之道雖小，然用意之深，可與天地參功、鬼神争奥。予愛樂天作《金鍼》之格，乃續之，以廣樂天之用意，得者宜繹而思之。

晰秘

備晰六義

〔一〕「白」，原本作「言」，據《宛委別藏》衢州本《郡齋讀書志》卷二十引文改。
〔二〕「閫」，原本脱，據明嘉靖刻本《吟窗雜録》卷十八上補。
〔三〕「白」，原本脱，據《吟窗雜録》卷十八上補。
〔四〕「詩」，原本作「時」，據明鈔本《吟窗雜録》改。

歌事曰風

風者，風也。即與體定句，須有感。外意隨篇目自彰，内意隨入諷刺。歌君臣風化之事。詩：「高齊日月方爲道，動合乾坤始是心。」又：「都來消帝力，全不用兵防。」

布義曰賦

賦者，敷也，布也。指事而陳，顯善惡之殊態。外則敷本題之正體，内則布諷誦之玄情。詩：「風和日暖方開眼，雨潤烟濃不舉頭。」

取類曰比

比者，類也。妍媸相類、相顯之理。或君臣昏佞，則物象比而刺之；或君臣賢明，亦取物比而象之。「丹頂西施頰，霜毛四皓鬚。」

感物曰興

興者，情也。謂外感於物，内動於情，情不可遏，故曰興。感君臣之德政廢興而形於言。

詩：「水諳彭澤闊，山憶武陵深。」

正事曰雅

雅者，正也。謂歌諷刺之言，而正君臣之道。法制號令，生民悦之，去其苛政。

詩：「捲簾當白晝，移榻對青山。」

又：「遠道擎空鉢，深山踏落花。」

善德曰頌

頌者，美也。美君臣之德化。

詩：「君臣到銅柱，蠻款入交州。」

原風所以

君之德，風化被於四方，兹乃正風也。或否塞賢路，下民無告，即正風變矣。

原風騷所由

騷者，愁也。始乎屈原，爲君昏蔽讒，含忠抱素，以規爲瑱，且放之湘南，遂著《離騷經》。以香草比君子，以美人喻其君，乃變風而入其騷刺之旨，正其風而歸於化也。

原二雅正音

四方之風，一人之德。民無門以頌，故謂之「大雅」。諸侯之政，匡救善惡，退而歌之，謂之「小雅」。

大雅如盧綸《興善（事）〔寺〕後池》詩：「月照何年樹，抱逢幾度春。」

又詩：「一氣不言含有象，萬靈何處謝無私。」

小雅如古詩：「風添松韻好，秋助月光多。」

又詩：「天流皓月色，池散芰荷香。」

又如錢起詩：「好風能自至，明月不須期。」

原二雅變旨

大小雅變者，謂君不君，臣不臣，上行酷政，下進諛詞，詩人則變雅而諷刺之。言變者，即爲景象移動比之。

如《詩》云：此變大雅也。「日居月諸，胡迭而微。」

又詩：「蟬離楚樹鳴猶少，葉到嵩山落更多。」

又古詩云：「浮雲翳白日，遊子返不顧。」

又詩：「寒禽沾古樹，積雪占蒼苔。」

如《詩》云：此變小雅也。「緑衣黄裳。」

原南北宗例古今正體

宗者，總也。言宗則始南北。

南宗一句含理

如《毛詩》云：「林有樸樕，野有死鹿。」即今人爲對，字字的確，上下各司其意。

如鮑照《白頭吟》：「申黜褒女進〔一〕，班去趙姬昇〔二〕」。

如錢起詩：「竹憐新雨後，山愛夕陽時。」

已上皆宗南宗之體也。

北宗二句顯意

如《毛詩》云：「我心匪石，不可轉也。」此體今人宗爲十字句，對或不對。

如左太冲詩：「吾希段干木，偃息藩魏君〔三〕。」

如盧綸詩：「誰知樵子徑，得到葛洪家」。

已上皆宗北宗之體也。

〔一〕「申」，原本作「由」，據《四部叢刊》景宋本《鮑明遠集》卷三改。

〔二〕「姬」，原本作「嫗」，據《鮑明遠集》卷三改。

〔三〕「藩」，原本作「潘」，據《六臣注文選》卷二十一改。

凡作詩須宗，或一聯合宗，即終篇皆然。

原創格淵奥

情

耿介曰情，外感於中而形于言，動天地，感鬼神，無出於情。三格中，情最切也。

如謝靈運詩：「池塘生春草，園柳變鳴禽。」

如錢起詩：「帶竹飛泉冷，穿花片月深。」

此皆情也。如此之用，與日月争衡也。

意

取詩中之意，不形於物象。

如古詩云「行行重行行，與君生别離」。

如晝公《賦巴山夜猿送客》：「何年有此路，幾客共沾襟。」

事

順興懷屬思，有所冥合。若將古事比今事，無冥合之意，何益於詩教！如謝靈運詩：「偶與張邴合，久欲歸東山。」如陸士衡《齊謳行》：「鄙哉牛山嘆，未及至人情。」如古詩云：「懶向碧雲客，獨吟黄鶴詩。」以上三詩〔一〕，可謂握造化手也。

原古今道理一貫

小手皆言《毛詩》并《文選》諸公之作是古道〔二〕，與今不同，此不可與言也。詩教今古之道皆然。

〔一〕「詩」，《吟窗雜録》卷三作「格」。
〔二〕「手」，鐵琴銅劍樓鈔本《吟窗雜録》卷三作「序」。

原題目所由

題者，詩家之主也；目者，名目也。如人之眼目，眼目俱明，則全其人中之相，足可坐窺於萬象。

原篇目正理用

夢遊仙，刺君臣道阻也。
水邊，趨進道阻也。
白頭吟，忠臣遭佞，中路離散也。
夜坐，賢人待時也。
貧居，君子守志也。
看水，群佞當路也。
落花，國中正風隳壞也。
對雪，君酷虐也。
晚望，賢人失時也。

送人，用明暗進退之理也。
早春、中春，正風明盛也。
春晚，正風將壞之兆也。
夏日，君暴也。
夏殘，酷虐將消也。
秋日，變爲明時，正爲暗亂也。
殘秋，君加昏亂之兆也。
冬，亦是暴虐也。
殘冬，酷虐欲消，向明之兆也。
登高野步，賢人觀國之光之兆也。
游寺院，賢人趨進，否泰之兆也。
題寺院，書國之善惡也。
春秋書懷，賢人時明君暗，書進退之兆也。
題百花，或頌賢人在位之德，或刺小人在位淫亂也。
牡丹，君子時會也。

鶻鳩，刺小人得志也。

觀棋，賢人用籌策勝敗之道也。

風雷，君子感威令也。

野燒，兵革昏亂也。

贈隱者，君子避世也。

上二十九目，舉大綱也。

原物象是詩家之作用

造化之中，一物一象，皆察而用之，比君臣之化。君臣之化，天地同機，比而用之，得不宜乎！

原引證用物象

四時物象節候者，是詩家之血脉也。比諷君臣之化深。

《毛詩》曰：「殷其雷，在南山之陽。」雷，比教令也。「他山之石，可以攻玉。」此賢人他適之比也。

陶潛《詠貧士》詩〔一〕：「萬族各有托，孤雲獨無依。」以孤雲比貧士也。

已上例多不能廣引，作者自可三隅反也。

總例物象

天地　日月　夫婦

君臣也，明暗以體判用。

鐘聲

國中用武，變此正聲也。

石磬

賢人聲價變，忠臣欲死矣。

琴瑟

賢人志氣也。又比廉能聲價也。

九衢　道路

〔一〕「士」字，原本作「女」，據《四部叢刊》景宋巾箱本《箋注陶淵明集》卷四改。

此喻皇道也。

笙簫　管笛

男女思時會，變國正聲也。

同志　知己　鄉友　友人

皆比賢人，亦比君臣也。

舟楫　橋梁

比上宰。又比携進之人，亦皇道通達也。

馨香

此喻君子佳譽也。

蘭蕙

此喻有德才藝之士也。

金玉　珠珍　寶玉　瓊瑰

此喻仁義光華也。

飄風　苦雨　霜雹　波濤

此比國令。又比佞臣也。

水深　石磴　石逕　怪石

此喻小人當路也。

幽石　好石

此喻君子之志也。

巉嶺　崗樹　巢木　孤峰　高峰

此喻賢臣位也。

山影　山色　山光

此喻君子之德也。

亂峰　亂雲　寒雲　翳雲　碧雲

此喻佞臣得志也。

黄雲　黄霧

此喻兵革也。

白雲　孤雲　孤烟

此喻賢人也。

澗雲　谷雲

此喻賢人在野也。
雲影　雲色　雲氣
此喻賢人才藝也。
烟浪　野燒　重霧
此喻兵革也。
江湖
此喻國也。清澄爲明，混濁爲暗也。
荆棘　蜂蝶
此喻小人也。
池井　寺院　宫觀
此乃喻國位也。
樓臺　殿閣
此喻君臣名位，消息而用之也。
紅塵　驚埃　塵世
此喻兵革亂世也。

故鄉　故國　家山　鄉關

此喻廊廟也。

松竹　檜柏

此賢人志義也。

松聲　竹韻

此喻賢人聲價也。

松陰　竹陰

此喻賢人德廕也。

岩松　溪竹

此喻賢人在野也。

鷺　鶴　鸞　雞

此喻君子也。

百草　苔　莎

此喻百姓衆多也。

百鳥

取貴賤，比君子、小人也。

鴛鴻

比朝列也。

泉聲　溪聲

此賢人清高之譽也。

他山　他林　鄉國

比外國也。

筆硯　竹竿　桂楫　槳　棹　櫓

比君子籌策也。

黄葉　落葉　敗葉

比小人也。

燈　孤燈

比賢人在亂，而其道明也。亂治也。

積陰　凍雪

比陰謀事起也。

片雲　暗靄　殘霧　螮蝀音帶東。

此比佞臣也。

木落

比君子道清也。

竹杖　藜杖

比賢人籌策也。

猿吟

比君子失志也。

王玄編物象例附

弔邊將此詩刺君子不得時也。　貫休

「如何忠爲主，志竟不封侯。」

早秋此詩言時之將(静)[盡]，王道無間阻也。　周朴

「關河空遠道，鄉國自鳴砧。」

送邊將此詩刺時亂主暗也〔一〕。　貫休〔二〕

「但看千騎去，知有幾人歸。」

過荊山此詩刺傷時之感也〔三〕。　李洞

「無人分玉石，有路即荊榛。」

過洞庭此詩刺賢臣知國之廢興進退意也。　裴説

「恰到堪憂處，爭如未濟時。」

又此詩言國興明也。　孟浩然

「氣蒸雲夢澤，波撼岳陽城。」

送遷客此詩刺濫世失忠直之臣也。　齊己

「若似承恩好，爭如佞主休。」

責冰者此詩頌君子於亂中事王之道也。　虛中

「盤中是祥瑞，天下恰炎蒸。」

〔一〕「暗」，原本脱，據《吟窗雜録》卷十四補。

〔二〕「貫」，原本作「莫」，據《吟窗雜録》卷十四改。

〔三〕「傷」，原本作「傍」，據《吟窗雜録》卷十四改。

孫魴

夜坐此詩刺時未明也。

「劃多灰漸冷，坐久席成痕。」

此詩只見静極之意。

劉洞

又此詩見内意全也。

「百骸同草木，萬象入心靈。」

虚中

晚望此詩比時欲明也。

「待暖還須去，門前有路岐。」

齊己

野望此詩比賢人欲進也。

「殘陽催百鳥，各自著栖群〔二〕。」

李洞

觀獵此詩比君臣道合也。

「柳色舞春水，花陰香客衣。」

王維〔三〕

「草枯鷹眼疾，雪盡馬蹄輕。」

〔二〕「栖群」，原本作「群栖」，據《四部叢刊》景明鈔本《白蓮集》卷二改。

〔三〕「王維」，原本作「張謂」，據宋本《王摩詰文集》卷九改。

宿江館 此詩比君子欲仕于明時也。 張爲

「吟登晚驛亭，醺罷紅燈落。」

春日言懷 此詩不得時也。 賈島

「杏園啼百舌，誰醉臥花傍。」

春日途中 此詩君子傷時也。 孫魴

「遊子未歸去，野花愁破心。」

登樓 此詩君子望時也。 韓熙載

「幾人平地上，看我半天中。」

對月 此詩君子在位，小人退也。 廖凝

「孤光吞列宿，四面絶微雲。」

待月 此詩比賢人侯國明將進也。〔二〕

「一片月生海，幾家人上樓。」

山居 此詩刺君子避時也。 貫休

〔二〕原本此詩作者名脱，見貫休《禪月集》卷七《旅中懷孫路》。

「但見山中長有雪，不知世上是何年。」

秋日登樓　此詩刺君子在野也。　劉昭禹〔二〕

「危樓聊側耳，高柳又鳴蟬。」

秋日晚泊　清江

「黄木無一葉〔三〕，客心悲此時。」

秋日言懷　二詩比君子失志也。

「寒窗風漸緊，燈落夜將深。」

對雨　此詩刺時不慎之意也。　王維

「雖通江海棹，奈阻路岐人。」

棋　裴説

「人心無算處，國手有輸時。」

又　二詩比賢人籌策也。　齊己

〔二〕「禹」，原本脱，據《吟窗雜録》卷十四補。

〔三〕「萬」，原本作「黄」，據《吟窗雜録》卷十四改。

「幾時終一局，萬木老千岑。」

聽琴 此詩刺時不明也。 虛中

「一堂風冷淡，千古意分明。」

又 此詩傷時之句也。

「古調俗不樂，正聲君自知[一]。」

釣者 此詩比君子未達也。

「明主未巡狩，白頭猶釣魚。」

送雁 此詩比衆賢退也。[二]

「雲夢千行去，瀟湘一夜空。」

梧桐 此詩比君待賢臣也。 周賀

「只期丹鳳宿，不許別禽栖。」

雪 此詩句中有王道也。 尚顏

[一]「聲」，原本作「身」，據《吟窗雜録》卷十四改。

[二] 原本此詩作者名脱，見齊己《白蓮集》卷二，題作《歸雁》。

「漫漫三楚白，渺渺九江寒。」　廖凝
蟋蟀 此詩比小人在亂世也。〔一〕
「無風來竹院，有月在莎庭〔二〕。」
落葉 此詩比小人將退，君子得時也。

「落盡最高樹，始知松柏青。」　蔡昆
又 此詩傷時也。

「飄飄隨暮雨，颯颯落秋山。」　高輦
冬風 此詩比武臣得時也。

「飄飄送下遥天雪，颯颯吹乾旅舍烟。」　李山甫
風

「能吹塵土平欺客，解使波濤枉陷人。」　薛能
又 二詩感損於時事也。

〔一〕原本此詩作者名脱，見齊己《白蓮集》卷五。
〔二〕「莎」，原本作「沙」，據《白蓮集》卷五改。

「就樹撮將黃葉去，入山吹出白雲來。」

鷺鷥〔二〕　　裴説

「卻爲分明極，翻令所得遲。」

又　　李建勳

「青山藏不得，明月合相容。」

新池　　戴叔倫

「鄰僧猶未起，明月早先知。」

盆池　　齊己

「平穩承天澤，依稀泛暑烟。」

井　　曾扈

「淺深人莫測，高下索應知。」

廊下井　　王貞白

「太陽雖不照，梁棟每重陰。」

〔二〕原本此詩至「龍詩」各條題下示比刺法之注解闕。

春日即事　鄭谷

「典衣沽酒得，伴客看閑花。」

春日送人　周賀

「空將未歸意，說向欲行人。」

龍詩　李昌遇

「上天須致雨，在野即眠雲。」

鶴詩此詩君子得時也。　僧可

「紅塵無繫澤，碧落自翱翔。」

雲此詩刺生事者。　羅隱

「莫道無心便無事，也曾愁殺楚襄王。」

松此詩言君子得位也。　廖匡圖

「曾於西晉封中散，又向東吴作大夫。」

水此詩君子智量不可測也。　江爲

「遠遠潮宗出白雲，方圓隨處性長存。」

處默〔一〕

劍詩此詩比時明身未用也。

「太平時節無人看，雪刃閑封滿匣塵。」

嚴維

又此詩比亂時之意也。

「舞揮秦日月，爲整漢山河。」

宋齊丘

影詩此詩比賢人知進退也。

「大似賢臣扶社稷，遇明則見暗還藏。」

秦韜玉

馬詩此詩比忠臣也。

「塵土臥多毛色暗，風霜受盡眼猶明。」

陳況

蟬詩〔二〕此詩言之失時也。〔三〕

齊己

鶯詩此詩得時之意也。

「年年聞爾者，未有不傷情。」

〔一〕「處默」，原本作「處倫」，《吟窗雜録》卷十四作「處倫」，康熙刻本《全唐詩》卷八百四十九據《王正字詩格》録爲處默詩，據改。

〔二〕「蟬」，原本作「禪」，《吟窗雜録》作「禪」，《全唐詩》卷七百九十五作「蟬」，據改。又作者署爲「陳貺」。

〔三〕「之」字疑衍。

「曉來枝上千般語，似向桃花語舊情。」

愁詩此詩不遇人、不成事也。　韓喜〔一〕

「門掩落花人別後，窗含殘月酒醒時。」

春詩此詩意甚高。　僧虛中

「春雨無高下，花枝有短長。」

邊上秋望此詩「病馬」比君子，「饑鷹」比烈士。　元昉

「草秋宜病馬，風疾稱飢鷹。」

邊上秋日　西蟾

「萬里八九月，一身西北風。」

早雞鳴此詩候時也。　李鷃

「一聲天欲曙，萬里客心行。」

新霜此詩氣概遠作宰相也。　陳翊

「一聲離碧海，萬里發芽生。」

〔一〕《全唐詩》卷七百六十八作「韓溉」。

雨霽此詩小人將退也。

「風捲亂雲散，天懸暖日明。」

雪霽此詩比時泰也。

「臘雪化爲流水去，春風吹出好山來。」

聞笛此詩傷時也。

「只知斷送豪人酒，不解安排旅客情。」

長安即事此詩呈事意也。

「不會黄天意，豈多白髮生。」

喜友人及第此詩亦呈事意也。

「碧霄章句纔離手，紫府神仙盡點頭。」

歸舊隱此詩失時也。

「北關辭天子，南山隱荔蘿。」

懷海上故人此詩比君子離阻也。

許　晏

孟浩然[二]

杜荀鶴

姚　合

僧虛中

孟浩然

左　偃

[二]《全唐詩》卷七百四十據《吟窗雜録》録作「孟賓于」。

「路遥滄海内，人隔此生中。」

早日此詩比小人將退也。

「日華離碧海，雲影散清霄。」

望早日此詩比明主在上，小人藏也。　朱慶餘〔二〕

「纔分天地色，便禁虎狼心。」

畫虎此詩言處士之望也。　陳況

「入夜雖無傷人意，向明還有動人心。」

新月此詩君子欲進也。　陳陶

「好看如鏡夜，莫笑似弓時。」

醜婦此詩比賢人待時而動也。　王貞白

「白髮未逢媒，對景且徘徊。」

蠶婦此詩比君子志未就也。　杜荀鶴

「年年道我蠶辛苦，底事渾身著苧麻。」

〔二〕「朱慶餘」，原本作「何景山」，據《四部叢刊》景宋本《朱慶餘詩集》改。

田翁〔一〕此詩比君子命薄也。

「官苗若不平平納，任是豐年也忍飢。」

古鏡此詩比時明也。　　潘緯〔二〕

「篆經千古澀，影瀉一堂寒。」

秋扇此詩比君臣乍失也。　　鄭谷

「汗流浹背曾施力，氣爽中霄便負心。」

昭君怨此詩君子失意甚遠也。　　左偃

「胡笳聞欲死，漢月望還生。」

落花此詩佞臣將退、明王將立也。〔三〕

「千家簾幕春空在，幾處樓臺月自明。」

〔一〕「翁」，原本作「婦」，據宋刻本《杜荀鶴文集》卷一改。

〔二〕「潘緯」，原本作「番謂」，《吟窗雜録》卷十四録此詩，署作「潘謂」；又同書卷四十四引《唐摭言》稱「潘緯十年吟古鏡」，《全唐詩》卷六百據《吟窗雜録》收，署作「潘緯」，據改。

〔三〕原本此詩作者名脱，《全唐詩》卷七百四十據《吟窗雜録》録於孟賓于名下。

孟水部〔二〕

又此詩傷於時而自怨也。

「早知落處隨疏雨，悔得開時順暖風。」

〔二〕　即孟賓于，王禹偁嘗爲作《孟水部詩集序》。

鍾伯敬先生硃評詞府靈蛇二集

景陵鍾　惺伯敬父評
秣陵程雲從龍光父訂
兄唐捷元垣之父閱
唐建元翼甫氏梓

神集

總顯大意 大意，謂一篇之意。

皇甫送人詩

「淮海風濤起，江關幽思長。」見國中兵革威令併起。

「同悲鵲繞樹，獨坐雁隨陽。」見賢臣共悲忠臣君恩不及。

「山晚雲和雪，門寒月照霜。」見恩及小人。

「由來灌纓處，漁父愛瀟湘。」見賢人見幾而退。

李嘉和苗員外雨夜伴直

「宿雨南宫夜，仙郎伴直時。」見亂世臣節也。

「漏長丹鳳闕，秋冷白雲司。」見君臣亂暗之甚。

「螢影侵階亂，鴻聲出塞遲。」見小人道長侵君子之位。

「蕭條吏人散，小謝有新詩。」見佞臣已退，賢人進逆耳之言。

李端詩

「盤雲雙鶴下，隔水一蟬鳴。」此賢人趨進兆也。下句即革金部在他國孤進失期，乃招之也。

「古道黄花發，青蕪赤燒生。」見他國君子道消，正風移敗，兵革併起。

「茂陵雖有病，猶得伴君行。」見前國賢人雖未遂大志，尤喜無兵革。

裁體昇降

詩體若人之有身。人生世間，稟一元相而成體，中間或風姿峭拔，蓋人倫之難。

體以象顯　　顔延年

庭昏見野陰，山明望松雪。

以象見體　　鮑明遠

騰沙鬱黄霧，飛浪揚白鷗。

已上一十四門，非可妄傳。

創結束

爲詩須創入意、解題目，然後放曠辭理。若爲大詩，十六字一度結束；若爲小詩，首末辭理相解，末句一時束，不離創意。

依帶境

爲詩實在對屬，今學者但知虛實爲妙。

古詩云：此詩上句先叙其事，下句拂之。「日暮碧雲合，佳人殊未來。」

古詩：此詩並先勢然後解之也。「昏旦變氣候，山水含清輝。」

菁華章

詩有屬對，方知學之淺深。

古詩：此詩名對爲麗也。「金波麗鳷鵲，玉繩低建章。」

宣暢騷雅

爲詩之體切在裨益《國風》。

古詩：「明月澄清景，列宿正參差。」

今詩：此詩雅意，無有浮艷也。「手持雙鯉魚，目送千里鴻。」

影帶宗旨

文體直敘其意，語成文，影帶回合，三向四通，悉皆流美。

古詩云：「花飛織錦處，月落擣衣邊。」

又：「朱門日照金生翠，粉蝶雲橫月放光。」

雕藻文字

夫文字須雕藻三兩字文彩，不得全真致，恐傷鄙朴。

古詩云：「初篁包緑籜，新蒲含紫茸。」

又：此詩勢可精求之。「日户晝輝靜，月林霞影明。」

聯環文藻

爲詩不論小大，須聯環文藻，得隔句相解。

古詩云：此詩第四句解第一句，第三句解二句。「擾擾羈遊子，營營市井人。懷金近從利，負劍遠辭親。」

今詩云：此詩第三句解第一句，第四句解第二句〔一〕。「青山碾爲塵，白日無閑人。自古推高車，争利入西秦。」

杼柝入境意

或先境而入意，或入意而後境。古詩：此詩「家貧」是境，「愁到」是意。「路遠喜行盡，家貧愁到時。」又：此詩「月」、「臺」是境，「生」、「慘」是意。「殘月生秋水，悲風慘古臺。」若空言境，入浮艷；若空言意，又重滯。

招二境意

或用一句之中用物色，第五字招第二字，爲上格。今詩云：「亂石不知數，積雪如到門。」

〔一〕「第四句」之「句」，原誤作「四」，據文意改。

精賾以事

古詩云：「朝採南澗草，夕息西山足。」

若古文用事，又傷浮艷；不用事，又不精華。用古事似今事，爲上格也。

褒贊國風

古詩云：「美人贈我錦繡段，何以報之青玉案。」

爲詩之道，義在裨益，言、意皆有所爲。

諷諫

古詩云：此詩乃自喻也。「蒼鷹獨立行，衆鳥不敢飛。」

爲詩不裨益，即須諷諫，依《離騷》、《雅》。

語窮意遠

爲詩須精搜不得，語剩而智窮，須令語盡而意遠。

古詩云："「餘霞散成綺，澄江净如練。」

又："此詩語盡意未窮也。「前有寒泉井，了然水中月。」

束麗常格

爲詩有當面叙事隱一字，古語皆有此體。

古詩云："此詩云不可以履霜也，隱一「不」字也。「糾糾葛屨，可以履霜。」

又："此詩言不知也。「海水知天寒。」

又："此詩言豈不戀也。「黄鳥不戀枝。」

叙舊意

每見爲詩者，多於本事中更説舊意，須舊意更説新意。

古詩："此詩是消息不合更説。「細雨濕衣看不見，餘花落地更無聲。」

又："此詩是舊意説新景爲佳矣。「如何百年内，不見一人閑。」

重疊叙事

每見爲詩，上句説了，下句又説，文不相依帶，只傷重疊。

今詩云：此詩「夜久」、「更深」是重也。「夜久冰輪側，更深珠露懸。」

明五七言

古爲五言詩，七言減爲五言不得，始是工夫。

今詩云：此詩但言「池篁聞戲鳥，粉壁見題詩」亦可。「風散池篁聞戲鳥，霞光粉壁見題詩。」

又：此詩七言若去兩字，便不成詩矣。「金鈿來往當春風，玉繩嗟吒下秋漢。」

三詩境

物境

欲爲山水詩，則張泉石雲峰之境極麗絶秀者，神之於心，處身於境，視境於心，瑩然掌中，然後用思，了然境象，故得形似。

情境

娱樂愁怨，皆張於意而處於身，然後馳思，深得其情。

意境

亦張之於意而思之於心，則得其真矣。

三詩思

生思

久用精思，未契意象，力疲智竭。放安神思，心偶照境，率然而生。

感思

尋味前言，吟諷古制，感而生思。

取思

搜求於象，心入於境，神會於物，因心而得。

詩不輕構

一曰不深則不精。
二曰不奇則不新。
三曰不正則不雅。

起首入興體例

感時入興

古詩
凜凜歲雲暮，螻蛄多鳴悲。涼風率以厲，遊子寒無衣。
江文通詩二詩皆三句感時、一句叙事。

西北秋風起，楚客心悠哉。日暮碧雲合，佳人殊未來。

引古入興

張茂先詩缺

犯勢入興

古詩缺

先衣帶後叙事入興

古詩此詩兩句衣帶，兩句叙事。

清風動帷簾，晨月燭幽房。佳人處遐遠，蘭室無容光。

又此詩一句衣帶，一句叙事。

蟬鳴空桑林，八月蕭關道。

先叙事後衣帶入興

陸士衡詩此詩一句叙事，一句衣帶。

遠遊越山川，山川修且廣。

古詩此詩六句叙事，兩句衣帶。

行行重行行，與君生别離。相去萬餘里，各在天一涯。道路阻且長，會面安可期。胡馬依北風，越鳥巢南枝。

叙事入興

謝靈運詩此詩五句叙事，一句入興。

時竟夕澄霽，雲歸日西馳。密林含餘情，遠峰隱半規。久昧昏墊苦，旅館眺郊岐。

古詩此詩三句叙事，一句入興。

遥聞木葉落，疑是洞庭秋。中宵起長望，正見滄海流。

直入比興

左太沖詩此詩頭兩句比入興也。

鬱鬱澗下松，離離山上苗。以彼徑寸篠，蔭此百尺條。

潘安仁詩此詩一句比入興也。

微身輕蟬翼，弱冠忝嘉招。

直入興

陸士衡詩此詩入頭直叙題中之意。

顔侯體明德，清風肅已邁。

托興入興

古詩此詩起於《毛詩·國風》之體。

青青河畔草，綿綿思遠道。

把情入興

劉公幹詩

秋日多悲懷，感慨以長嘆。

江文通詩二詩寄人、懷人，皆自此起興。

遠與君别者，乃在雁門關。

把聲入興此詩耳聞也。

王少伯詩

濛濛三峽水，别怨流楚辭。

古詩此詩心聞也。

白楊多悲風，蕭蕭愁殺人。

景物入興

曹子建詩此詩格高，不極辭於怨曠而意自彰。

明月照高樓，流光正徘徊。

景物兼意入興

王正長詩

朔風動秋草，邊馬有歸心。

古詩

竹聲先知秋。

怨調入興

阮籍詩

獨草空堂上，誰可與歡者？

曹植詩此詩休而不傷。

端坐苦愁思，攬衣起西遊。

已上十四體例，皆本意極處。

辨體 計貳拾肆例

藏縫體 此詩不言愁而愁自見也。

劉體立

堂上流塵生，庭中緑草滋。

曲存體 此詩乃直叙事而美之也。

王仲宣

朝入譙郡界，曠然銷人憂。

立節體

仲宣《詠史》

生爲百夫雄，死爲壯士規。

又

劉公幹

風聲一何盛，松竹一何勁。

褒貶體

曹子建

大國多良材，譬海出明珠。

劉越石

又二詩皆褒體也。

何爲百鍊鋼，化爲繞指桑。

賦體　此詩呈其秋懷之物，方是賦體也。

謝靈運

皎皎天月明，奕奕河宿爛。

問益體

陸士衡

借問子何之，世網嬰我身。

象外語體

謝玄暉

孤燈耿宵夢，清鏡悲曉髮。

象外比體　　魏文帝

高山有崖，林木有枝；憂來無方，人莫知之。

理入景體　　丘希範

漁潭霧未開，赤亭風已飄。

又　　江文通

一聞苦海奏，再使艷歌傷。

又　　顔延年

凄矣自遠風，傷我千里目。

景入理體　　鮑明遠

侵星赴早路，畢景逐前儔。

又　謝玄暉

天際識孤舟，雲中辨江樹。

緊體　范彦龍

物情棄疵賤，何獨飲衡闈？

因小用大體　左太冲

振衣千仞崗，濯足萬里流。

又〔一〕　謝惠連

裁用篋中刀，縫爲萬里衣。

〔一〕「又」下原本有「謝」字，當因下「謝惠連」而衍，删。

詩辨歌體 此詩從「皎皎」以下，便是所歌。 陶淵明

佳人美清夜，達曙酣且歌。歌竟長嘆息，持此感人多。皎皎雲間月，灼灼葉中華。豈無一時好，不久當如何？

一四團句體 此詩上節一字，下節四字。 謝靈運

遊當羅浮行，息必廬霍期。

高古體

如詩：「千般貴在無過達，一片心閑不奈何。」

清奇體

如詩：「未曾將一字，容易謁諸侯。」

遠近體

如詩：「已知前古事，更結後人看。」

雙分體

如詩：「船中江上景，晚泊早行時。」

背非體

如詩：「山河終決勝，楚漢且横行。」

無虚體

如詩：「山寺鐘樓月，江城鼓角風。」

是非體

如詩：「須知項籍劍，不及魯陽戈。」

清潔體

如詩：「大雪路亦宿，深山水也呑。」

覆妝體

如詩：「疊巘供秋望，無雲到夕陽。」

闔門體

如詩：「卷簾黃葉落，鎖落子規啼。」

物象構勢 計貳拾勢

先須明其體勢，然後用思取句。

獅子返擲勢

如詩：「離情徧芳草，無處不萋萋。」

猛虎踞林勢

如詩：「窗前閑詠鴛鴦句，壁上時觀蟹象圖。」

丹鳳銜珠勢

如詩：「正思浮世事，又到古城邊。」

毒龍顧尾勢

如詩：「可能有事開心後，得似無人識面時。」

孤雁失群勢

如詩：「既不經離别，安知慕遠心！」

洪河側掌勢

如詩：「遊人微動水，高岸更生風。」

龍鳳交吟勢

如詩：「崑玉已成廊廟器，澗松猶是薜蘿身。」

猛虎投澗勢

如詩：「仙掌月明孤影過，長門燈暗數聲來。」

龍潛巨浸勢

如詩：「養猿寒嶂疊，擎鶴密林疏。」

鯨吞巨海勢

如詩：「袖中藏日月，掌上握乾坤。」

芙蓉映水勢

如詩：「徑與禪流並，心將世俗分。」

鵾奮垂天勢

如詩：「天下已歸漢，山中猶避秦。」

龍行虎步勢

如詩：「兩浙尋山遍，孤舟載鶴歸。」

獅擲勢

如詩：「高情寄南澗，白日伴雲閑。」

寒松病枝勢

如詩：「一心思諫主，開口不防人。」

風動勢

如詩：「半夜長安雨，燈前越客吟。」

驚鴻背飛勢

如詩：「龍樓曾作客，鶴氅不爲臣。」

離合勢

如詩：「東西南北人，高迹此相親。」

孤鴻出塞勢

如詩：「衆木又摇落，望君君不還。」

虎縱出群勢

如詩：「三間茅屋無人到，十里松門獨自遊。」

即事 計貳拾式

出入式

如詩：「雨漲花争出，雲空月半生。」

高逸式

如詩：「夜過秋竹寺，醉打老僧門。」

出塵式

如詩：「逍遥非俗趣，楊柳護春風。」

迴避式

如詩：「鳥正啼隋柳，人須入楚山。」

並行式

如詩：「終夜冥心坐，諸峰叫月猿。」

艱難式

如詩：「覓句如探虎，逢知似得仙。」

達時式

如詩：「高松飄雨雪，一室掩香燈。」

度量式

如詩：「還有冥心者，還尋此境來。」

失時式

如詩：「高秋初雨後，夜半亂山中。」

靜興式

如詩：「古屋無人到，殘陽滿地時。」

知時式

如詩：「前村深雪裏，昨夜一枝開。」

暗會式

如詩：「重城不鎖夢，每夜自歸山。」

直擬式

如詩：「禹力不到處，河聲流向西。」

返本式

如詩：「又因風雨夜，重別古松門。」

功勳式

如詩：「馬曾金鏃中，身有寶刀痕。」

拋擲式

如詩：「琴書流二國，風雨出秦關。」

腹悱式

如詩：「越人自貢珊瑚樹，漢使今勞獬豸冠。」

進退式

如詩：「日午遊都市，天寒住華山。」

禮義式

如詩：「送我杯中酒，典君身上衣。」

兀坐式

如詩：「自從青草出，便不下階行。」

分門　計肆拾

皇道門

如詩：「明堂坐天子，月朔朝諸侯。」

始終門

如詩：「養雛成大鶴，種子作高松。」

悲喜門

如詩：「兩行燈下淚，一紙嶺南書。」

隱顯門

如詩：「道晦金雞伏，時來木馬鳴。」

惆悵門

如詩：「此別又千里，少年能幾時。」

道情門

如詩：「誰來看山寺，自是掃松門。」

得意門

如詩：「此生還自喜，餘事不相侵。」

背時門

如詩：「白髮無心鑷，青山得意多。」

正風門

如詩：「一春能幾日，無雨亦多風。」

返顧門

如詩：「遠意諸峰頂，曾栖此性靈。」

亂道門

如詩：「苦雨漲秋濤，狂風翻野燒。」

抱直門

如詩：「須知三尺劍，只爲不平人。」

世情門

如詩：「要路争先進，閑門避震多。」

匡救門

如詩：「傍人皆默語，當路好防隄。」

貞孝門

如詩：「無家空托墓，主祭不從人。」

薄情門

如詩：「君恩秋後薄，日夕向人疏。」

忠正門

如詩：「敢將心爲主，豈懼語從人。」

相成門

如詩：「怪得登科晚，須逢聖主知。」

嗟嘆門

如詩：「淚流襟上血，髮白鏡中絲。」

俟時門

如詩：「明主未巡狩，白頭猶釣魚。」

清苦門

如詩：「在處人投卷，移居雨著衣。」

騷愁門

如詩：「已消難永夜，況復聽秋林。」

睠戀門

如詩：「欲起遊方興，重來繞塔行。」

想像門

如詩：「溪霞流火色，松日照爐光。」

志氣門

如詩：「未抛無遠路，難作便歸人。」

雙擬門

如詩：「冥目冥心坐，花開花落時。」

向時門

如詩：「黑壤生紅木，黄猿領白鬼。」

傷心門

如詩：「六國空流血，孤祠掩落花。」

監戒門

如詩：「因上後亭曲，賴上景陽樓。」

神仙門

如詩：「一爲嵩岳客，幾喪洛陽人。」

破除門

如詩：「大都時到此，不是世無情。」

蹇塞門

如詩：「氣蒸垂柳重，寒勒牡丹遲。」

鬼怪門

如詩：「山魅隔窗舞，鵩鳥入簾飛。」

時危門

如詩：「日落月未上，鳥栖人獨行。」

澆浮門

如詩：「如何人少坐，都爲帶寒開。」

正氣門

如詩：「日落無行客，天寒有去鴻。」

扼腕門

如詩：「拭淚沾襟血，梳頭滿面絲。」

隱悼門

如詩：「馮唐猶在漢，樂毅不歸燕。」

道交門

如詩：「桃花源水深千尺，不及汪倫送客情。」

清潔門

如詩：「大雪路亦宿，深山水也深。」

落句體例 許玖首

言志 此詩志在閑雅也。

陶淵明

養真衡茅下，庶以善自名。

又此詩志在知足也。

范士龍

豈知鷦鷯者，一粒有餘貲。

勸勉　此詩義在自保愛也。　古詩

棄捐勿復道，努力加餐飯。

引古　陸士衡

感物多遠念，慷慨懷古人。

含思　陸韓卿

惜哉時不與，日暮無輕舟。

又　陳拾遺

蜀門自茲始，雲山方浩然。

嘆美　謝靈運

自從食萍來，唯見今日美。

抱比　陸士衡

仰觀凌霄鳥，羨爾歸飛翼。

怨調　陸士衡

空房來悲風，中夜起嘆息。

三宗旨

立意

立六義之意：風、雅、比、興、賦、頌。

有以此詩一以譏曹公殺戮，一以許曹公。　仲宣《詠史》

自古無殉死，達人所共知。

興寄 此詩一句以譏小人用事也。

王仲宣

猿猴臨岸吟。

三語勢

好勢

古詩

浮雲蔽白日，遊子不顧返。

又

江文通

黄雲蔽千里，遊子何時還？

通勢

鮑照

未曾違户庭，安能千里遊！

又　　沈文通

願以潺湲沫，沾君纓上塵。

爛勢　　張宴公

不作邊城將，安知恩遇深！

又　　丘希範

信是永幽棲，豈圖暫清曠！

三品須知 計六首

上品用意

如詩：「那堪懷遠路，尤自上高樓。」

又詩：「九江有浪船難濟，三峽無猿客自愁。」

中品用氣

如詩：「直饒人買去，還向柳邊栽。」

又詩：「四海魚龍精魄冷，五山鸞鳳骨毛寒。」

下品用事

如詩：「片石猶臨水，無人把（鈞）〔釣〕竿。」

又詩：「一輪湘渚月，萬古獨醒人。」

五趣向 計五首

高格

曹子建

從君過幽谷，馳馬過西京。

古雅　應休璉

遠行蒙霜雪，毛羽自摧頹。

閑逸　陶淵明

衆鳥欣有托，吾亦愛吾廬。

幽深　謝靈運

空谷無人徑，深山少落暉。

神仙　郭景純

放情凌霄外，嚼蕊挹飛泉。

五勢對例

勢對　陸士衡

四座咸同志〔二〕，羽觴不可算。

又以「多念」對「百憂」，以「咸同志」對「不可算」，是也。

誰令君多念，遂使懷百憂。　曹子建

疏對　此詩依稀對也。

哀風中夜流，孤獸哽我前。　陸士衡

又　此詩孤絶不對也。

人生無幾何，爲樂常苦晏。

〔二〕「志」，原作「心」，據萬曆本《古詩紀》卷三十五陸機《擬今日良宴會》改。

意對　　陸士衡

驚飆褰友信，歸雲難寄音。

古詩

四顧何茫茫，東風摇百草。

句對　　曹子建

浮沉各異勢，會合何時諧？

偏對

重字與雙聲、叠韻是也。

六式

淵雅 詩有一覽意窮，謂之浮淺。

阮嗣宗

詩

不難 此詩謂絶斤斧之痕也。

王仲宣

中夜不能寐，起坐彈鳴琴。

不辛苦 此詩謂宛而成章也。

王仲宣

朝入譙郡界，曠然銷人憂。

逍遥河堤上，左右望我軍。

胞腹 調怨閑雅，意思縱橫。

謝靈運

詩此詩回停歇，意容與。

出谷日尚早，入舟陽已微。

用事 謂如見意而與事分。

謝靈運《廬陵王墓詩》

洒淚眺連崗。

連崗是諸侯事也，古者諸侯葬連崗。

一管摶意 此詩一管論酒也。

謝玄暉

繐帷飄井幹，罇酒若平生。

又 此詩一管説守官有限，不得相見也。

劉公幹

誰謂相去遠，隔此西掖垣。拘限清切禁，中情無由宣。

六貴例

貴傑起　鮑明遠

馬步縮如蝟，角弓不可張。

貴直意　劉公幹

豈不罹凝寒，松柏有本性。

又此高手也。

方塘含白水，中有鳧與雁。

又此綺手也。　李白

嫩篁侵舍密，古樹倒江橫。

貴穿穴　　古詩

古墓犂爲田，松柏摧爲薪。

貴挽打　　曹子建《贈友人》

端坐苦愁思，攬衣起西遊。

貴出意　　劉公幹

細柳夾道生，方塘含清源。

貴心意　　顔延年

凄矣自遠風〔一〕，傷哉千里目。

〔一〕「矣」，原作「闕」，據《四部叢刊》景宋本《六臣注文選》卷二二顔延年《始安郡還都與張湘州登巴陵城樓作》改。

五用例

用字　古詩

秋草萋已緑。

又「萋」、「涣」二字，用字也。　郭景純

潛波涣鱗起。

用形 用字不如用形也。　古詩

東城高且長，逶迤自相屬。

又　謝靈運

石淺水潺湲，日落山照耀。

用氣 用形不如用氣也。

劉公幹

誰謂相去遥，隔彼西掖垣。

用勢 用氣不如用勢也。

王仲宣

南登灞陵岸，回首望長安。

用神 用勢不如用神也。

古詩

盈盈一水間，脉脉不得語。

論領聯 亦名「束題」，束盡一篇之意。

意到

中秋月詩 此詩是句到意不到也。

此夜一輪滿，清光何處無？

詠扇詩　此詩是意到句不到也。

汗流浹背曾施力，氣爽中秋便負心。

詠柳詩　此詩是意句俱到也。

巫蛾廟裹低含雨，宋玉宅前斜帶風。

除夜詩　此詩是意俱不到。

冰消出鏡水，梅散入風香。

論詩腹　亦云景聯，與頷聯相應，不得錯用。

詠菊詩　此詩兩句是詠物而寄意。

晚成終有分，欲採未過時。

送人下第　此詩是送人所經之處，失意可量。

曉楚山雲滿，春吴水樹底。

別同志　此詩兩句別所經之景，情緒可量。

天淡滄浪晚，風悲蘭桂秋。

論詩尾　亦云「斷句」，亦云「落句」，須含蓄旨趣。

登山詩　此詩句意俱未盡也。

更登奇盡處，天際一仙家。

別同志　此詩乃句盡意未盡也。

前程吟此景，爲子上高樓。

春閨詩 此詩乃意句俱列也。

欲寄迴紋字，相思織不成。

論詩孅 夫爲詩者，難得全篇造於玄妙。

送人宰藍田 問此病在何處？曰：有上兩句，又言清苦，病疊也。

瘦馬稀餐粟，羸童不識錢。如君清苦節，到處有人傳。

賈島贈藍田主簿 如此斷句，方爲佳矣。

久别丹陽浦，時時夢釣船。

詩忌俗字

摩挲抖擻之類是也。

鍾伯敬先生硃評詞府靈蛇二集

景陵鍾　惺伯敬父評
金陵程雲從龍光父訂
兄唐光夔冠甫氏閲
唐建元翼甫氏梓

骨集

確評

或曰：今人所以不及古者，病於麗詞。予曰：不然，先正詩人時有麗詞。「雲從龍，風從虎」，非麗耶？「昔我往矣，楊柳依依。今我來斯，雨雪霏霏」，非麗耶？但古人後于語，先于意。

或曰：詩不要苦思，苦思則喪于天真。此甚不然。固當繹慮于險中，採奇於象外，狀飛動之句，寫真奥之思。夫希世之珍，必出驪龍之頷，况通幽名變之文哉！

古人云〔一〕：其體惟子建、仲宣，偏善則太冲、公幹〔二〕，平子得其雅〔三〕，叔夜含其潤，茂先凝其清，景陽振其麗，鮮能兼通，况當齊梁之後，正聲寖微，人不逮古。振頽波者，有賢於今論矣。

李少卿并古詩十九首

評曰：五言始於李、蘇，二子天與其性，發言自高，未有作用。如《十九首》，詞義烟婉而成章。

鄴中集

評曰：鄴中七子，陳、王最高。劉郎辭氣偏正得其中。不拘對屬，偶或有之。語與興驅，勢逐情起。不由作意，氣格自高。《十九首》其流亞也。

〔一〕「人」，原本作「文」，據《定本弘法大師全集》第六卷《文鏡秘府論》改。

〔二〕「幹」，原本作「韓」，據《文心雕龍·明詩》改。是二句《文心雕龍》作「兼善則子建、仲宣，偏美則太冲、公幹」，《文鏡祕府論》南册《論文意》引作「具體唯子建、仲宣，偏善則太冲、公幹」。

〔三〕「平子」，原本作「子手」，當承嘉靖本《吟窗雜録》卷七引文之誤，據《文心雕龍·明詩》改。

文章宗旨

評曰：謝康樂爲文，直於情性，尚於作用，不顧辭綵，而風流自然。彼清景當中，天地秋色，詩之量也；卿雲從風，舒卷萬狀，詩之變也。不然何以得？其格高，其氣正，其體貞，其色古，其詞深，其才婉，其德容，其調遠，其聲諧哉！

取境

評曰：或曰，詩不假修飾苦思。不然。不入虎穴，焉得虎子？取境之時，須至難至險，始見奇句。成篇之後，觀其風貌，有似等閑，不思而得，此高手也。

重意例

評曰：兩重意已上〔一〕，皆文外之旨。若遇高手如康樂公，覽而察之，但見情性，不睹文字，蓋詩道之極也。

〔一〕「兩」，原本脱，據皎然《詩式》卷一補。

如宋玉云：「晰兮如姣姬揚袂[二]，鄣日而望所思。」

如曹子建云：「高堂多悲風，朝日照北林。」

王維詩：「秋風王蕭索，客散孟嘗門。」

王昌齡詩：「别意猿鳥外，天寒桂水長。」

古詩：「浮雲遊子意，落日故人情。」

宋玉《九辨》：「憭慄兮若在遠行，登山臨水兮送將歸。」

跌宕格 計貳品

越俗

評曰：其道如黄鶴臨風，貌逸神王，杳不可羈。

郭景純詩：「左挹浮丘袂，右拍洪崖肩。」

[二]「揚」，原作「楊」，據皎然《詩式》卷一改。

鮑明遠詩：「飛走樹間逐蟲蝗，豈知往日天子尊〔二〕。」

駭俗

評曰：其道如楚有接輿，魯有原壤，外若驚俗之貌，内藏達人之度。今舉一二。

郭景純詩：「姮娥揚其音，洪崖頷其頤。」

王梵志詩：「還爾天公我，還我未生時。」

賀知章詩：「落花真好些，一醉一回顛。」

盧照鄰詩：「城狐尾獨倈，山鬼面參軍〔三〕。」

淈没格 計壹品。

澹俗

評曰：此道如夏姬當罏，似蕩而貞。

〔二〕「日」，原作「自」，據《四部叢刊》景宋本《鮑明遠集》卷八改。

〔三〕「參軍」，《吟窗雜録》同，皎然《詩式》作「蒼覃」，《四部叢刊》景明嘉靖本《唐詩紀事》作「參譚」。

古詩：「可憐女子來照影，不照其餘照斜領。」

調笑格 計壹品

戲俗

李白歌：「女媧弄黃土，摶作愚下人。」

《漢書》云：「匡鼎來，解人頤。」

評曰：此一品非雅作，足以爲談笑之資矣。

綜議

夫詩有三、四、五、六、七言之別，今可略而叙之：三言始《虞典》「元首之歌」；四言本於《國風》，流於夏世，傳至韋孟，其文始具。六言散在《離騷》；七言萌於漢代。五言之作，《召南·行露》已有濫觴，漢武帝時屢見全什，非本李少卿也。少卿意悲詞切，若偶中奇響，《十九首》之流也。建安三祖、七子，五言始成，終傷用氣；正始何晏、嵇、阮之儔，漸浮侈矣。晉世尤尚綺靡，宋初文格與晉相左，更顯穨矣。

論人則康樂公秉獨善之姿，振頹靡之俗，沈建昌評，則靈均以來一人而已。此後諸子，時有單言隻句，縱敵於古人，而體不足齒。律家之流，拘而多忌，失於自然，吾嘗所病也。必不得已，則削其俗巧，與其一體。一體者不明詩體，終未階大道。若《國風》、《雅》、《頌》之中，非一手作，或有暗同。

「終朝采緑，不盈一掬。」

又：此雖興別，而勢同也。「采采卷耳，不盈頃筐。」

俗巧者，由不辨正氣，習弱師弊之道也。

其詩曰：「隔花遥飲酒，就水更移床。」

又：「樹陰逢歇馬，魚潭見洗船。」

夫境象非一虛實難明

有可睹而不可取，景也。

可聞而不可見，風也。

雖繫乎我形，而妙用無體，心也。

義貫衆象，而無定質，色也。
凡此等可以偶虛，亦可偶實。

對有六格

的名對　如詩：「日月光天德，山河壯帝居。」
雙擬對　如詩：「可聞不可見，能重復能輕。」
隔句對　如詩：「始見西南樓，纖纖如玉鈎。末映東北墀，娟娟似娥眉。」
聯綿對　如詩：「望日日已晚，懷人人未歸。」
牙成對　如詩：「歲時傷道路，親友在東西。」
類　對　如詩：「離堂思琴瑟，別路繞山川。」

對有八種

鄰近　如詩：「死生今忽異，歡娛竟不同。」
又詩上是義，下是正名。：「寒雲輕重色，秋水去來波。」
交絡　如賦：「出入三代，五百餘載。」

當句　如賦：「薰歇盡滅，光沉響絶。」
含境　如賦：「悠遠長懷，寂寥無聲。」
背體　如詩：「進德智所拙，退耕力不任。」
偏體謂非極對也。　如詩：「蕭蕭馬鳴，悠悠旆旌。」
古詩：「日月光太清，列宿耀紫微。」
又：「亭皋木葉下，隴首塞雲飛。」
全其文采，不求至切。
沈給事詩：「春豫過靈沼，雲旌出鳳城。」
但天然，雖虛亦實。
假體　如詩：「不獻胸中策，空歸海上山。」
或有人以推薦，偶拂衣是也。
雙虛實對此牙成。　如詩：「故人雲雨散，空山來往疏。」

二俗　一曰鄙俚俗，二曰古今相傳俗。

如詩：此俗類也。「小婦無可作，挾琴上高堂。」

十五例

一重疊用事例

如詩：「浄宫連博望，香刹對承華。」

二上句用事下句以事成之例

如詩：上句出傳，下句出詩。「子王之敗，屢增堆塵。」

三立興以意成之例

如詩：「明月照高樓，流光照徘徊。上有愁思婦，悲嘆有餘哀。」

四雙立興以意成之例

如詩：「青青陵上柏，磊磊澗中石。人生百歲間，忽如遠行客。」

五上句古下句以即事偶之例

如詩：「昔聞汾水游，今見塵外鑣。」

六上句立意下句以意成之例

如經：「假樂君子，顯顯令德。宜民宜人，受禄于天。」

七上句體物下句以狀成之例

如詩：「朔風吹霏雨，蕭蕭江上來。」

八上句體時下句以狀成之例

如詩：「露色未成霜，梧楸欲半黄。」

九上句用事下句以意成之例

如詩：「京洛類神仙，藹藹却雲烟。」

十當句各以物色成之例

如詩：「明月照積雪，朔風勁且哀。」

十一立比以成之例

如詩：「風潭如拂鏡，山溜似調琴。」

十二覆意之例

如詩：「延州協心許，楚老惜蘭芳。解劍竟何及，撫墳徒自傷。」

十三疊語之例

如詩：「故人心尚爾，故心人不見。」
又詩：「既爲風所開，還爲風所落。」

十四避忌之例

如詩：「何以雙飛龍，羽翼臨風乖。」

十五輕重錯繆之例

如詩：「陳王之誄武帝，稱尊靈永蟄；孫楚之哀人臣，乃云奄忽登遐。」

剔病

六易犯病例

䶱齬病

一句除第一字及第五字，其中三字同上聲及去、入聲也。平聲都不爲累，若犯上聲，其病重於上尾；若犯去、入聲，其病重於鶴膝。上官儀所謂犯上聲，是斬形也。

長𦗴腰病

每一句上下兩字之要，無解鐙相間。

上官儀詩：「曙色隨行漏，早吹入繁笳。」

長解鐙病

第一、第二字義相連，第三、第四字義相連。

上官儀詩：「池牖風月清，閑居遊客情。」

叢雜病

上句有「文」，下句有「霞」，次句有「風」，下句有「月」。

沈休文詩：瓜、菰、茄、芋，同是草類，可爲叢雜也。「寒瓜方卧壟〔二〕，秋菰正滿陂。紫茄紛爛熳，緑芋鬱參差。」

〔二〕「壟」，原本作「襲」，據宋紹興本《藝文類聚》卷六十五録沈約《行園》詩改。

形迹病

篇中勝句清詞，其意涉忌諱者是也。

反語病

篇中正字是佳詞，反語則深累。鮑明遠詩：「伐鼓早通晨。」伐鼓則正字，反語則反字。

八常犯病例

支離病

五字之法，切須對也，不可偏枯。如詩：「春人對春酒，芳樹間新花。」

缺偶病

詩中上句引事，下句空言也。

如詩：「蘇秦時刺股，勤學我便登。」

落節病

一篇之中，合春秋言是犯。

如詩：「菊花好泛酒，楊花好插頭。」

叢木病

詩句中皆有木物也。

如詩：「庭稍桂林樹，檐度蒼梧雲。」

相返病

詩中兩句相反，失其理也。

如詩：「晴雲開遠野，積霧掩長洲。」

相重病

詩意并物色重疊也〔二〕。

如詩：「驅馬清渭濱，飛鑣犯夕塵。川波增遠蓋，山月下重輪。」

側對病

凡詩字體全别，其義相背。

如詩：「恒山分羽翼，荆樹折枝條。」

聲對病

字義全别，借聲類對。

如詩：「疏蟬高柳谷，桂鳥隱松深。」

〔二〕「意」，原本作「帝」，據《吟窗雜録》卷六《詩中密旨》改。

三有會

得趣

謂理得其趣，詠物如合砌，爲之上也。如詩「五里徘徊鶴，三聲斷續猿。如何俱失路，相對泣離罇」是也。

得理

謂詩首末確語，不失其理，此謂之中也。如詩「世胄躡高位，英俊沉下僚」是也。

得勢

如詩「孟春物色好，携手共登臨。放曠丘園裏，逍遥江海心」是也。

見意三例

一句見意

「股肱良哉」是也。

兩句見意

「關關雎鳩，在河之洲。」

四句見意

「落羽辭金殿，孤鳴托繡衣。能言終見棄，還向隴山飛。」

高下二格

詩義高謂之格高，意下謂之格下。

古詩此詩格高。

耕田而食，鑿井而飲。

沈休文詩此詩格下。

平生少年分，白首易前期。

偶對例

切對

謂象物切正不偏枯〔二〕。

切側對

如詩：「魚戲新荷動，鳥散餘花落。」

〔二〕「象」，原本作「家」，張伯偉《全唐五代詩格彙考》據《詩學指南》改，是，從之。

字對

如詩：「山柳架寒露，池篠韻涼飆。」

字側對

謂字義俱别，形體半同。

如詩：「玉雞清五洛〔一〕，瑞雉映三秦〔二〕。」

聲對

謂字義别聲名對也。

如詩：「間鼠緣香案，山蟬噪竹扉。」

〔一〕「雞」，原本作「維」，據《吟窗雜録》卷六《評詩格》改。

〔二〕「雉」，原本作「雪」，《全唐五代詩格彙考》據《唐朝新定詩格》改，是，從之。

雙聲對

如詩：「洲渚近環映，樹石相因依。」

雙聲側對

如詩：「花明金谷樹，菜映首山薇。」

疊韻對

如詩：「平明披黼帳，窈窕步花庭。」

疊韻切對

如詩：「浮鐘宵響徹，飛鏡晚光斜。」

由淺入微

形似

謂邈其形而得似也。

如詩：「風花無定影，露竹有餘清。」

質氣

謂有質骨而依其氣也。

如詩：「霜峰暗無色，雪覆登道白。」

情理

謂叙情以入理致也。

如詩：「遊禽知暮返，行客獨未歸。」

直置

謂直書可置於句也。

如詩：「隱隱山分地，蒼蒼海接天。」

雕藻

謂以凡目前事而雕妍之也。

如詩：「岸拆開河柳，池紅照海榴。」

影帶

謂以事意相愜而用之也。

如詩：「露花如濯錦，泉月似沉鈎。」

婉轉

謂屈曲其詞，婉轉成句也。

如詩：「流波將月去，湖水帶星來。」

飛動

如詩：「空葭凝露色，落葉動秋聲。」

情切

如詩：「猿聲出峽斷，月影落江寒。」

精華

如詩：「青田凝駕鶴，丹穴欲乘鳳。」

偷逗例三

偷語

陳後主詩：「日月光天德。」

取傅長虞「日月光太清」。

偷意

沈佺期詩[一]：「小池殘暑退，高樹早涼歸。」

取柳惲「太液滄波起，長楊高樹秋」。

偷勢

王昌齡詩：「手携雙鯉魚，目送千里雁。悟彼飛有適，嗟此羅憂患。」

取嵇康「目送飛鴻，手携五絃。俯仰自得，遊心太玄」。

〔一〕「佺」，原本作「銓」，據皎然《詩式》卷一改。

品藻

百葉芙蓉菡萏照水例

張正見詩：「長河上月桂，澄彩照高樓。」
劉孝綽詩：「攢柯伴玉蟾，褭葉映金兔。」
杜工部詩：「塵匣元開鏡，風簾自上鈎。」
如此類是也。

龍行虎步氣逸情高例

駱賓王詩：「賞洽袁公地，情披樂令天。」
劉斌詩：「及門思往烈，入室想前修。」
張説詩：「雲間東嶺千重出，樹裏南湖一片明。」
如此類是也。

寒松病枝風擺半折例

蘇味道詩：「帶日浮寒影，乘風盡曉威。」

范洒心詩：「喬木聳田園，青山亂商鄧。」

如此類是也。

五種破題

就題

用題目便爲首句是也。

周朴《湖州安吉縣》詩：「湖州安吉縣，門外與雲齊。」

周朴《登靈巖寺上方》詩：「雨後靈巖寺上方，如何云者合思量。」

張祜《春遊東林寺》詩：「一到東林寺，春深景致芳。」

禪月《寄南行客》詩〔一〕：「見説南行客，迢迢有似無。」

〔一〕「詩」，原本作「行」，據《吟窗雜録》卷十二改。

直致 就題中通變其事，以爲首句是也。

崔補闕《詠邊庭雪》：此詩用「白」，寧傷其雪體，故曰真致。「萬里一點白，長空鳥不飛。」

如周朴《登福唐縣上樓》：「咸通五載後伏裏，登此福唐縣上樓。」

又古人《早行》詩：「早起赴前程，鄰雞尚未鳴。」

離題 外取其首句，免有傷觸是也。

齊邑《漁父》詩：「湘潭春水滿，湘岸草青青。」

曹松《聞猿》詩：「曾宿三巴路，今來願不聽。」

禪月《牡丹》詩：「萬計交人買，華軒保惜深。」

崔補闕《春閨》：「寒食月明雨，落花香滿泥。」

林先輩《登山》：「數歇未到頂，穿雲勢漸孤。」

粘題 破題上下二句重用其字是也。

禪月詩：此乃一句内粘二「力」字也。「得力未得力，苦吟夏又殘。」

方干詩：此乃上下共粘二字也。「至業未得力，至今猶苦吟。」
送僧詩：此乃上下共粘三字也。「一衲與一錫，一身索索輕。」
古詩：此乃一句粘四字也。「凄凄復凄凄，嫁娶不須(題)[啼]。」
別友人詩：此乃兩句粘四「別」字，又粘二「今」二「昔」字。「昔年相別今又別，今別遠將昔別同。」

大凡破題，切詳此例。

入玄 取其意句綿密，只可以意會，不可以言宣也。

韋述《送人》：此乃上下句不言送人而意在送人。「樹入江雲盡，城銜海月遥。」
鄭谷《題雁》：此乃上下句不言雁而意就雁也。「八月悲風九月霜，蓼花紅淡葦條黄。」
歐陽詹《贈老僧》：此乃上下句不言老僧而意見老僧。「笑向何人談古時，繩床竹杖自扶持。」

以上五種，可惟入玄最妙。

原道 至玄至妙，非言所及，若悟者方知其難。

如詩：「未必星中月，同他海上心。」
禪月詩：「萬緣冥目盡，一衲亂山深。」

薛能詩：「九江空有路，一室掩多年。」

周朴詩：「塵世自礙水，禪門長自關。」

此乃詩道也。

（嚴）〔麗〕辭之體又有四對

言對爲易。

事對爲難。

兩事相對而優劣不均，是驪在左驂，駑居右服也。

美事孤立，莫與爲偶，是夔之一足，踸踔而行也。

四序紛迴，而入興貴閑；物色雖繁，而析辭尚簡。使味飄飄而輕舉，情曄曄而恒鮮。古來辭人，異代接武，莫不參伍而相變，因革以爲巧。物色盡而情有餘者，曉會通也。

四貴

綜學貴博　　取事貴要

校揀貴精　　捃理貴覈

四忌

避詭異　省聯邊

推重出　調單複

何謂詭異？此謂字體瓌怪是也。

何謂聯邊？此謂半字同文是也。

何謂重出？此謂同事相犯是也。

何謂單複？此謂瘠字累句、肥字損文是也。

文之精蕤有隱有秀

隱也者，文外之重旨也。隱以複意爲工。

秀也者，篇中之獨拔也[一]。秀以卓絶爲巧。

[一]「拔」，原本作「技」，據《四部叢刊》景宋本《文心雕龍》「隱秀第四十」改。

九等

薛公《廬山》詩：「落花度幽越，去鳥入長烟。」
又詩：「潭影摇疏竹，野氣入高松。」
唐河詩：「雲光澹淺石，露氣肅長烟。」
劉獻臣《餞道士還蜀》詩：「鸞飛背簫閣，鶴舞向琴臺。」
以上詩居上上等也。
無可《江寧詠雪》詩：「常持皎潔性，終恰艷陽年。」
鄧郎中《黄河》詩：「忠信固可憑，湍波非所懼。」
以上詩居上中等也。
韋承慶《九成宫》詩：「有水争魚樂，無人鳥共歌。」
劉處約《亡奴》詩：「丹籍坐平淺，黄泉歸路深。」
此詩居上下等也。
駱西征詩：「試上天山望，依然想物華。」
以上詩居中上等也。

三易

易見事　易識字　易讀語

王籍《入若耶溪》詩：「蟬噪林逾静，鳥鳴山更幽。」

簡文帝吟此詩不能忘。孝元諷此詩，以爲不可復得。

蕭慤《秋》詩：此詩蕭散宛然在。「芙蓉露下落，楊柳月中疏。」

杜牧詩：此詩皮日休此句未嘗忘。「盡日問花花不語，爲誰零落爲誰開？」

盧子發詩：姚岩傑曰：「明月照天下，奈何獨照巴山耶？」「明月照巴山。」

張祜《宫詞》：白公云〔一〕：四句之中皆數對，何足奇？「故國三千里，深宫二十年。一聲河滿子，雙淚落君前。」

徐凝詩：東坡云：「此至爲塵陋。」「千古長如白練飛，一條界破青山色。」

孟郊《移居》詩：永叔云：「乃是都無一物耳。」「借車載家具，家具少於車。」

賈島詩：永叔云：「縱堪織，所得幾何？」「鬢邊雖有絲，不堪織寒衣。」

〔一〕「公」，原本作「宫」，據《吟窗雜録》卷三十七改。

嚴維詩：梅聖俞曰：「芙蓉物態，豈不在目前？」「柳塘春水漫，花塢夕陽遲。」

楊諤《省試宣室受釐》詩：是年果登第。「願前明主席，一問洛陽人。」

退之《城南聯句》：此乃日光，非竹影也。「竹影金瑣碎。」

汪處士詩：僧文瑩〔一〕：「此詩可採。」「藥靈丸不大，棋妙子無多。」

因言窺品

宋莒公知許州開西湖詩：「鑿開魚鳥忘情地，展盡江湖極目天。」

識者觀此詩，知公位極一品矣。

子京嘗有詩曰：識者知其不至兩府矣。「碧雲謾有三年信，明月長爲兩地愁。」

白居易詩：此詩乃曠之詞也。「無事日月長，不羈天地闊。」

孟郊詩：此詩乃褊隘之詞也。「出門即有礙，誰謂天地寬。」

劉丞相沆《小孤山》詩：識者知其有宰相器矣。「擎天有八柱，一柱此焉存？」

蘇公紳《金山》詩：識者以爲榮登玉堂之兆，已而果然。「僧依玉檻光中住，人踏金鰲背上行。」

〔一〕「僧」，原本作「曾」，據《吟窗雜録》卷三十七改。

江東逸人王褒《早行》詩：早行詩多，此乃出類。「高空有月千門閉，大道無人獨自行〔一〕。」

苦吟詩：永叔云：「此乃苦吟破的句也。」「一句坐中得，片心天外來。」

陸子履《言懷》詩：士君子莫不賞味其意。「薄有田園歸去好，苦無官況莫來休。」

李昉《贈邑令》詩：句意雖美，但印上不是生蘚處。「琴彈永日得古意，印鎖經秋帶蘚痕。」

林逋《秋夜》詩：以「權」對「斗」，抑又巧絶。「煩襟入夜權宜減，瘦格乘秋斗頓高。」

謝靈運詩：「池塘生春草，園柳變鳴禽。」

靈運坐此詩得罪，遂計以阿連夢中授此語。有客以請舒王曰：「不知此詩何以得名於後世？何以得罪於當時？」舒王曰：「權德輿已嘗評之，公其尋繹爾。」客退而求德輿集，了無所得，復以爲問〔二〕。舒王誦其略曰〔三〕：「池塘者，泉州瀦溉之地，今日生春草，是王澤竭也〔四〕。《豳》詩所紀，一蟲鳴則一候變，今日變鳴禽者，候將變也。」客以告士夫〔五〕，士夫益服舒王之博。

〔一〕「大」，原本作「火」，據《四部叢刊》景明嘉靖本《增修詩話總龜》卷八改。
〔二〕「問」，原本脱，據《古詩紀》卷一百五十三「池塘生春草」補。
〔三〕原本「舒王」下衍一「曰」字，據《古詩紀》卷一百五十三刪。
〔四〕「王」，原本作「三」，據《古詩紀》卷一百五十三改。
〔五〕「告」，原本作「無」，據《古詩紀》卷一百五十三改。

謝景山詩：韓馮，蝶名，皆以姓名相對。「江禽聞杜宇，園樹宿韓馮。」

舒王云：「梨花一枝春帶雨」、「桃花亂落如紅雨。」此警句也，然終不如「院落深沉雨」爲優，言盡而意不盡也。

孫少述《栽竹》詩：「更起粉墻高百尺，莫令墻外俗人看。」晏臨淄曰：處士之節，宰相之量，亦各言其志也。「何用粉墻高百尺，任教墻外俗人看。」

王仲宣有詩，少游和之曰：「簾幕千家錦繡垂。」仲宣讀之，笑曰：「此語又待入小石調也。」

陳無己詩：饒次守云：「才得一正字，云趨嚴詔，此詩不作可也。」「扶老趨嚴詔，徐行及聖時。」

司馬温公《獨樂園》：「青山在屋上，流冰在屋下。中有五畝園，花竹秀而冶。」

歐公《春雪》詩：諸公不復措手。「有夢皆蝴蝶，逢衣只苧蔴。」

舒王詩：山谷謂此詩包含數個意。「扶輿度陽焰，窈窕一川花。」

劉禹錫《望洞庭》詩：「遥望洞庭山水翠，白銀盤裏一青螺。」

雍陶《詠君山》詩：二詩頗相類。「疑是水仙梳洗處，一螺青黛鏡中心。」

方干《謁杭州于郎中夜讌》詩〔二〕：「遍請玉容歌白雪，高燒紅蠟照朱衣。」

〔二〕「于郎中」，《文苑英華》卷二百十六、《唐詩紀事》卷六十三等皆作「李郎中」。

御路種竹篠〔二〕，蕭蕭已後起。合盤貯蓬塊，無復揚塵已。

雜言

日西夜烏飛，拔劍倚梁柱。歸去來兮歸山下〔三〕。

亦陳初謡

〔二〕「篠」，原本作「篬」，據《吟窗雜録》卷十四改。
〔三〕「山下」，原本作「下山」，據《吟窗雜録》卷十四改。

李群玉《杜公席上出歌姬》詩：「裙拖六幅瀟湘水，鬢聳巫山一段雲。」章孝標《贈李使君歌人劉小小》詩：「何事不歸巫峽去，故來人世斷人腸。」當時無不賞俊。天錫五言云：潘天錫與沈彬同遊古觀作詩。「風便磬聲遠，日斜樓影長。」彬七言云：二詩俱爲絕唱。「松歌晚景離壇草，鐘撼秋聲入殿風。」文與可詩：歐公云：「此非與可詩。世間元有此句，與可拈得耳！」「美人却扇坐，羞落亭下花。」山谷語人云：「凡作詩必令意有所屬，乃可下筆。」白公《和答詩序》曰：「其間所見同者，固不能自異；異者亦不能强同。同者謂之和，異者謂之答。」

梁詞人麗句

李商隱

世宗頗好文詞，享國僅將二紀。文武之代，篇什成風。至於裨將清吟，群公讓勝；緇衣奮藻，時王嫉能。咸著在泙湘，動盈卷帙。洎隋收寶品，陳受降旗，逸調空在，全篇莫存。右獻樂安公啓同列詩于後。

五言

世宗

寒浞猶稽命，新都久未平。留滯淹三楚，巑岏保一城。終當撫期運，伐罪弔蒼生。

遊道上觀　蔡延休

扇落窗風廣，壁斷棟雲饒。

歲暮　褚珪

風颶御巢鶴，雪犯帶梅花。

宿郊外曉作　陸士衡

殘星落檐外，餘月羅窗東。水白先分色，霞暗未成紅。

詠安仁得菓　李孝勝

潘岳河邊返，情知擲菓多。閉甍聽不見，無奈識車何！

又　談士雲

月上河陽縣，來看洛陽花〔一〕。擲菓人相閔〔二〕，非是故停車。

詠獨杵擣衣　僧正惠

非是無人助，意欲自鳴砧。照月斂孤影，乘風送迴音。言擣雙絲練，似奏一絃琴。令君聞

〔一〕「花」，原本作「衣」，據《吟窗雜録》卷十四改。

〔二〕「閔」，《吟窗雜録》卷十四作「閡」。

獨杵，知妾有專心。

聞侯方兒來寇　　前人

羊皮贖去士，馬革斂還尸。天下方無事，孝廉非哭時。

犯虜將逃作　　惠慕道士

客子倦艱辛，夜出小平津。馬色迷關吏，雞鳴起戍人。露鮮花斂影，月照寶刀新。問我將何去，北海就孫臏。

還宅作　　蕭欣

時平有道泰，世詖交情離。寄言謝公叔，千載留清規。

鬼詩　　岑之元夢韋琳所贈

[illegible]

五言

陳初童謠